La Reine des Éléments

Livre Un

Livre Deux

Livre Trois

La Reine des Faë de Minuit

Livre Un

Livre Deux

Livre Trois

Livre Quatre

— Je crois bien que tu lui as fait perdre sa langue, *Votre Altesse*, murmura Titus, ses lèvres tout contre mes cheveux. Tu devrais peut-être l'aider à retrouver la parole ?

— Hum, oui, c'est comme si le fait que je la surprenne, *encore une fois*, nue dans ton lit l'avait soudain rendue timide.

Ses yeux vagabondèrent sur ma poitrine, et sous le poids de son regard, la pointe de mes seins durcit. Mon corps, tiraillé entre émerveillement, confusion et sensations, s'embrasa.

— Des suggestions pour y remédier ?

— Oh oui. Plusieurs, même.

Titus fit glisser sa main sur mon bas-ventre pour m'attirer contre lui, ce contact laissant comme une marque au fer rouge sur ma peau.

— J'ai montré à Claire comment on joue avec le feu.

— Oh, vraiment ? dit Exos en se redressant, ses doigts agiles se mettant à danser le long de sa chemise pour y faire sauter un par un les boutons.

Oh non, ce n'est pas possible.

Je dois être en train de rêver.

— Vous… vous ne vous entendez même pas tous les deux, balbutiai-je avant de me maudire de ne pas avoir su me taire. *Tu essaies de tout gâcher ou quoi ?!*

Exos esquissa un sourire.

— Peut-être pas, mais on t'aime tous les deux, Claire.

L'étoffe recouvrant son torse s'écarta, dévoilant un physique tonique. S'il était plus svelte que Titus, ses muscles étaient néanmoins tout aussi bien définis et lui donnaient une véritable allure princière. Et vu son titre, cela lui allait à merveille.

— Ce n'est pas tous les jours qu'une Faë de l'Esprit

prend deux compagnons, même si c'est déjà arrivé. Notre affinité pour un élément secondaire est parfois si puissante qu'il nous faut trouver un exutoire pour la canaliser. Et visiblement, tu as un feu immense qui brûle en toi.

Il termina de retirer sa chemise, puis la plia avant de la poser sur la table de nuit près du lit.

— Je pense que je pourrais me faire à cet arrangement, si cela vous convient aussi à tous les deux, ajouta Titus tout en traçant de son pouce un cercle hypnotique autour de mon nombril.

Je résistai à l'envie de me pincer, certaine que tout ceci n'était que l'œuvre de mon inconscient qui se repaissait de ce scénario indécent. Mais quand je sentis le matelas s'affaisser sous le poids d'Exos et que je vis ses yeux assombris de désir rivés sur mes seins, je pris soudain conscience que jamais je ne m'étais sentie aussi vivante.

La Reine des Éléments

Livre Un

PAR LES AUTEURES À SUCCÈS USA TODAY
Lexi C. Foss & J.R. Thorn

La Reine des Éléments : Livre Un - Elemental Fae Academy: Book One

Copyright © 2021 Lexi C. Foss & J.R. Thorn

English: Elemental Fae Academy: Book One

Traduction de l'anglais au français : Marie Bigard

Édité par Feathers and Footprints et Sophie Salaün

Conception de la couverture : Trif Book Design

Publié par : Ninja Newt Publishing, LLC

Édition imprimée

ISBN : 978-1-68530-030-2

Print ISBN: 978-1-68530-031-9

Nous dédions ce livre à nos lecteurs et lectrices et espérons que vous prendrez du plaisir à découvrir la Reine des Éléments.

#Dickwand

LA REINE DES ÉLÉMENTS

LIVRE UN

Mon conseil : N'embrassez jamais un inconnu.

Donc, sur un pari, j'ai plus ou moins embrassé un mec canon dans un bar… qui s'est avéré être un Faë Royal destiné à être mon compagnon. Et voilà que je me retrouve entraînée à l'Académie des Faë Élémentaires pour apprendre à maîtriser les pouvoirs que j'ai débloqués cette nuit-là.

Alors, embrasser des mecs comme ça ? On ne m'y reprendra pas. C'est bon.

J'ai compris la leçon.

Sauf que… j'ai aussi plus ou moins embrassé Titus. Et maintenant, je suis dans le pétrin jusqu'au cou. Je n'arrête pas de mettre le feu à un tas de trucs, j'inonde les dortoirs du campus et je me suis mis la brigade des pimbêches sur le dos.

Ce Monde des Faë est un cauchemar éveillé. Vraiment.

Mais… il y règne aussi des rêves.

Des rêves sexy.

Qui se présentent sous la forme de mes cinq mentors Faë.
Ils sont censés m'aider à contrôler mes pouvoirs, mais qui
empêchera les éléments de me contrôler moi ?

Remarque : Il s'agit d'une romance paranormale «
pourquoi choisir » medium-burn et du livre un de la
trilogie Reine des Éléments.

PARTIE I

PROLOGUE

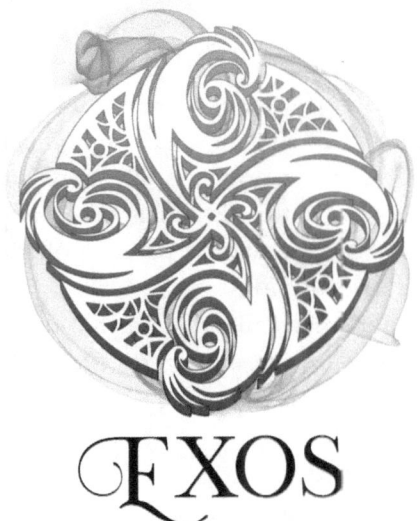

EXOS

— Son anniversaire est la semaine prochaine.

Elana s'adossa à sa chaise à la tête de la table du Conseil, ses yeux gris-argenté brillant d'anticipation.

— Nous ne pouvons pas prendre le risque de la laisser rester dans le royaume des mortels.

— Alors, tuons-la, suggéra Mortus d'un ton dépourvu d'émotion. Cette fille est une abomination.

— Bien dit, renchérit Zephys. Cela résoudrait plusieurs de nos problèmes.

— Et si c'était l'Élue ?

Vape incarnait toujours la voix de la raison lors de ces réunions. Il siégeait en face d'Elana, ses cheveux blancs tirés en arrière dans un chignon, les rides ornant son visage témoignant de sa vie presque millénaire.

— Oh, pas encore ça, lâcha Mortus d'un air exaspéré. Cette malédiction n'est qu'un mythe.

— Va dire ça aux Faë de l'Esprit, dont le peuple a pratiquement disparu, répliqua mon frère depuis son siège à la table du Conseil.

Je me tenais derrière lui, laissant ma chaise à ses côtés vacante. Nombreux étaient ceux qui voulaient que je rejoigne le Conseil royal et que je prenne ma place à la Cour des Faë, mais je n'avais jamais été attiré par cette vie. J'étais un guerrier par nature, pas un roi, même si mon sang indiquait le contraire.

— C'est sa mère la cause de tout ça, précisa Blaize, une flamme dansant sur la pointe de ses doigts. Je pense qu'il serait judicieux de ne pas l'oublier.

— Nous n'en sommes pas sûrs, lui rappela Vape, d'un ton doux, mais ferme.

Car c'était un sujet délicat, qui tenait à cœur à plusieurs personnes autour de la table. Et notamment à Mortus, le faë qui avait combattu Ophelia Snow jusqu'à ce que mort s'ensuive. Quatre-vingt-dix pour cent des Faë de l'Esprit avaient péri ce même jour. Certains affirmaient que c'était une coïncidence. D'autres accusaient Ophelia d'avoir été la force destructrice, sa trahison ébranlant tout le monde des Faë.

Mon instinct me disait que tout n'était pas noir ou blanc et qu'il devait certainement y avoir une autre explication. Seulement, je ne savais pas laquelle.

— Oh, allez. On sait tous très bien que c'est Ophelia la responsable et que cette petite terreur va sûrement nous causer autant de problèmes, dit Zephys en se levant. Je ne sais même pas pourquoi nous avons cette conversation. Nous perdons notre temps.

— Assieds-toi, ordonna Elana.

Sa place en bout de table lui conférait l'autorité sur les

personnes réunies dans la pièce. En tant qu'aînée, et parce qu'elle était incontestablement la plus puissante des faë, son influence dans cette discussion n'était pas à négliger. Même si elle avait été la mentore d'Ophelia, ce qui biaisait quelque peu son opinion sur le sujet.

Quand bien même, je pensais que tout le monde méritait une chance. Même Claire.

— Elle ne devrait pas avoir à payer pour les péchés de sa mère, murmurai-je, sachant que mon frère se rallierait à mes côtés. Je vote pour qu'on lui donne une chance.

— C'est une bonne chose que ton vote ne compte pas alors, rétorqua Mortus avec mépris.

— Peut-être, mais le mien, si, répondit mon frère. Et je suis d'accord avec lui. Claire ne devrait pas être punie pour quelque chose qui était hors de son contrôle. Nous devrions la faire venir dans le monde des Faë.

— Et qu'est-ce qu'on ferait d'elle ? interrogea Blaize. La garder en cage ? C'est une Halfeline. On ne sait même pas quel don élémentaire elle possède.

— Le don de l'Esprit, évidemment, lui répondit mon frère d'une voix calme. Et probablement un autre.

C'était ce qui distinguait notre espèce, les Faë de l'Esprit, des autres. Notre élément primaire était l'Esprit, mais la majorité d'entre nous avait une affinité secondaire. Pour moi, c'était le feu. Pour mon frère, l'eau. C'était cette particularité qui, jadis, avait fait de notre espèce la plus puissante du monde des Faë. Et ce serait toujours le cas aujourd'hui si le plus grand nombre d'entre nous n'avait pas mystérieusement succombé au cours d'une même journée.

— Mais bien sûr, ironisa Mortus. Le sang de mortel qui coule dans ses veines fera d'elle une faible.

— Ou, au contraire, la rendra extrêmement puissante, dit Vape de sa voix rauque, éraillée par le poids des ans. Il existe une prophétie au sujet d'une Halfeline contrôlant les cinq éléments. Cela pourrait être elle.

— Toi, tes malédictions et tes prophéties, grommela Mortus en secouant la tête. Donne-moi une preuve de ce que tu avances, vieil homme.

— C'est écrit dans les astres, se contenta-t-il de répondre d'un air énigmatique.

Bien qu'il soit un élémentaire de l'eau, il semblait doté d'un don de clairvoyance, que nul autre ne possédait. Mais au vu de son âge et de son expérience, il semblait presque normal qu'il détecte les tendances récurrentes de notre histoire et prédise ainsi les événements avant qu'ils ne se produisent.

— Nous devrions voter, dit Elana, en regardant à tour de rôle chacune des personnes attablées.

Chaque élément avait trois représentants au Conseil ; principalement des membres des différentes lignées royales, ainsi que quelques hauts dignitaires faë possédant des dons plus établis que la moyenne.

Des panneaux de vote apparurent, acheminés gracieusement par une brise légère et subtile conjurée par un élémentaire de l'air. Ils se dispersèrent tout autour de la longue table ovale.

— Devons-nous la faire venir dans le monde des Faë ? demanda Elana.

Côté violet pour oui, doré pour non.

Mon frère inclina le sien du côté violet, Mortus et Zephys retournèrent immédiatement les leurs du côté doré. Contre toute attente, Blaize choisit le violet.

— Disons que ça m'intrigue, dit-il en guise d'explication.

Plusieurs autres suivirent son exemple et se rangèrent à son avis, créant une majorité inattendue en faveur de la laisser rejoindre le monde des Faë.

— C'est décidé, alors, trancha Elana en joignant ses mains sur la surface dure. Que comptez-vous faire une fois qu'elle sera parmi nous ?

— Nous l'enverrons à l'Académie.

La proposition de mon frère sembla ébranler un instant les membres du Conseil. Les joues de Mortus tournèrent cramoisies.

— Pour corrompre notre jeunesse ? Hors de question.

Notre jeunesse ? pensai-je en réprimant un rire.

Les faë grandissaient plus vite que les humains et n'intégraient l'Académie qu'à l'âge de dix-neuf ans. Mis à part le fait qu'elle avait passé les deux premières décennies de sa vie sans avoir eu accès à ses dons, elle y serait une étudiante comme une autre.

D'habitude, les faë étaient bien plus jeunes qu'elle quand ils commençaient à utiliser leurs dons, mais Ophelia avait jeté un sort à Claire pour retarder sa progression élémentaire. Cela n'avait été que l'une d'une des nombreuses atrocités que la faë avait commises avant sa mort. Et également la raison pour laquelle le Conseil avait choisi de laisser la jeune fille dans le monde des mortels. Elle ne pouvait pas se défendre ici, et nombreux étaient ceux qui voulaient la voir périr.

À commencer par Mortus, le Faë de l'Esprit furieux qui se tenait à ma gauche. Je sentais les intentions malveillantes qui émanaient de son aura, et si on le laissait faire, il tuerait lui-même la Halfeline.

Claire aurait besoin d'un protecteur, et même de plusieurs, pour survivre ici. Et malheureusement, si ses pouvoirs se manifestaient comme nous le pensions, elle deviendrait très vite trop dangereuse pour le monde des mortels. Elle se retrouvait en quelque sorte… coincée entre un monde et un autre.

— L'Académie, répéta Vape en se frottant la mâchoire,

l'air pensif. Cela lui permettrait d'en apprendre plus sur ses dons. Elle est inscrite dans une université humaine à l'heure actuelle, non ?

— Oui, c'est ça, confirma Elana. Mais quel campus rejoindrait-elle ici ? Celui de l'Esprit a été dissous après que…

— Après que sa mère a décimé tout le monde ? offrit Mortus d'un ton sarcastique. Tu ne peux toujours pas l'admettre tout haut, mais tu laisserais l'abomination qu'elle a enfantée fréquenter l'Académie ? Pour qu'elle puisse manipuler les esprits les plus influençables de notre monde ?

Il se leva.

— Tout ceci est ridicule et tu le sais aussi bien que moi. Je ne veux pas être mêlé à cette conversation.

— Eh bien, va-t'en, lui dit mon frère d'une voix sans appel.

Même si Mortus était l'aîné de notre espèce, le sang royal qui coulait dans les veines de mon frère lui conférait un rang plus élevé.

— Mon frère et moi nous chargerons de représenter notre espèce à ta place.

— Tu aimerais ça, hein, dit Mortus en posant son regard noir et perçant sur moi. *Votre Altesse*, rajouta-t-il d'un ton railleur en s'inclinant faussement devant moi. Amusez-vous bien à jouer avec le destin… Mais ne vous étonnez pas quand il se retournera contre vous.

Il sortit d'un pas raide de la pièce et je soupirai.

Cet enfoiré me voyait comme une menace constante à sa position. Et ses craintes étaient certainement justifiées vu qu'il était l'évidence incapable de se comporter comme l'adulte de trois cents ans qu'il était. Je n'avais même pas le dixième de son âge et j'avais de meilleures manières que lui.

— Qu'est-ce que tu en penses, Exos ? me demanda Elana. Est-ce que tu crois qu'elle devrait rejoindre l'Académie ?

— Elle y trouverait tous les enseignements dont elle a besoin pour maîtriser et perfectionner ses dons élémentaires, répondis-je prudemment. Mais Mortus a soulevé un point important. Qui l'aidera à apprendre le don le plus important d'entre tous, le don de l'Esprit ?

Elle hocha la tête.

— J'ai ma petite idée pour ça.

Une lueur malicieuse apparut dans le regard de l'aînée, et je sus immédiatement que je n'allais pas du tout aimer sa suggestion.

— J'aimerais que ce soit toi qui l'entraînes. En fait, je pense même que c'est toi qui devrais aller la chercher.

— Pourquoi ? laissai-je échapper presque malgré moi.

Elana esquissa un sourire.

— Parce que tu es le Faë de l'Esprit le plus puissant que je n'ai jamais vu. Et s'il y a bien une personne capable de la protéger, c'est toi.

— Elle a raison, renchérit mon frère en levant vers moi ses yeux perçants, du même bleu que les miens. Tu es le plus fort d'entre nous. Si quelqu'un peut réussir à la contrôler et l'entraîner, c'est bien toi.

Il leva sa main et la plaça sur la mienne que j'avais posée sur le dossier de son siège.

— Elle a besoin de toi, Exos.

— C'est une bonne combinaison. Protection et enseignement, ajouta Vape. Enfin, seulement si tu es prêt à relever ce défi ?

Il arqua d'un air interrogateur l'un de ses sourcils blancs tout en plongeant son regard dans le mien. Le vieil élémentaire savait que je ne pouvais pas dire non à une requête, surtout si celle-ci m'était confiée avec son appui.

Je soupirai.

— Bon, d'accord. J'irai la chercher dans le royaume des humains. Nous discuterons de cette histoire de mentor à mon retour.

— Parfait, déclara Elana en ouvrant ses paumes en signe de conclusion. Je pense que nous pouvons suspendre la séance à présent.

— Quand tout ceci se retournera contre nous, souvenez-vous bien que j'avais voté contre, dit Zephys en s'éloignant de la table. Et si elle meurt, je n'y suis pour rien.

Mon frère me serra doucement la main avant de la relâcher.

— Bonne chance, Exos. Tu vas en avoir besoin. Fais de ton mieux pour me revenir vivant.

Je le gratifiai d'un sourire arrogant.

— Quiconque tente sa chance mérite son sort. Ce n'est pas ce qu'on dit, Cyrus ?

— Si, c'est ça, me répondit-il en souriant à son tour.

Il se leva de sa chaise et nous tapâmes nos poings l'un contre l'autre.

— Je ne te dis pas merde…

— Merci.

Et, en effet, j'allais avoir besoin de chance, vu ce qui m'attendait. Il n'y avait que très peu d'endroits pires que l'enfer, et le royaume des humains en faisait partie.

Décidément, quelle chance j'avais!

CLAIRE

— ACTION OU VÉRITÉ ?

Je manquai de recracher ce que j'avais dans la bouche : une espèce de concoction fruitée que m'avait apportée ma meilleure amie. Un truc à la fraise ou quelque chose dans le genre. Super sucré. Mais là n'était pas le problème.

— Je ne veux pas jouer à ça, Rick.

— *Oh que si,* on va y jouer, ma petite Claire chérie.

Les lèvres d'Amie se retroussèrent en un grand sourire.

— Et vu que c'est ton anniversaire, c'est toi qui commences.

J'essayai de rouler des yeux, mais la pièce tournait déjà autour de moi. Je n'étais pas complètement soûle, juste très éméchée. Enfin, ça, ça restait une analyse très subjective de mon état. Honnêtement, je me sentais vraiment, vraiment bien. Du genre intouchable. Puissante. *Heureuse.* Mais cette boisson fruitée dans ma main était vraiment infecte. Il me fallait quelque chose de plus fort. Comme un shot, ou un truc du genre. Peut-être un…

— Alors, action ou vérité, bébé ? demanda Rick en me lançant un de ses sourires plus-sexy-que-ça-tu-meurs.

Malheureusement pour moi, nous partagions tous deux la même passion pour la gent masculine. Pas l'un pour l'autre.

— Non, lui dis-je. Je ne joue pas.

— J'ai pourtant le gage parfait pour toi, continua Rick avec une lueur malicieuse dans ses yeux sombres.

J'avais suffisamment été l'objet de ses gages dans le passé pour savoir qu'accepter n'apporterait rien de bon.

— Non, répétai-je. C'est mon anniversaire, donc c'est moi qui décide.

C'était bien comme ça que ça marchait, non ? Il n'y avait pas de raison que ça se passe autrement.

— C'est comme ça et puis c'est tout.

— Qu'est-ce que tu racontes ? demanda Amie en secouant la tête avant de m'adresser un signe dédaigneux de la main. Ignore-la, Ricky. Elle va finir par jouer. Tu la connais, notre Claire chérie ne sait pas dire non à un gage.

— Sérieusement, les gars ?

Je n'arrivais pas à croire qu'on était en train d'avoir cette conversation.

— On a vingt-et-un ans. Pas seize.

— Es-tu en train de dire qu'on est trop vieux pour jouer à action ou vérité ? s'écria Brittany, l'air offensé. Je ne suis *pas* trop vieille pour quoi que ce soit, c'est clair ?

— Crois-moi, B, on sait, lui dit Rick en lui tapotant gentiment la main. On sait.

— Et qu'est-ce que tu sous-entends, au juste ? demanda-t-elle d'un ton qui me fit mal au crâne.

— Tu sais très bien ce que je veux dire, ma puce.

Il fit semblant de rejeter en arrière sa chevelure inexistante. Les pointes pleines de gel qui se dressaient sur son crâne ne bougèrent pas d'un poil.

— Non, justement, je ne sais p…

— Bon, d'accord, l'interrompis-je pour éviter d'avoir à passer ma soirée d'anniversaire à les écouter se prendre la tête. Je choisis action.

Parce que c'était la seule façon pour qu'ils me fichent la paix.

— Qu'est-ce que tu veux que je fasse, Rick ?

— Lui.

D'un geste de la main, il m'indiqua un mec, ou devrais-je plutôt dire un *homme*, qui se tenait au bar, une veste en cuir sur le dos.

Je sentis ma mâchoire se décrocher.

— *Quoi* ?

Il était beaucoup trop bien pour moi, dans le genre carrément inapprochable. Et ce n'était pas le manque de confiance en moi qui me poussait à penser de la sorte. À vrai dire, je me considérais plutôt assez jolie, un bon B, facile. Mais ce type était à tomber, avec un style de bad boy rocker. Des épaules puissantes, une taille fine et de magnifiques cheveux d'un blond presque blanc.

Je passai mon pouce sur ma lèvre inférieure. Ce type était exactement le genre d'homme qui faisait rêver les femmes, et qui devait faire des ravages au lit. En tout cas, c'était ce que son apparence assurée suggérait.

Il tourna soudain la tête vers moi, comme s'il avait senti que je le dévisageais, et je baissai vivement les yeux.

— Ouais, lui, confirma Rick avec un petit sourire dans la voix. Il a passé toute la soirée à te mater, Claire chérie. Je veux que tu ailles lui en rouler une. C'est ça mon gage.

— Tu veux que je l'embrasse ? m'écriai-je d'une voix plus aiguë que je ne l'aurais souhaité. Ici, au bar ?

— Ce ne serait pas la première fois, me fit-il remarquer. C'était quoi son nom déjà ? Justin ? Jack ?

— Jeremy, le corrigea Amie.

Rick fit claquer ses doigts.

— C'est ça, Jeremy ! Ça ne t'avait posé aucun problème de lui aspirer la langue devant tout le monde, si je me souviens bien. Donc je veux te voir faire la même chose avec monsieur sexy là-bas. C'est surtout pour satisfaire ma curiosité. Je suis prêt à parier que c'est un dominateur, le genre de mec qui prend le contrôle et qui en profite pour apprendre deux ou trois trucs à ta bouche.

— Oh, bon sang !

Mes joues étaient en feu et je secouai déjà la tête en signe de négation.

— Donne-moi plutôt une vérité.

— Nan, c'est un bon gage.

Il prit une gorgée de sa bière avant de se laisser aller contre la banquette et de passer son bras libre autour des épaules de Brittany.

— Je te mets au défi d'embrasser ce bad boy blond. Et de revenir tout nous raconter.

— Si tu n'y vas pas, moi j'irai, s'empressa d'ajouter Amie.

Ma meilleure amie était en train d'étudier l'homme en question avec une lueur d'adoration dans le regard.

— Ce type est *canon*.

Rick eut un petit rire de dérision.

— Je t'adore, A, tu le sais. Mais la seule personne à cette table qui a une chance avec ce type, c'est Claire. Il a passé la soirée à bander pour elle. Crois-moi. Je l'observe depuis qu'on est arrivés.

— Vraiment ? demandai-je, ayant soudainement le sentiment d'être beaucoup trop sobre. Il m'a remarquée ?

— Oh, oui, il n'a pas arrêté de te mater, confirma-t-il

avant de prendre une autre gorgée. Sérieusement, va le voir et commence par dire *salut*. Tu verras bien où ça vous mènera. Après tout, tu ne sors avec personne en ce moment, C.

J'essuyai mes mains moites sur mes cuisses nues et trouvai soudain ma jupe un peu trop courte à mon goût. L'homme, de nouveau dos à moi, avait reporté son attention sur sa boisson. Même de dos, il transpirait le sex-appeal. Amie avait raison. Il était carrément canon, avec un grand C.

— Je ne sais pas, hésitai-je encore. J'ai besoin d'un verre… non, plutôt cinq, avant de pouvoir tenter quoi que ce soit.

Rick fronça un sourcil, ce qui fit brièvement briller le piercing sur son arcade sourcilière.

— Depuis quand ce genre de gage est-il un problème pour toi ?

Depuis que tu m'as demandé d'embrasser ce qui m'a l'air d'être un dieu en veste de cuir.

— Je vais le faire, lui répondis-je. J'ai juste besoin d'un peu plus de courage liquide. Et puis, c'est mon anniversaire, non ? Je ne devrais même pas avoir besoin de demander.

Le regard qu'il me lança me fit bien comprendre qu'il n'était pas dupe.

— C'est ça, oui.

Il fit signe à un serveur, celui-là même qui avait passé la soirée à mater Rick. Ils allaient s'envoyer en l'air plus tard, c'était sûr et certain.

— Mon amie ici présente est un peu trop sobre et a besoin d'une tournée de shots.

— Téquila ? proposa Drew, le serveur en question.

— Parfait, lui répondit Rick en faisant glisser son regard sur le corps du serveur. Absolument parfait.

Drew sourit, ses yeux noisette brillant d'un éclair d'intérêt.

—Je reviens tout de suite.

—J'espère bien.

Brittany fusilla Rick du regard tandis que Drew s'éloignait pour aller chercher nos boissons.

— Comment tu te débrouilles pour toujours faire ça ? lui demanda-t-elle, l'air renfrogné. Il est évident qu'il va passer la nuit avec toi, et pourtant tu n'as quasiment rien fait d'autre que de lui commander à boire.

Rick haussa les épaules.

— Tout est dans le regard, ma chérie, lui dit-il en lui faisant un clin d'œil. Apprends à utiliser tes atouts, et peut-être que tu deviendras meilleure à ce jeu-là.

Elle empoigna ses seins.

— Crois-moi, je les utilise. Ce décolleté ne pourrait pas être plus plongeant.

Il baissa son regard vers sa poitrine avantageuse.

— Certes, mais parfois moins tu en montres, mieux c'est. Regarde Claire avec son t-shirt moulant imprimé. Il souligne ses courbes sans les exhiber. Et elle a attiré l'attention de plusieurs types ce soir.

— C'est parce qu'elle est blonde, rétorqua Brittany en pointant du doigt ma longue chevelure, comme s'il s'agissait de mon seul atout.

— Elle est aussi sublime, ajouta Amie. Et grande, avec des jambes qui n'en finissent pas.

— Qu'elle met parfaitement en valeur avec cette jupe, conclut Rick.

Je me sentis rougir.

— Les gars, je sais que c'est mon anniversaire, mais ça commence à devenir gênant. Est-ce que vous êtes tous en train de me faire du gringue ? Parce que, autant vous le dire tout de suite, aucun de vous n'est mon genre.

— Je suis totalement ton genre, objecta Rick. Mon engin est juste trop balèze pour toi

J'éclatai de rire.

— Ouais, ça doit être ça.

Il me gratifia d'un autre de ses clins d'œil alors que nos boissons arrivaient.

— Une autre tournée, s'il te plaît, dit Rick avant même que Drew ait fini de placer les verres sur la table. En fait, non, deux.

— Ça marche.

Drew avait l'air plus que ravi de continuer à nous servir… rien que nous.

Amie avait raison.

C'était comme si Rick avait un don, un talent secret, *quelque chose*, qui faisait que ce genre de scénario se répétait chaque fois que nous sortions.

Il fit tinter son verre contre le mien, un petit sourire malicieux se dessinant au coin de ses lèvres, et je descendis le shot d'un trait. Ça me brûla la gorge, mais c'était tellement bon. Je venais peut-être tout juste d'avoir vingt-et-un ans, l'âge légal pour boire de l'alcool, mais ce n'était pas la première fois que je mettais les pieds dans un bar. D'ailleurs, la plupart des clubs sur le campus de l'Université de l'État de l'Ohio laissaient entrer les jeunes à partir de dix-huit ans, et plusieurs d'entre eux ne vérifiaient même pas les cartes d'identité.

Deux tournées de shots plus tard, une douce chaleur m'enveloppa à nouveau et me replongea dans un état de sérénité qui me fit oublier toutes mes réserves. M. Canon était toujours assis au bar, seul et ne parlant à personne.

Mmmh.

D'accord. Je pouvais le faire.

J'avais juste à aller le voir et à flirter un peu avec lui. Ça ne pouvait pas être si compliqué que ça, si ?

— Juste un baiser, on est d'accord ? demandai-je en prenant une gorgée du verre d'eau que Drew m'avait apporté.

— De préférence avec la langue, me répondit Rick. Mais c'est toi qui vois, ma grande.

Je hochai la tête.

— Je peux le faire.

— Et comment que tu peux ! me répondit-il en souriant. Va le choper, Claire chérie !

Je pris une autre gorgée d'eau et me levai avec précaution, testant mes talons.

La pièce tourna légèrement autour de moi, mais à part ça, tout allait bien. Les huit centimètres de talons ajoutés à mon mètre soixante-quinze allongeaient ma silhouette et donnaient à mes jambes une allure super sexy. Ils faisaient aussi paraître ma jupe indécemment courte, même si elle couvrait toujours l'essentiel.

Enfin, à condition que je ne me baisse pas.

Ceci dit, cela pourrait être un bon moyen d'attirer l'attention de M. Canon.

Je gloussai intérieurement tout en m'avançant vers lui. Le tabouret à côté de lui était libre, m'offrant l'occasion de m'approcher. Je me tortillai pour me placer entre lui et le siège avant de m'accouder au comptoir, comme si je voulais attirer l'attention du barman. Délibérément, j'effleurai son bras du mien. Je ressentis immédiatement une décharge électrique.

Surprise, je tournai la tête vers lui et découvris une paire d'yeux bleu saphir délicatement bordés de cils dorés. Waouh. Son visage vu de près était à couper le souffle. Des traits parfaitement ciselés. Sa bouche semblait me supplier de le goûter, m'attirant irrémédiablement, effaçant tout le reste.

Le gage de Rick venait de devenir soudain dangereusement séduisant.

Qu'est-ce que ce qu'il ferait, cet inconnu, si je me mettais subitement à l'embrasser ? Me rendrait-il mon baiser ? Me repousserait-il ? Serait-il surpris ?

Je me penchai un peu plus vers lui, curieuse de voir sa réaction et obnubilée par ses lèvres. Il n'avait encore rien dit, avait à peine croisé mon regard et pourtant j'étais déjà à deux doigts de le supplier de passer une nuit avec moi.

— Qui es-tu ? m'émerveillai-je, complètement fascinée par le simple fait de son existence.

Je traçai de mes doigts son bras recouvert de cuir, ressentant un besoin impérieux de le toucher et de ressentir son énergie, sa présence.

Il semblait tout aussi captivé et je le vis déglutir. Il balaya mon corps de son regard bleu océan sur et s'humecta les lèvres du bout de la langue. J'observai son geste telle une femme affamée, le désirant plus que je ne désirais même respirer.

Qu'est-ce qui m'arrive ?

Cette attirance instantanée me fit perdre mes moyens, me forçant à me pencher vers lui, à le vouloir, *désespérément*. J'effleurai ses lèvres des miennes, mon être s'embrasant déjà à ce tout premier contact.

Oh mon Dieu...

Il m'attrapa fermement le coude pour m'attirer encore plus près de lui. Nous étions désormais côte à côte et il se dégageait entre nous une énergie palpable. La chaleur de son corps était comme une couverture dont je n'avais pas réalisé que j'avais besoin.

— Ça t'arrive souvent d'embrasser des hommes que tu connais à peine ? me demanda-t-il, ses lèvres tout contre les miennes, d'une voix profonde et séduisante. *Tellement sexy.*

Je secouai la tête.

— Non.

— Eh bien, c'est bon à savoir, me murmura-t-il sombrement, son souffle mentholé chatouillant ma langue.

Je me penchai à nouveau vers lui pour goûter encore une fois à ses lèvres, mais la façon dont il m'agrippait toujours le coude m'en empêchait et me maintenait fermement en place à ses côtés.

— Ça te dit d'aller faire un tour ?

Ses mots sonnaient plus comme un ordre que comme une question.

— Où ça ? lui demandai-je, complètement envoûtée malgré les signaux que m'envoyait mon cerveau.

C'est un inconnu. Ne le suis pas !

Mais il a quelque chose qui me semble tellement familier…

C'est l'alcool qui te fait penser ça, ma belle.

Ou peut-être que c'est quelque chose de complètement différent.

Parce que je ne me sentais pas soûle du tout. L'effet des shots que j'avais bus s'était déjà dissipé. Je ne ressentais plus que ce besoin torride d'être tout contre cet homme puissant. L'odeur enivrante qui se dégageait de lui était comme une drogue, éveillant en moi ce besoin impérieux que je ne comprenais pas.

— Dehors, précisa-t-il, tout en faisant languir ma bouche avec sa lèvre à quelques millimètres des miennes.

Je serrai les cuisses sous l'effet de la vague d'excitation que sa voix de ténor provoqua en moi. Une vague d'excitation dont lui seul pouvait me sauver.

— Qui es-tu ? lui demandai-je à nouveau, toujours aussi hypnotisée et ma respiration erratique. C'est quoi cet effet que tu as sur moi ?

— Je pourrais te demander la même chose, princesse, me répondit-il, sa main comme une marque au fer rouge sur mon coude. Allons prendre l'air.

Plus de doute cette fois, il ne s'agissait pas d'une question.

Et presque malgré moi, je hochai la tête et acceptai cette proposition étrange alors même que mon instinct se révoltait en moi et m'intimait de refuser.

On va juste faire un tour.

Tu as perdu la tête.

Mais non, tout ira bien…

Il possédait un certain quelque chose que je n'arrivais pas tout à fait à identifier. Et mes amis ne me laisseraient pas aller bien loin de toute façon, si ?

— Juste un petit tour, acceptai-je en murmurant.

— Oui.

Ce mot sonnait comme une promesse contre ma bouche. Il fut suivi par le plus aérien, le plus volatil frôlement de ses lèvres, me laissant *désespérée* de désir.

— En échange d'un baiser, le suppliai-je.

Il arqua un sourcil magnifiquement défini.

— Un autre ?

— Le premier ne comptait pas.

Nos bouches s'étaient à peine effleurées, ce n'était pas vraiment un *baiser*.

Sa main remonta le long de mon bras, provoquant des frissons sur son passage. Ma poitrine brûlait dans l'attente de ce baiser et mes jambes tremblaient d'impatience. Il posa la paume de sa main sur ma nuque, me tenant fermement comme si je lui appartenais, avant de presser fermement ses lèvres contre les miennes.

Mon sang se transforma en un véritable brasier, provoquant en moi une sensation de chaleur telle que je n'en avais jamais connue auparavant. L'énergie qui m'habitait remonta violemment à la surface pour venir à la rencontre de la sienne. On aurait dit une sorte de danse nuptiale qui m'était impossible à décrire et que je ne pouvais que *ressentir*. Son baiser enflamma tout mon être, sa main autour de mon cou une ancre qui m'arrimait délicieusement à lui.

Et puis il se mit à jurer.

Très fort.

Les gens autour de nous hurlaient.

Je clignai des yeux, confuse. Abasourdie par le chaos qui régnait désormais dans le bar.

C'est alors que je remarquai les murs calcinés.

Que je sentis l'odeur du bois en train de brûler.

Que je ressentis le vague de chaleur qui descendait sur la foule alors qu'un véritable brasier s'engouffrait dans la pièce.

Les bras de l'inconnu s'enroulèrent autour de moi pour me protéger de la tornade qui s'abattait sur nous et j'ouvris la bouche pour crier, lorsque, soudain, tout devint noir.

EXOS

— ELLE A MIS le feu au bar ? demanda Elana d'un ton qui me semblait lourd d'accusations. Qu'est-ce que tu lui as fait ?

Oh, ce n'est pas tant ce que je lui avais fait, mais plutôt ce qu'*elle* m'avait fait, à *moi*.

— Rien.

Je ne pouvais me résoudre à dire la vérité et à admettre que je l'avais laissée m'embrasser.

Mais à quoi avait-elle pensé ? Embrasser un parfait inconnu ? Bon sang !

Mais plus important encore, pourquoi est-ce que je l'avais laissée faire ?

Parce qu'elle était sublime.

Parce qu'elle m'avait séduit avec son don élémentaire de l'Esprit.

Parce que j'avais passé la soirée à vouloir goûter ses lèvres charnues même si je savais à quel point c'était mal.

Je secouai la tête pour chasser ces pensées de mon esprit.

—Je suis parvenu à aider la plupart des humains à s'en sortir, mais l'incendie a fait quelques victimes.

Y compris l'un de ses amis, ce qui, à mon avis, ne serait pas bien vécu par Claire à son réveil. *Merde.* Je passai ma main sur mon visage, exténué. Cela m'avait coûté toutes mes forces de limiter les dégâts autant que possible. Mon affinité avec le Feu était minime. Et Claire avait sorti le grand jeu dans ce bar lorsque son pouvoir avait explosé, réduisant le bâtiment en cendres.

— Eh bien, le côté positif de tout ça, c'est que nous disposons d'une bonne excuse pour sa disparition.

Vape était confortablement installé dans un fauteuil près des immenses baies vitrées du salon d'Elana, son pantalon et sa chemise décontractés suggérant qu'il devait s'apprêter à aller se coucher avant que je n'arrive.

Je n'avais pas su où d'autre amener Claire, car Elana était la seule membre du Conseil en qui j'avais réellement confiance pour assurer sa sécurité, et lui raconter l'histoire du bar. Elle avait fait venir Vape, mais personne d'autre, et m'avait laisser porter Claire dans l'une de ses nombreuses chambres d'amis qui se trouvaient à l'étage.

Étant l'une des plus anciennes faë, Elana possédait un magnifique domaine. Son manoir était paré de fleurs et de plantes luxuriantes, toutes animées par la seule force de son Esprit. Notre espèce contrôlait la vie et la mort de tout être vivant, y compris les faë. Ce n'était pas le cas des autres, qui ne contrôlaient qu'un seul élément spécifique. Vape, par exemple, maîtrisait l'eau.

— Oui, on se servira de ce qu'il s'est passé au bar pour

faire croire qu'elle faisait partie des victimes. De cette façon, on est sûr que personne ne se mettra à sa recherche.

Elana se tenait devant le grand piano, sa hanche reposant sur la surface dure de l'instrument. Son apparence jeune contrastait fort avec son aura séculaire. Si un humain lui donnait peut-être trente ans en la voyant, je savais qu'elle était proche du millénaire. C'étaient ses liens étroits avec l'Esprit qui lui permettait de conserver cette apparente jeunesse, au contraire de Vane, dont l'âge se lisait dans les rides de sa peau diaphane et dans sa longue chevelure blanche.

— Est-ce que tu es capable de l'entraîner ? me demanda-t-il. Ou est-elle trop dangereuse pour rester à l'Académie ?

Son regard de minuit était comme un puits de sagesse sans fond.

Je sentis la chair de poule prête à recouvrir ma peau au souvenir de l'énergie qui avait émané de Claire. Je n'avais jamais rien ressenti de tel.

— Elle est puissante, admis-je en me passant la main sur la nuque pour réprimer le frisson que je sentais remonter le long de ma colonne vertébrale. Mais mon Esprit peut dompter le sien.

Il m'avait fallu beaucoup de force, plus que je n'en avais jamais utilisé auparavant, pour maîtriser son don. Mais j'y étais parvenu.

—Je peux l'entraîner.

Ce que je voulais réellement dire par là, c'était : *il n'y a que moi qui suis capable de l'entraîner*.

Elana avait beau être mon aînée, le sang pur et royal qui coulait dans mes veines élevait mon rang et me rendait plus puissant qu'elle ne le serait jamais.

C'était injuste, oui.

Mais c'était comme ça.

Même mon frère ne pouvait égaler mon affinité pour l'Esprit et c'était la raison pour laquelle, techniquement, la couronne royale m'appartenait. J'avais cependant choisi d'abdiquer en faveur d'une vie de guerrier, donnant ainsi à Cyrus l'opportunité de régner.

Et cet arrangement nous convenait à tous les deux.

— C'est réglé, alors, murmura Elana, son sourire se reflétant brièvement dans ses yeux gris-argenté. Je suggère de la mettre dans le Quartier du Feu puisque c'est son don secondaire, tout comme toi.

— Tu veux que je vive avec Claire ? lui demandai-je, soudain mal à l'aise.

— Elle a besoin d'un protecteur, et je pense que tu es le seul suffisamment qualifié pour cette mission.

Je soupirai, les mains dans les poches, et m'adossai à l'arbre qui trônait au milieu de son salon.

— Bon, je vais prendre les dispositions nécessaires.

Parce qu'elle avait raison. Non seulement j'étais le seul capable de maîtriser les pouvoirs de Claire, mais j'étais aussi une des rares personnes qui préféraient la voir en vie. Nombreux étaient ceux qui en profiteraient pour la tuer pour les crimes de sa mère.

— Un seul protecteur ne lui suffira pas, fit remarquer Vape comme s'il lisait dans mes pensées. Elle va avoir besoin d'une armée de gardes du corps.

— Armée dont nous ne disposons pas.

Au ton de sa voix, Elana semblait frustrée, probablement à cause du refus de nos frères faë d'accepter Claire comme étant l'une des nôtres. Elana militait pour la paix et l'harmonie entre les royaumes des Faë, et c'est pourquoi elle avait créé l'Académie, un lieu où tous les Faë Élémentaires étaient obligés de créer des liens par la force des choses. Certes, ils disposaient de quartiers séparés au sein desquels ils suivaient un tronc commun spécifique, mais les faë se devaient également de participer à de nombreuses activités telles que des événements sportifs où l'usage des dons était interdit ou encore des cours d'éducation générale sur l'histoire des humains, ainsi que d'autres compétences utiles et exploitables.

— C'est une lourde mission pour un seul faë, objecta Vape, ne cachant pas son incertitude. Et qui plus est, un faë important comme toi.

— Je me suis porté volontaire.

Ce n'était pas tout à fait exact. C'était plutôt que j'étais le seul capable de mener à bien cette mission et que je ne souhaitais cela à personne d'autre.

— Je saurais la protéger, continuai-je.

— Oui, mais toi ? rétorqua Vape. Tu es l'un des deux derniers membres de la lignée royale des Faë de l'Esprit. Qui te protégera ?

Ses paroles me firent sourire.

— Je suis capable de me protéger moi-même.

Et si quelqu'un pensait le contraire, il pouvait venir me le dire en face.

— Je ne m'en fais pas du tout pour ça, conclus-je.

Elana me sourit.

— Tu ressembles tellement à ton père, Exos. Il serait fier de…

Un cri perçant venant de l'étage nous fit nous redresser tous les trois.

— On dirait bien que notre Belle au bois dormant vient de se réveiller, commenta Vape d'une voix traînante, une expression amusée sur le visage.

Boum.

Je me précipitai vers les fenêtres pour parcourir les alentours du regard. Il était encore très tôt, le soleil n'était qu'une simple lueur rosée à l'horizon.

— Elle vient de faire tomber un arbre, leur dis-je en plissant le front. Comment est-ce possible, bon sang ?

J'aurais dû la sentir conjurer son Esprit puisque mon énergie s'était attachée à la sienne plusieurs jours auparavant, lorsque j'avais commencé à la traquer. Je vis un tourbillon d'eau et d'air se former à l'extérieur, déracinant plusieurs arbres sur son passage et se dirigeant tout droit vers le manoir.

— *Merde.*

Sans un regard en arrière, je montai quatre à quatre les escaliers, vaguement conscient que Vape et Elana m'avaient emboîté le pas, et poussai violemment la porte de la chambre d'amis.

Claire se tenait au centre de la pièce emplie de roses et de lianes, ses cheveux blonds emmêlés et le regard fou. Ses yeux faisaient le tour de la pièce, ou plutôt de ce qui devait avoir l'air d'être un jardin à ses yeux. Elle se figea quand elle m'aperçut à la porte, les poings serrés le long de son corps et ses lèvres pulpeuses entrouvertes.

Mon Esprit s'élança vers le sien, la berçant de douces vibrations pour tenter de calmer son émoi. Il s'agissait là d'un de mes talents personnels : ma capacité à manipuler et persuader les gens, à les plonger dans l'état émotionnel de mon choix.

Calme-toi, lui intimai-je tout en fixant des yeux la tornade qui se dissipait à l'extérieur.

Dieu merci.

Ça marchait.

Lentement mais sûrement, son essence répondait à la mienne.

— Est-ce que je suis en train de rêver ? demanda-t-elle d'une voix douce teintée d'émerveillement.

Je vis ses épaules se détendre. Elle regarda à nouveau toute la vie qui l'entourait dans la pièce, les fleurs épanouies et les lianes qui grimpaient le long des murs et du plafond. La pièce était baignée d'une lueur terrestre.

Je regardai par-dessus mon épaule en direction d'Elana et de Vape.

— Laissez-moi lui parler.

Elana hocha la tête, bien consciente qu'il nous fallait être prudents, au risque que Claire se sente à nouveau submergée par ce qu'il lui arrivait.

— Nous serons en bas, si jamais tu as besoin de nous, murmura l'aînée.

— Juste une chose, ajouta Vape en penchant la tête sur le côté. Je sens l'eau. Et l'air.

Oui, moi aussi.

Et ils semblaient émaner de Claire.

Elle me regarda de ses grands yeux bleus, les sourcils froncés.

— Qui es-tu ? demanda-t-elle avec une note de fascination dans la voix. Pourquoi est-ce que je suis en train de rêver tout ça ?

Ouais, il était grand temps qu'on discute.

— Nous vous rejoindrons en bas.

Je n'attendis pas la réponse de Vape et d'Elana et fermai doucement la porte pour m'isoler dans la chambre d'amis avec Claire. Nous allions avoir besoin d'un peu d'intimité pour avoir cette discussion.

Claire se mit à tourner sur elle-même, les bras grands ouverts, sa jupe remontant toujours plus haut sur ses longues jambes sexy. La tête levée vers le plafond, elle affichait un sourire émerveillé et excité.

— Oh, c'est tellement beau ici. Je me sens tellement vivante. Tellement… heureuse.

Elle continuait à tournoyer, son Esprit clairement intoxiqué par le mien. Je l'avais un petit peu trop apaisée, on dirait.

Bon, il était temps de la faire redescendre de son petit nuage.

— Claire, murmurai-je en m'asseyant sur le lit de fleurs sur lequel elle s'était réveillée.

Le matelas était fait de terre et le cadre du lit avait été confectionné avec des branches d'arbres provenant du domaine. Personnellement, je préférais les ameublements plus modernes, mais chaque faë embrassait les éléments à sa façon. Et il semblait que ce style de décor plaisait beaucoup à Claire. Elle se baissa pour toucher les racines qui habillaient le sol, sa jupe se relevant pour révéler les courbes de ses fesses.

— Claire.

Je prononçai son nom d'une voix légèrement étranglée cette fois, car mon besoin de, euh, de la faire *arrêter* ce qu'elle était en train de faire, devenait impérieux.

— Tu veux bien me regarder, s'il te plaît ?

— Oh, oui.

Elle se retourna vers moi et balaya mon corps du regard sans rien cacher de son intérêt.

— Je serais plus qu'heureuse de te regarder, continua-t-elle. Mais comme c'est mon rêve, je préférerais te voir sans tes vêtements, histoire de voir de quoi il en retourne.

Je toussai alors qu'une vague de chaleur embrasait soudain mes entrailles.

— Bon, pour commencer, tu n'es pas en train de rêver.

— Mais bien sûûûr, me répondit-elle d'une voix traînante. Tu joues à te faire désirer, c'est ça ?

— Non, je ne joue à rien du tout. Ceci n'est pas un rêve. C'est le monde des Faë. Je t'ai amenée ici après l'incendie.

Elle fronça les sourcils un instant. Puis elle éclata de rire, pliée en deux.

J'imaginai qu'à sa place, j'aurais sûrement réagi de la

même façon. Le monde qui l'entourait à présent n'avait rien à voir avec celui dans lequel elle avait grandi. Pour elle, une forêt n'était qu'une bête anéantie à cause de l'incompréhension et de l'idiotie des humains. Les faë, à l'inverse, embrassaient la nature. Nous l'accueillions à bras ouverts dans nos maisons et vivions en harmonie avec elle. Nous ne nous dressions pas contre elle.

— Claire, je te dis la vérité, essayai-je à nouveau d'une voix douce. Je voulais te convaincre et t'amener ici de ton plein gré, mais je n'ai pas eu le choix, après l'incendie du bar. Tes pouvoirs sont en train de s'éveiller, maintenant que le sort se dissipe enfin. Désormais, il faut que tu sois parmi les tiens.

Son rire gagna encore en volume et elle s'assit sur une des racines jonchant le sol, se tenant les côtes.

— Waouh. Sérieusement, ce rêve est du grand n'importe quoi.

— Parce que ce n'en est pas un, répétai-je en serrant les dents. Tu es dans le monde des Faë.

— Mais bien sûr, caqueta-t-elle en essuyant les larmes au coin de ses yeux. Parce qu'on sait tous que les fées existent.

— Pas les fées auxquelles tu penses, mais les faë. F.A.Ë. Avec un A.

— Parce qu'il y a une différence ?

— Oui. Les fées avec un E ne sont qu'un mythe. Les faë avec un A existent vraiment.

— Oh. Je vois. Tout s'explique.

Elle essaya en vain de réprimer un sourire, et ses lèvres se retroussèrent pour laisser échapper un autre rire.

Chers dieux des éléments, insufflez-moi force et patience. On dirait que je vais en avoir besoin.

— Essayons autre chose, suggérai-je, formulant mes pensées à voix haute. Parle-moi de tes parents, Claire.

Son allégresse disparut soudain et elle se mit à froncer les sourcils.

— Quoi ? Non. Je ne veux pas discuter de ça.

— Je m'en moque. Je voudrais que tu me parles d'eux.

— Et moi, je n'en ai pas envie, répliqua-t-elle. Va te faire voir.

— Tu n'es pas en train de rêver, Claire, lui dis-je, pour la énième fois. Tu ne peux pas me faire disparaître. Alors, parle-moi de tes parents.

— Non.

— Pourquoi non ?

— Parce que je ne veux pas, s'obstina-t-elle à répondre.

— C'est une raison merdique. Il y a pas mal de choses dans la vie que je n'ai pas envie de faire, comme être ici avec toi, mais, malheureusement, on a tous un sens du devoir que l'on ne peut pas ignorer. Et je veux que nous parlions de tes parents. Surtout de ta mère, Ophelia.

C'était une tactique assez cruelle, certes, mais cela eut l'air de dissiper un peu le brouillard dans lequel se trouvait son esprit. Je vis ses pupilles se contracter et son attention se focaliser.

— Je ne veux pas en parler, dit-elle d'une petite voix.

— Que sais-tu de ta mère ? lui demandai-je, ignorant son air renfrogné. Pas grand-chose, je suppose, vu que tu as grandi dans le royaume des humains.

Et son père était mort très vite après la chute d'Ophelia.

— Qu'est-ce que tes grands-parents t'ont raconté à son sujet ? continuai-je, sachant que c'était eux qui l'avaient élevée dans l'Ohio, visiblement sans avoir conscience ni de sa véritable nature ni de son héritage. Parce que tu lui ressembles comme deux gouttes d'eau, Claire. Est-ce qu'ils te l'ont dit, ça ?

— Arrête.

Mais je n'en fis rien. Elle avait clairement besoin que je la pousse pour réaliser que tout ça n'était pas un rêve. Pour comprendre l'endroit où elle se trouvait et la raison pour laquelle elle y avait sa place. *Pour qu'elle grandisse un peu.*

— Elle t'a jeté un sort, une sorte de maléfice, pour réprimer ta véritable nature. Ce sortilège a pris fin hier, le jour de tes vingt-et-un ans. Tu l'as sentie ? L'énergie dans tes veines ? Ton affinité avec les éléments ? Tu m'as demandé qui j'étais au bar, tu t'en souviens ? Tu as *reconnu* mon essence. Parce que tu es l'une des nôtres. Tu es une faë. Ta mère…

— *Tais-toi*, ordonna-t-elle les poings serrés et le regard mauvais. Tais. Toi.

— Je ne peux pas.

Et même si je le pouvais, je ne le ferais pas.

— Tu as besoin de l'entendre, Claire, continuai-je. Tu dois comprendre *qui* tu es et *ce que* tu es. Et malheureusement, je n'ai pas beaucoup de temps pour te préparer à tout ça puisque tu es déjà dans le monde des Faë. Ta mère…

Une rafale de vent me projeta contre le mur et ma tête heurta violemment les lianes. Je ressentis le choc jusqu'au bas de ma colonne vertébrale.

Claire poussa un cri de surprise, sa main s'agitant devant elle.

— Oh, mon Dieu, oh, mon Dieu, oh, mon Dieu !

Elle voulut se redresser d'un bond et trébucha sur une racine, retombant aussi sec sur ses fesses.

— Oh, mon Dieu ! répéta-t-elle.

La respiration sifflante, je m'écartai du mur. *C'est certain, elle a aussi une affinité pour l'air.*

— C'est… c'est…, balbutia-t-elle en tâtant le sol de ses mains, l'air de plus en plus affolé. Ce n'est pas possible. Ce n'est pas réel. Il faut que je me réveille.

Elle se pinça le flanc et son geste me fit froncer les sourcils.

— Je ne suis pas sûr que ça marche vraiment, ce truc.

— Arrête de me parler, exigea-t-elle en lançant du bout des doigts une autre bourrasque dans ma direction.

Je sentis ma mâchoire partir violemment vers la gauche. J'aurais reçu un coup de poing dans la figure que ça aurait fait le même effet.

— *Aïe.*

— Oh, merde ! Je suis… Merde !

Elle s'avança maladroitement dans ma direction, avant de se raviser et de prendre ses distances. Enfin, elle se figea en mettant ses mains dans le dos. Comme si ça allait suffire à la contenir.

Un coup frappé à la porte la fit tourner précipitamment son regard pétrifié dans cette direction tandis que la voix de ténor de Vape s'élevait à travers le bois.

— Tout va bien là-dedans ?

— On fait juste connaissance, répondis-je entre mes dents.

— On dirait plutôt qu'elle est en train de te botter le cul, mon grand.

— C'est uniquement parce que je me bats avec les mains dans le dos, ironisai-je.

Claire me jeta un regard confus.

— Où suis-je ?

Je ne pus m'empêcher de soupirer. Ce n'était pas comme si je ne le lui avais pas déjà dit une centaine de fois.

— Dans le monde des Faë.

— Le *quoi* ? s'écria-t-elle d'une voix aiguë en secouant la tête. C'est impossible. Ça n'existe pas.

— Si, ça existe et tu t'y trouves en ce moment même.

Je me massai la mâchoire et étirai mon cou pour le

détendre un peu. Elle leva à nouveau sa main, m'obligeant à ajouter :

— Je te préviens, princesse, si tu m'envoies encore une fois un coup de vent à la figure, je vais contre-attaquer.

Je ne lui ferais pas de mal, mais je l'immobiliserais et la plaquerais au sol. Sa première leçon ? Le contrôle.

Sa lèvre se mit à trembler, et elle serra les dents si fort que je les entendis grincer.

— Mais qu'est-ce qui se passe, merde ?

Est-ce que cette fille avait un problème d'audition ? Parce que j'aurais juré avoir fait le tour du sujet.

— Tout ça a à voir avec ta mère, Cl…

De l'énergie jaillit soudain de toutes parts, faisant s'effondrer le lit dont la tête fut réduite en cendres quand des flammes surgirent partout autour de nous.

Claire hurla.

Je poussai un juron.

Et la plaquai au sol.

CLAIRE

Tout ça n'est pas réel.

C'est impossible.

Je vais me réveiller et tout sera rentré dans l'ordre.

Il faut juste que…

— Claire !

Le grognement furieux qui me sortit de mes pensées venait de l'homme au-dessus de moi, ses yeux d'un bleu perçant emplis de colère.

— Concentre-toi sur moi, sur le son de ma voix.

Merci, mais je ne préférerais pas.

Je voulais juste rentrer chez moi.

Me réveiller.

M'échapper d'ici.

Être n'importe où plutôt qu'ici, loin de cet homme qui n'arrêtait pas de vouloir parler de ma mère, la femme qui m'avait abandonnée quand j'étais petite et qui avait détruit mon père. Grand-mère me répétait toujours qu'elle l'avait condamné, le jour où elle lui avait brisé le cœur. Il ne s'en était jamais remis.

Je détestais ma mère et je ne supportais pas d'entendre parler d'elle. C'était puéril, certes, mais c'était comme ça que je survivais, comme ça que j'échappais à ma réalité.

Je n'avais aucun souvenir de mes parents. J'étais trop jeune quand elle nous avait abandonnés, trop jeune lors du *décès* de mon père.

Je tremblai, mes yeux pleins de larmes d'un autre temps. Me souvenir de tout ça me faisait mal. Penser à eux était *douloureux*. Je ne voulais pas être ici. Je n'avais pas envie d'entendre parler d'*elle*. Je désirais juste me réveiller et en avoir fini avec cet horrible cauchemar.

— Respire, m'ordonna l'homme toujours sur moi. Allez, princesse. Écoute ma voix. J'ai besoin que tu te calmes, que tu respires, que tu te *concentres*. Cherche au fond de toi la sérénité. Invoque-la, attire-la en toi, et sers-t'en.

Non, mais qu'est-ce qu'il raconte là, bordel ? Il aurait pu tout aussi bien me parler dans une autre langue que ça m'aurait fait le même effet.

— Claire, murmura-t-il, ses lèvres dangereusement proches des miennes. S'il te plaît, ma belle, j'ai vraiment besoin que tu te concentres ou tu risques de réduire le bâtiment en cendres. Je suis encore épuisé de tout à l'heure. Ferme simplement les yeux et pense à un endroit paisible. Décris-le-moi.

Un endroit paisible ? pensai-je, hystérique, à deux doigts d'éclater de rire.

— Certainement pas ici ! m'écriai-je alors qu'une vague de chaleur naissait dans mes entrailles avant de s'échapper du bout de mes doigts et se déchaîner tout autour de moi. Lâche-moi !

— Je ne peux pas faire ça, répondit-il en posant ses mains sur mon visage pour me forcer à le regarder, à le *voir*.

J'écarquillai les yeux.

— Tu es en train de brûler !

— Merci, j'avais remarqué, parvint-il à dire en serrant les dents. S'il te plaît… respire, Claire. Respire pour moi. Lentement.

— Tu es en train de brûler, me contentai-je de répéter, mon cœur battant la chamade dans ma poitrine.

En quoi respirer allait-il aider, au juste ? Au contraire, ça allait empirer les choses, non ? Les inhalations de fumée, tout ça ?

Sauf que… je ne sentais rien d'autre que de l'air pur.

Je fronçai les sourcils.

Comment c'est possible ?

Et pourquoi est-ce que je ne brûle pas, moi ?

J'avais d'ailleurs plutôt froid, pas chaud. Peut-être que les flammes étaient si intenses que je gelai ? Non, ça ne pouvait pas être ça.

— C'est ça, murmura-t-il à nouveau, son front contre le mien. Détends-toi.

— Que je me détende ? coassai-je, à mi-chemin entre le rire et les larmes. C'est… *n'importe quoi.*

— Tu es une Faë Élémentaire et tu découvres tes pouvoirs pour la toute première fois.

Il me parlait d'une voix basse et étonnamment calme étant donné l'enfer qui faisait rage autour de nous.

— Ce n'est pas normal d'accéder seulement à ton âge à ses dons élémentaires. La plupart des faë apprennent à les maîtriser quand ils sont enfants. Mais je peux t'aider, Claire.

Je tremblais sous son poids, la peau moite et la gorge sèche.

— M'aider ? bredouillai-je alors que mon regard oscillait entre son visage et le feu qui se déchaînait derrière lui. Non, c'est un cauchemar. Ça ne peut pas être autre chose.

— Ce n'est pas un cauchemar.

Ses mots étaient un souffle contre mes lèvres, son corps ferme et lourd sur le mien.

— Je t'en prie, Claire. Laisse-moi t'aider.

— Comment ? lui demandai-je, incertaine de tout.

De sa présence. De cet endroit. De l'énergie capricieuse dans ma poitrine qui menaçait d'exploser.

— *Comment ?* répétai-je.

Il effleura mon nez avec le sien, glissa ses doigts dans mes cheveux et suspendit sa bouche au-dessus de ma joue. Sa douce caresse déclencha une envolée de papillons dans mon ventre, à l'opposé des mises en garde qui agitaient mon esprit. Ce type était littéralement *en feu*. Et malgré cela, il avait l'air tout à fait à l'aise, son corps sur le mien était même comme une couverture rassurante.

Qu'est-ce qu'il m'arrive ?

Mes paupières se firent lourdes, l'épuisement brouillait mes pensées.

Je ne veux pas dormir.

— Imagine ton endroit idéal, me murmura-t-il d'une voix grave au creux de l'oreille. Un endroit où tu te sens calme, paisible. Pour moi, c'est le lac qui se trouvait derrière mon ancienne maison. Il y faisait toujours bon et je peux te jurer que tu ne peux imaginer d'eau plus pure et plus délicieuse que celle de ce lac. Nager dans ce lac m'apporte la sérénité, et c'est là que je me transporte chaque fois que j'ai besoin de réfléchir. Et toi, Claire ? Où vas-tu ?

— Je…, commençai-je, hésitante. J'aime camper. À la belle étoile. J'adore le ciel étoilé.

Pourquoi est-ce que je lui raconte ça ?

— Ici aussi, les étoiles sont magnifiques. Tu les verras ce soir.

Ses lèvres frôlèrent ma gorge, faisant s'affoler mon pouls.

— Où allais-tu camper, Claire ?

— Dans l'Ohio, murmurai-je en plissant le front. Mes grands-parents avaient l'habitude de m'emmener dans les bois. Ils disaient souvent que j'avais besoin d'être plus proche de la nature, de profiter de l'air pur et de faire le vide. J'ai toujours adoré ça. Je me sentais un peu chez moi, entourée des éléments.

N'était-ce pas comme ça que ce type m'avait appelée tout à l'heure ? *Une Faë Élémentaire ?*

— C'est quoi, une Faë Élémentaire ? demandai-je à voix haute, le corps tendu.

— C'est ce que nous sommes.

Il s'abaissa, encadrant ma tête de ses coudes, et je rouvris les yeux. Il n'était plus en feu, et la pièce était à nouveau aussi verdoyante qu'avant.

C'est quoi ce délire ?

— Chut, reste dans ton endroit paisible, me dit-il en traçant de son pouce un chemin de ma pommette à la base de mon cou. Je suis puissant, mais toi… Tu m'épuises, Claire.

Je fronçai les sourcils.

— *Je* t'épuise ? *Toi* ?

— Oui.

Il pencha la tête sur le côté et ses iris bleus scintillèrent d'une lueur entêtante qui me coupa le souffle.

— Ta… *Ophelia*… était une faë. Une Faë de l'Esprit au

sang pur. Ce qui fait de toi une Halfeline. Une Halfeline, très, très puissante.

— Ophelia ? répétai-je, perplexe.

— C'est le prénom de ta…

Il laissa sa phrase en suspens et arqua un sourcil explicite.

Ma mère, réalisai-je alors.

— Ma mère était une fée ?

— Une faë. Faë avec un A, me corrigea-t-il en se renfrognant. Les fées auxquelles tu penses sont de minuscules créatures ailées qui n'existent pas. Toi, tu es une *faë*. Tout comme moi.

— Et les faë sont… ?

— Des êtres surnaturels avec des affinités pour les éléments.

Il me l'annonça d'un ton nonchalant, comme si c'était un sujet tout à fait banal.

— Ophelia était une Faë de l'Esprit, comme moi. Et…

— Une Faë de l'Esprit ? répétai-je. Qu'est-ce que c'est que ça ?

— Une faë qui est connectée avec la vie et la mort.

Il mit tout son poids sur un bras et leva son autre paume en l'air.

— Essaie de ne pas flipper.

— D'accord…

Il me fixa pendant un long moment avant de reporter son attention sur sa main. Elle se mit à briller et je sentis une onde d'énergie ruisseler le long de ma peau. Un magnifique lys apparut au creux de sa main, aussi gros que ma tête, avec de beaux pétales blancs.

— Comment tu as fait ça ? lui demandai-je, émerveillée.

— La vie, répondit-il en plaçant la tige derrière mon

oreille. Toi aussi, tu as ce don. Et quand le moment sera venu, je t'apprendrai à l'utiliser.

Mais oui, bien sûr. Encore une fois, j'étais perdue.

— Tu es en train de me dire que je suis capable de faire ça ?

— Oui, confirma-t-il. Et bien d'autres choses encore, semblerait-il.

Il me regarda à nouveau longuement, ses yeux glissant un instant sur ma bouche avant de revenir croiser mon regard.

— Je vais rouler sur le côté maintenant. Est-ce que tu peux essayer de rester calme ?

Décidément, il aimait beaucoup ce mot. *Calme-toi. Détends-toi. Respire.*

— Bien sûr.

Je pouvais feindre d'être calme, si ça lui faisait plaisir, à ce type étrange.

Une fleur vient de lui pousser dans la main, merde.

Et je suis dans une pièce recouverte de… forêt.

Je me pinçai à nouveau.

Rien.

Ça ne peut pas être vrai.

Pourtant, cela semblait bien *réel.*

— Tu ne rêves pas, me dit-il doucement, ayant dû surprendre mon geste vain.

Je m'éloignai de lui pour pouvoir m'adosser à l'arbre qui se trouvait au centre de la pièce. *Oui, oui, un foutu arbre.*

— Le monde des Faë.

— Oui.

Il ramena ses genoux contre son buste et les entoura de ses bras.

— Je sais que ça fait beaucoup à encaisser, et que tu ne me crois toujours pas, mais tu verras par toi-même.

— Et si je veux rentrer chez moi ?

Il secoua la tête.

— Tu ne peux pas, Claire. Tes pouvoirs sont beaucoup trop puissants pour le royaume des mortels. Tu as complètement détruit le bar.

Je fronçai les sourcils.

— Quel bar ? Quand ? Je ne…

Une vision s'immisça dans mon esprit. Lui, une veste en cuir sur le dos, assis sur un tabouret. Ses lèvres à un cheveu des miennes. Puis, des flammes, semblables à celles qui lui léchaient le dos il y a quelques instants, puissantes, assiégeantes.

— Non… Ça n'est pas… *Non.*

Ça ne s'était pas réellement passé. Impossible.

— Dis-moi…, repris-je avant faire une pause pour déglutir. Dis-moi que ce n'est pas… Dis-moi que…

Mais je sentais au fond de moi qu'il disait la vérité. J'entendis à nouveau les cris de la foule paniquée qui tentait de fuir dans la nuit.

Oh mon Dieu…

— Dis-moi que je n'ai pas…

Je ne pus terminer ma pensée et couvris ma bouche de ma main, horrifiée. *Rick, Brittany, Amie…*

— Je suis désolé, murmura l'inconnu, une expression peinée sur le visage. Ton pouvoir a jailli de toi si soudainement que je n'ai pas réussi à le contrer. J'ai essayé de sauver ce que j'ai pu, mais la destruction était beaucoup trop importante.

— J'ai détruit le bar ?

Il baissa la tête, l'air penaud, comme s'il se sentait responsable.

— Oui.

— Et mes amis ?

Il leva son regard vers moi et je lus la réponse dans ses yeux.

— Qui ? exigeai-je. *Qui* ?

— Le garçon, répondit-il.

— *Rick* ?

Oh mon Dieu… Encore une fois, je me pinçai, mais je savais que c'était futile. *Jamais* je ne rêverais d'une telle chose. Pas même dans mon pire cauchemar.

— J'ai tué Rick ?

— Ce n'est pas ta faute, Claire. Tu n'as pas…

— *Pas de ma faute* ? hurlai-je. Tu viens de me dire que j'ai réduit en cendres ce foutu bar !

Je me levai soudainement, mais fis attention à ne pas me prendre les pieds dans les racines qui jonchaient le sol de cette stupide chambre aux allures de minuscule forêt. Tout ça n'était qu'une supercherie. On avait l'impression d'être dehors, mais c'était faux. Et l'air de plus en plus étouffant qui m'enveloppait en était la preuve.

J'avais besoin d'être libre.

De m'enfuir.

De respirer de l'air pur.

Et pas d'être enfermée dans cette espèce de serre avec…

Putain, je ne sais même pas comment il s'appelle !

Le monde des Faë.

Des pouvoirs.

Le feu.

Le bar détruit.

Je me détournai de lui, ignorant tout ce qu'il essayait de me dire. Je ne voulais plus rien entendre. C'en était trop pour moi.

J'ai tué Rick.

Mais l'ai-je vraiment tué ? Et s'il me mentait ?

Pourquoi il mentirait ?

Je n'en sais rien. Je ne sais plus rien, putain !

Sa main sur mon avant-bras était trop chaude contre ma peau. Je me dégageai de son emprise. J'avais besoin d'espace, j'avais besoin d'*air*. Comme s'il m'avait entendu, il se mit à tournoyer autour de moi, projetant à nouveau l'inconnu contre le mur avec un grognement. L'expression de douleur sur son visage me fit mal au cœur et j'hésitai un instant.

Je ne le connais pas.

Je n'ai pas ma place ici.

— Je ne peux pas, chuchotai-je tout en fixant la fenêtre des yeux.

D'un simple souffle échappé de mes lèvres, la vitre implosa.

— Je suis désolée.

Je suivis la brise instinctivement, la laissant me porter à travers la fenêtre et me poser sur l'herbe. Je ne pris pas le temps de m'arrêter pour réfléchir au pourquoi du comment. Rien n'importait plus que de *fuir*.

Il devait bien y avoir un moyen de rentrer chez moi. De retourner au bar. Auprès de Rick. De mes amis. De ma famille.

Je ne pouvais pas rester ici. Ce n'était pas chez moi. Ce monde étrange recouvert d'arbres, de fleurs et de vignes à perte de vue n'était pas le mien.

Oh, mais je ne sais même pas où je vais !

Ça n'a pas d'importance. Cours, c'est tout.

Et c'est ce que je fis, sprintant à travers champs pour disparaître sous la canopée. D'autres champs m'attendaient encore, et je les traversai à vive allure, dépassant des lacs, m'enfonçant toujours plus loin dans la nature infinie.

Le soleil se déplaçait dans le ciel au-dessus de moi, éclairant ma course, accompagnant ma tentative de fuite.

Mais j'avais beau avancer, je ne rencontrai rien de

nouveau. Seulement des arbres, et encore des arbres, la forêt se faisant plus dense à chacun de mes pas.

Je m'arrêtai pour tourner sur moi-même, désorientée, des larmes coulant sur mes joues.

— Où suis-je ? lâchai-je dans un murmure en me laissant tomber à genoux sur le taillis épais qui recouvrait le sol. *Bon sang, mais où je suis ?*

Je m'effondrai sur le flanc, finalement vaincue par l'épuisement. J'avais les jambes écorchées, les pieds douloureux, le cœur... *brisé.*

— Je n'ai pas ma place ici, gémis-je en me roulant en boule, emplie de désespoir.

Il me sembla que les feuilles s'amoncelaient autour de moi, comme pour former un cocon protecteur et me mettre à l'abri des éléments. Mon esprit paraissait s'apaiser à ce contact, sans que je ne sache pourquoi. Mais je laissai faire. Après tout, quel choix avais-je ?

— Qui suis-je ? demandai-je tout haut, secouée de sanglots.

Claire... J'entendis mon prénom murmuré par le vent et des papillons se mirent à voleter au-dessus de moi, brouillant ma vision. *Claire...*

Je fermai les yeux, ne voulant plus rien entendre, refusant catégoriquement d'accepter une minute de plus toute cette folie.

Ici, ce n'est pas chez moi.

TITUS

QUELLE MATINÉE DE MERDE! J'avais la tête qui tournait comme si je venais de me réveiller d'un rêve troublant.

Quelque chose d'étrange était en train de se passer, qui faisait souffler un vent d'excitation sur tout le campus. Je n'avais pas la tête à ça, alors que d'habitude, c'était mon truc.

Mais après ma connerie avec Ignis hier soir, j'avais de bonnes raisons de ne pas être euphorique. Coucher avec elle avait été une grosse erreur. Non pas que j'aie eu vraiment le choix. Et maintenant, voilà qu'elle refusait de comprendre les mots « *ça n'arrivera plus jamais* ». Les relations amoureuses, ce n'était pas pour moi, et encore moins avec une fille dans son genre. Je voulais juste être seul. Il n'y avait qu'à la salle de sport, enfermé dans les

47

vestiaires des gars, que je pouvais avoir la paix dans cette foutue académie.

En temps normal, j'appréciais le défi que représentaient les Faë du Feu comme Ignis, et cela m'arrivait même de remettre le couvert une ou deux fois avant de passer à autre chose. Mais depuis quelque temps, j'étais tombé dans une sorte de marasme que j'avais bien du mal à m'expliquer.

Je m'adossai contre les casiers et laissai ma tête claquer contre l'acier brut. C'était le seul endroit du campus qui n'était pas recouvert de plantes et de toute cette nature à la con. J'avais besoin de métal, besoin de quelque chose de solide auquel m'ancrer. Besoin de me recentrer. Les yeux fermés, je me concentrai sur les flammes qui me léchaient les entrailles et menaçaient de jaillir hors de moi. L'air autour de moi tremblait et je savais que je risquais de faire fondre une partie du matériel qui m'entourait si je ne me calmais pas.

— Ça va, mec ? me demanda River en se passant une serviette sur le visage pour essuyer à la fois sa sueur et l'eau qu'il avait invoquée.

Étant un Faë Aquatique, il était le seul type qui n'avait pas peur de s'approcher de moi dans un vestiaire fermé. C'était d'ailleurs principalement pour ça que j'étais devenu ami avec ce faë timide au cours de l'année passée. Pourtant, il me semblait parfois que j'étais encore plus mis à l'écart que lui. L'un des effets secondaires de mon titre de Champion Sans Pouvoirs, titre que l'on remportait après des combats souvent mortels et durant lesquels toute utilisation de pouvoirs conduisait à une spectaculaire exécution.

Une seule règle régissait ce tournoi : l'interdiction d'utiliser ses pouvoirs, d'où le titre de « Champion Sans Pouvoirs ».

Il fallait être dans un certain état d'esprit pour gagner ce genre de combats, et cela avait été ma mentalité pendant plusieurs années. Mais tout ça, c'était avant. Avant l'accident. Avant l'Académie. Avant d'avoir trouvé un ami comme River.

Un autre spasme me parcourut le corps, me donnant la nausée. J'avais l'impression qu'une force invisible essayait de m'attirer hors du campus, que mon corps voulait se mettre à courir. Mais, quels que soient mes ennuis, je ne fuyais jamais devant mes problèmes.

Je me frottai la nuque en réprimant un grognement. J'avais mal partout, comme si je venais de passer plusieurs semaines sur le ring. Mais fracasser des crânes était de l'histoire ancienne à présent. J'essayais dorénavant de tourner la page et de contrôler mes pouvoirs plutôt que de faire comme s'ils n'existaient pas, car cette ignorance délibérée avait entraîné la mort de la moitié de ma famille lorsque mes pouvoirs s'étaient déchaînés, exigeants que je les reconnaisse.

Mais merde, ça ne se passait pas exactement comme prévu.

—Je crois que je suis malade, répondis-je à River.

Je lui montrai la paume de ma main. Des braises coulaient dans mes veines et se mouvaient sous ma peau à la manière de serpents possédés. Après tant d'années à renier mes pouvoirs, ils se manifestaient aujourd'hui avec une avidité impitoyable. À moins que ce ne soit quelque chose d'autre qui les poussait à jaillir.

Plutôt que de l'effrayer, cela eut l'air d'amuser River.

— Ce doit être la malédiction.

D'un petit geste habile du poignet, il fit apparaître de l'eau et m'en aspergea la main. De la vapeur s'éleva immédiatement en sifflant de ma peau, embrumant l'air autour de nous, mais cela me soulagea.

Je le fusillai du regard tout en dissipant la buée.

— Ne me dis pas que toi aussi, tu crois à ces conneries.

Il leva un sourcil et enroula sa serviette autour de sa nuque.

— Donc tu as entendu parler d'elle ?

Bien sûr que j'avais entendu parler d'elle. Les infos au sujet de la Halfeline se répandaient plus vite que n'importe quel incendie que j'aurais pu provoquer. Peut-être que c'était l'atmosphère d'anxiété générale qui entourait son arrivée qui me mettait à cran.

— Les humains ne m'intéressent pas, déclarai-je d'un ton catégorique, même si cette accumulation soudaine de chaleur au fond de moi semblait indiquer le contraire, un peu comme si elle était la source du tumulte de mon pouvoir qui menaçait d'exploser.

Ignorant la sensation, j'ouvris mon casier et m'emparai de mon t-shirt ininflammable. J'en étirai les fibres avant de l'enfiler.

— Pourquoi tu n'irais pas te doucher ?

C'était une piètre tentative pour pousser River à me laisser tranquille. Le Faë Aquatique n'avait jamais vraiment besoin de prendre une douche, vu la maîtrise experte de ses pouvoirs.

Frimeur, River se vaporisa un peu d'eau sur le corps et s'approcha de moi pour faire évaporer l'excès. Il sourit d'un petit air arrogant avant de passer son t-shirt par-dessus sa tête.

— Tu sais que la Halfeline est une fille… n'est-ce pas ?

River remua des sourcils, sans doute dans l'espoir de me convaincre d'aller avec lui pour voir de quoi elle avait l'air. Il était bien trop timide pour l'approcher, mais il avait toujours été fasciné par les humains. Il participait à tous les cours facultatifs et toutes les formations possibles pour étudier la race de ces éphémères.

Je levai les yeux au ciel.

— Je me fous de savoir ce qu'elle est. Je ne veux pas plus rien avoir à faire avec aucune fille.

Alors que je m'apprêtais à m'adosser à nouveau contre les casiers, River m'attrapa le poignet et tira d'un coup sec. Il fit jaillir de l'eau à l'endroit où il me tenait et celle-ci se transforma rapidement en vapeur, le protégeant de ma peau brûlante.

— Arrête de faire la tronche, me dit-il. On sait très bien que tu essaies d'éviter Ignis qui t'attend devant la porte. Il est grand temps que tu aies une discussion avec elle et que tu mettes fin à toutes ces conneries. Et après ça, on essaiera de dénicher la Halfeline, et on verra bien si c'est elle qui t'a jeté un sort ou non, conclut-il avec un petit air satisfait.

Je le regardai d'un air mauvais, mais le laissai néanmoins me guider hors des vestiaires. Il n'avait pas tort. Plus tôt je réglais cette histoire avec Ignis et lui disais d'aller se faire voir, plus tôt je me sentirais mieux. Quelque chose clochait déjà chez moi dernièrement ; je n'avais pas besoin de me rajouter de la pression à cause d'elle.

Le soleil à l'extérieur me fit plisser les yeux quand nous sortîmes du gymnase à l'air frais. Ça n'avait rien à voir avec ma piaule dans le Royaume du Feu où le fer et les murs bloquaient les éléments. L'Académie encourageait tous les éléments à jouer ensemble, et donc tout bâtiment dédié à l'exercice ou à l'entraînement se devait d'être ouvert à tous. De gigantesques fenêtres s'étendaient sur le plafond et la lumière se glissait au travers pour caresser les grands chênes et les vignes qui faisaient office de murs d'escalade, où les prises étaient mouvantes. Je laissai mes yeux s'ajuster à la luminosité un instant, et très vite trois femmes faë apparurent dans mon champ de vision.

Ignis, grande et furieuse, me fusillait du regard. De

belles boucles rousses lui encadraient le visage et auraient presque pu lui donner un air innocent, s'il n'y avait eu ces minuscules flammes qui crépitaient au bout de ses doigts.

Je poussai un grognement en voyant qu'elle avait amené des renforts. Sickle, la Faë Aquatique, et Aerie, la Faë de l'Air, étaient postées de chaque côté d'Ignis, leurs yeux débordant de haine.

— Merci, River, lui dit Ignis d'un ton sec.

Elle lui fit signe de s'en aller, comme si c'était elle qui lui avait ordonné de venir me chercher, ce qui était probablement le cas, d'ailleurs.

River baissa la tête et me lâcha le poignet. Mais je vis la lueur malicieuse qui brillait dans ses yeux quand il releva la tête et me lança un regard à travers les cheveux hirsutes qui lui retombaient sur le visage. L'enfoiré avait l'air de trouver tout ça très amusant.

— Je te retrouve à la sortie, me murmura-t-il avant de s'éloigner rapidement, les mains dans les poches.

Je soupirai.

— Écoute, Ignis…

Elle se précipita vers moi et planta un doigt tordu contre mon torse. N'importe quelle autre faë se serait brûlée en faisant ça, mais son feu semblait être monté en puissance après cette nuit, après qu'elle m'avait piégé pour coucher avec elle.

Merde.

J'étais vraiment stupide.

— Pourquoi tu m'évites ? aboya-t-elle. Tu es à moi maintenant, Titus. On s'est envoyés en l'air, toi et moi, et dans le monde des Faë du Feu, ça veut dire qu'on est désormais liés tous les deux. Pour au moins un mois.

Eh bien, elle ne tournait pas autour du pot, celle-là.

Elle sourit d'un air satisfait, pensant certainement

qu'elle avait eu exactement ce qu'elle voulait. Mais être son trophée pendant un mois ? Elle pouvait rêver.

Le feu qui brûlait dans son regard égalait celui qui faisait rage dans le mien. Si nous avions été dans le Royaume du Feu, sans doute n'aurais-je eu d'autre choix que de lui céder, indépendamment du fait qu'elle m'avait intoxiqué avec une séduction magique. Mais ici, à l'Académie, la liberté était encouragée et les coutumes élémentaires n'étaient pas respectées.

Ma situation n'en était pas moins délicate. Elle se battrait pour que cette tradition-là soit respectée, ne serait-ce que pour me garder à ses côtés et asseoir toujours plus sa réputation de Faë du Feu crainte de tous. Dompter le Champion Sans Pouvoirs était sans aucun doute en tête de liste de ses récents exploits et, si je la laissais en terminer avec moi, ma fierté en serait réduite au plus minable des charbons ardents.

La chose la plus logique à faire aurait été de ne pas coucher avec elle, et je savais bien évidemment que sauter une folle pareille était une très mauvaise idée. Ce n'était pas parce que j'avais une réputation de play-boy que je ne savais pas me contrôler. Mais personne ne me croirait si je leur disais qu'elle m'avait piégé pour que je couche avec elle.

La séduction magique était un produit que l'on trouvait au marché noir, interdit dans l'enceinte de l'Académie, mais j'avais encore en bouche l'arrière-goût amer de sa reconnaissable compulsion. Cette pétasse avait attisé des flammes qui ne lui étaient pas destinées, ce qui était sans doute la raison pour laquelle je me sentais aussi mal. Elle avait peut-être eu droit à un avant-goût cette nuit, mais jamais plus ça ne se reproduirait.

Énervé, j'attrapai ses doigts et lui tordis le bras. Comme la plupart des faë, elle était gracieuse et élancée, mais malgré tout, son élément restait le feu. Et avec la quantité de pouvoir qui bouillonnait en elle, elle pourrait se révéler être une adversaire de taille si jamais on en venait là. J'avais déjà été puni une fois cette année pour m'être battu, je ne pouvais pas me permettre une autre infraction.

— Satisfaire tes fantasmes ne m'intéresse pas, Ignis. Tu m'as peut-être piégé pour coucher avec toi, mais maintenant qu'il fait jour, je te vois pour ce que tu es vraiment.

Je m'approchai d'elle en articulant clairement pour bien me faire comprendre.

— Et. Tu. N'es. Pas. Mon. Genre.

Je lâchai son bras.

— Et dorénavant, je garderai toujours un œil sur mon verre. Ne va pas croire que tu pourras me droguer encore une fois.

Ignis tituba en arrière, en exagérant bien son mouvement pour faire croire que mes mots l'avaient blessée. Des larmes de crocodile apparurent au coin de ses yeux et ses amies se précipitèrent à ses côtés.

— Tu m'accuses d'avoir mis quelque chose dans ton verre ? s'écria-t-elle d'une voix aiguë.

— Tu n'es qu'un enfoiré, me lança Sickle d'un ton abrupt, sa voix glacée laissant sous-entendre la puissance de son pouvoir et me faisant tressaillir. Comment oses-tu traiter une des tiennes comme ça ? Quelle accusation horrible !

Je les regardai d'un air menaçant et croisai les bras sur la poitrine. Ce geste était surtout un moyen pour moi d'essayer de dompter le feu qui faisait rage en moi.

— Je la traiterai comme il se doit le jour où elle se comportera comme une faë digne des nôtres.

Je laissai mon pouvoir s'enflammer juste assez pour

brûler l'air autour de nous. Surprise, la faë recula et me laissa passer.

En d'autres circonstances, j'aurais été flatté de savoir qu'une puissante Faë du Feu comme Ignis me considérait tellement hors de sa portée qu'il lui avait fallu recourir à une potion pour passer la nuit avec moi. Mais là, je me sentais juste furieux et manipulé, et ma fierté en avait pris un sacré coup. La séduction magique était interdite sur le campus, mais ce n'était pas totalement illégal non plus. Le produit ne forçait personne à faire quoi que ce soit, car il fallait déjà qu'il y ait une étincelle de désir pour que ça fonctionne. Il ne créait pas de nouvelles pulsions, il les renforçait seulement.

Mais le truc, c'est que je *n'aimais pas* Ignis, et ne trouvais même pas attirante cette faë sournoise.

Non, quelque chose n'allait vraiment pas. Mes pouvoirs s'agitaient violemment en moi, comme s'ils étaient prêts à éclater et à tout détruire sur leur passage. Et cette sensation était apparue hier soir, tard dans la nuit.

Au moment même où, d'après ce que j'avais entendu dire, la Halfeline était arrivée dans le royaume.

Partout, les murmures des autres faë, qui parlaient d'elle, m'arrivaient aux oreilles.

« *J'ai entendu dire qu'elle avait déjà tué. Est-ce qu'elle devrait vraiment être ici ?* »

« *Est-ce qu'elle est déjà liée ?* »

« *C'est qui son mentor ?* »

« *D'après ce que j'ai entendu, elle est canon !* »

En maugréant, je partis retrouver River qui m'attendait, adossé à l'entrée du bâtiment. Je le frôlai en passant devant lui.

— Depuis quand t'es le laquais d'Ignis, toi ?

Il haussa les épaules, l'air un peu penaud.

— Au cas où tu ne l'aurais pas remarqué, cette fille est flippante.

— Oui, ça, j'avais remarqué.

Cette foutue faë m'avait même mordu hier soir, laissant fièrement sa marque sur mon cou. Elle…

— Toi, intervint Exos, ses yeux bleu-saphir braqués sur moi.

Vu l'état de ses vêtements tout déchirés, on aurait dit qu'il revenait tout juste d'une ou deux batailles… qu'il aurait perdues.

Mes yeux s'écarquillèrent. Le prince royal des Faë de l'Esprit était une légende. Son lien avec la magie de l'Esprit était le plus puissant qu'on n'ait jamais vu et son affinité avec le feu surpassait le pouvoir de plusieurs de mes congénères.

— Oui ? lui demandai-je sans trop savoir si je devais m'incliner ou lui parler avec révérence. Euh, Votre Altesse ?

Qu'est-ce que tu fous là ? j'avais surtout envie de lui demander.

Et soudain, je compris.

Il est là à cause de la Halfeline.

Exos me dévisageait de son regard puissant.

— Il faut que tu viennes avec moi.

Je ne posai pas de questions. Quand un faë royal exigeait quelque chose, il n'y avait pas d'autre alternative que l'obéissance. Surtout si le faë royal en question était un Faë Guerrier légendaire. Comme Exos.

Après nous avoir montré le domaine désormais en ruine de la Chancelière Elana juste à la sortie du campus, il nous guida (River ayant insisté pour nous suivre) au cœur de la forêt qui s'étendait tout autour de l'Académie. Il nous fit un rapide compte-rendu des événements, nous informant qu'il avait été chargé de la protection de la Halfeline et qu'il l'avait perdue.

Et c'était pour cette raison qu'il avait besoin de moi.

L'affinité de la fille pour le feu avait laissé une traînée de fumée dans l'air, mais bien trop subtile pour qu'il puisse la suivre lui-même. Et j'étais le Faë du Feu le plus puissant aux alentours.

— Dépêche-toi. Il faut que tu sois proche de moi pour que je puisse la sentir, me dit Exos en se déplaçant agilement sur les racines protubérantes et les feuilles qui jonchaient le sol.

D'énormes branches semblaient s'écarter pour laisser passer Exos alors que nous continuions à suivre la trace subtile de la magie du feu la plus puissante que j'avais jamais ressentie, et venant de moi, ce n'était pas peu dire.

— Tu es sûr que ses pouvoirs viennent seulement de se révéler ? hasardai-je en me forçant à ne pas dépasser le faë.

Non seulement j'étais puissant, mais j'étais également rapide. Et maintenant que j'avais trouvé sa trace, je voulais la suivre.

— Oui, et de ce que j'ai pu sentir, elle présente plusieurs éléments. L'Esprit et le Feu, bien sûr, mais aussi l'Air et l'Eau.

Il jeta un regard en arrière en direction de River, qui était à la traîne.

— Est-ce qu'il va être à la hauteur ? Cette Halfeline est extrêmement puissante.

Je hochai la tête, confiant dans les capacités de River. Quand il y mettait du sien, il pouvait être puissant, lui aussi, plus qu'il ne le réalisait lui-même.

— Il sera capable de nous aider.

Exos hocha brièvement la tête avant de nous faire signe de nous arrêter.

— Bien, parce qu'elle a l'air d'aimer jouer avec le feu.

À son air renfrogné, cela ne semblait pas tellement lui plaire, et ça expliquait sans doute ses vêtements brûlés.

— Attendez, leur dis-je, les narines dilatées alors que je percevais les effluves fumés de son pouvoir. Elle n'est pas loin.

— Guide-nous jusqu'à elle, répondit Exos tout en surveillant les alentours d'un œil attentif.

Je balayai du regard la clairière dans laquelle nous venions de pénétrer. Le calme semblait y régner, telle une oasis baignée à présent dans la lumière du crépuscule et où des papillons violets virevoltaient gentiment dans la prairie endormie. Mais je pouvais sentir l'aura exquise de la Halfeline, un mélange de fer fondu et d'un tourbillon de pouvoirs qui me mettait au défi de faire un pas de plus vers elle.

Exos me regarda d'un air méfiant quand je suivis ce tiraillement dans le creux de ma poitrine qui semblait m'attirer vers un parterre de fleurs colorées où se dessinait l'ombre d'une silhouette recroquevillée. Est-ce que c'était elle ?

Je m'approchai encore un peu et examinai la Halfeline endormie sur le lit de fortune fait de roses. Sous sa peau, des braises crépitaient et semblaient réagir à ma présence. Je retins ma respiration devant sa beauté.

Merde.

Je n'avais jamais vu une créature pareille. De douces mèches blondes encadraient un visage fin parsemé de petites taches brunes qui me donnaient l'envie irrépressible de me baisser pour la voir de plus près. Les faë n'avaient pas de défauts, mais les humains si. Cela la rendait attirante, sublime, et exotique.

Sans réfléchir, je m'agenouillai à côté d'elle et fis glisser mes doigts le long de son bras, apaisant la chaleur volcanique qui m'appelait. Elle bougea dans son sommeil, fronçant un instant les sourcils d'avoir été ainsi dérangée, puis redevint immobile comme si elle m'avait accepté. Je remontai jusqu'à ses oreilles arrondies, tellement différentes des miennes.

Tout à coup, elle ouvrit les yeux. Ses iris bleus, les plus séduisants qu'il m'ait été donné de voir, m'emprisonnèrent dans un coin de paradis.

— Salut, ma belle, murmurai-je en souriant.

Ses pupilles rétrécirent comme si je venais de lui donner une injection d'adrénaline et le sol se mit à trembler.

Elle poussa un véritable cri d'effroi et me prit par surprise lorsqu'elle me projeta en arrière d'un coup de vent. Exos et River se mirent à crier quelque chose, mais je me contentai de lever la main pour les arrêter.

Juste à temps.

Un cercle de feu jaillit tout autour de nous alors que la Halfeline se levait d'un bond. Elle respirait fort, tel un oiseau piégé dans une cage, et elle regardait tout autour d'elle en essayant de rassembler ses esprits.

— Merde. Je viens de me réveiller, donc soit c'est encore un de ses foutus rêves ou alors…

— Ce n'est pas un rêve ! lui cria Exos de l'autre côté des flammes, comme si ça allait arranger les choses.

Je poussai un soupir et étudiai les flammes que la Halfeline avait fait jaillir. Puissantes, oui, mais gérables. Je trouvai la source d'où elle les avait fait partir, et les réduisis en cendres d'un claquement de doigts.

Elle eut l'air surprise et me regarda en clignant des yeux, avant de faire un pas en arrière.

— Est-ce que c'est toi qui viens de… ?

— Mettre fin à ta petite folie incendiaire ? Eh oui, ma belle, lui répondis-je en souriant d'un air satisfait. Tu n'es pas la seule à aimer jouer avec le feu.

— On doit la ramener au domaine, aboya Exos.

Encore une fois, son commentaire n'aidait vraiment pas.

Sa voix semblait stresser la Halfeline ; des énergies vibraient autour d'elle, menaçant d'exploser encore une fois. Si elle faisait appel à l'un de ses autres éléments, je ne pourrais rien faire.

— Hé, lui dis-je doucement en posant un genou à terre.

J'étais conscient que je pouvais avoir l'air assez intimidant quand je me tenais debout, mais je ne voulais aucun mal à cette créature.

— Nous ne sommes pas là pour te faire du mal, ma belle.

— Oh, vraiment ? Va lui dire ça à *lui*, me répondit-elle en pointant Exos du doigt.

Je réprimai un sourire.

— Je ne suis pas lui, lui dis-je en lui lançant un regard complice. Pour tout te dire, je le connais à peine. Mais je vois bien le manque d'attrait.

C'était plutôt dangereux, de parler comme ça d'un faë royal, mais je ferai face aux conséquences plus tard.

Elle me regarda en clignant des yeux, surprise.

— Quoi ?

Je penchai légèrement ma tête sur le côté, lui décochant un sourire qui, d'après mon expérience, séduisait la plupart des femmes faë de l'Académie.

— Il m'a demandé de l'aider à te retrouver. Je m'appelle Titus.

Elle cligna à nouveau des yeux, cette fois plus doucement.

— Titus ?

— C'est ça.

Elle déglutit, puis jeta un regard en direction d'Exos et de River avant de regarder tout autour d'elle.

— C'est quoi cet endroit ?

— Ce sont les limites enchantées, l'informai-je.

Le genou toujours à terre et la tête levée vers elle, je me retrouvais dans une position extrêmement vulnérable qui semblait l'apaiser un peu.

— Je ne comprends pas, dit-elle en secouant la tête. Je ne comprends rien du tout.

Exos ne m'avait pas vraiment mis au courant de ce qu'elle savait exactement. Il m'avait juste dit qu'elle était une Halfeline puissante et qu'elle s'appelait Claire, mais ses connaissances au sujet de notre monde semblaient très limitées.

— Ce sont les frontières protectrices érigées autour de l'Académie. Cet endroit est le seul au sein du monde des Faë où tous les éléments peuvent se mêler les uns aux autres, où l'on apprend à coexister.

C'était un beau tas de conneries, oui. Tout ça n'était qu'une tactique purement politique pour forcer les éléments à s'entendre les uns avec les autres et à vivre en harmonie.

— Le monde des Faë, répéta-t-elle tout doucement, ses épaules se mettant à trembler. Alors c'est vrai, tout ça.

— Mais merde, c'est pas possible, s'exaspéra Exos en passant ses doigts dans ses cheveux blond cendré.

La jeune fille fit un pas en arrière, tournant vivement la tête vers lui, puis vers moi, puis encore vers lui.

— Je-je n'ai pas fait exprès de… de…

— De me projeter contre un mur ? *Deux fois* ? lui demanda-t-il.

Les larmes lui montèrent aux yeux, sa lèvre inférieure se mit à trembler.

— Ce n'est pas… Je ne…

— Comment t'as fait pour le projeter contre un mur ? lui demandai-je, sincèrement curieux. Est-ce que tu peux le refaire ? Contre un arbre ?

— Qu-quoi ? me dit-elle, posant à nouveau ses grands yeux bleus sur moi.

— Désolé, je trouve juste ça super cocasse. Tu peux le refaire ?

Je ne voulais pas vraiment qu'elle recommence, mais je souhaitais la distraire.

— Il n'y a pas beaucoup de faë capables de s'en prendre à Exos comme ça. Tu as piqué ma curiosité.

— Exos ? répéta-t-elle, l'air perplexe.

— Mec, tu ne lui as même pas dit comment tu t'appelais ? m'écriai-je à la fois choqué et consterné. Pas étonnant qu'elle t'ait botté le cul !

— Je t'ai amené ici pour m'aider, gamin. Pas pour me les briser.

— Gamin ? répétai-je en écarquillant les yeux. J'ai vingt-deux ans, *Votre Altesse*.

Je compris à son regard qu'il s'en fichait royalement.

— Comme tu voudras. *Mec*.

Je reportai mon attention sur la Halfeline.

— C'est bien mieux comme ça, dis-je en hochant la tête.

Elle nous observait les sourcils froncés, mais c'était bien mieux que son expression de petite souris apeurée.

— Je suis sérieux. Tu ne voudrais pas l'envoyer dans un arbre pour moi ? Tout ce que je peux faire, c'est l'incendier, mais il arriverait trop facilement à éteindre les flammes.

Bon, ce n'était pas tout à fait exact. Si je le voulais vraiment, je pouvais le brûler.

— Le feu, murmura-t-elle, une expression peinée sur son visage.

— Oui, lui dis-je doucement, soudain confus. Je suis un Faë du Feu.

— Elle est en train de penser au bar, dit Exos en croisant les bras sur sa poitrine. Alors que je lui ai déjà dit que ce n'était pas sa faute.

Ses genoux se dérobèrent et elle s'effondra au sol, des larmes coulant sur ses joues.

— Au bar ? demandai-je en m'approchant d'elle à pas feutrés. De quoi est-ce que tu parles ?

— R-Rick, laissa-t-elle échapper dans un souffle, une main sur le cœur.

— Un ami à elle, expliqua Exos. Il… Il n'a pas survécu.

Elle poussa alors un cri de pure agonie. Des flammes jaillirent, embrasant mon âme. J'arrêtai les braises avant qu'elles ne causent des dégâts, l'enveloppant de mon essence et forçant ses pouvoirs incendiaires à se calmer alors qu'elle éclatait en sanglots devant mes yeux.

— C'est quoi cette histoire ? demanda River, m'enlevant les mots de la bouche. Quel ami ? Quel bar ?

Exos poussa un lourd soupir.

— Pour faire court, ses pouvoirs ont explosé dans le royaume des humains. Elle a mis le feu à un bâtiment… et son ami était à l'intérieur.

Il n'aurait pas pu nous dire ça *avant* qu'on la retrouve ?!

— Merde, fut tout ce que je trouvais à dire en me passant la main sur le visage. *Merde*.

CLAIRE

Je ne voyais plus rien.

Je n'arrivais plus à respirer.

Je n'arrivais plus à réfléchir.

Devant moi se mirent à flotter les yeux sombres de Rick, son sourire tellement sexy, ses cheveux en pic ridicules. Je me cramponnai la poitrine alors qu'une intense brûlure irradiait mon corps tout entier. J'avais envie de crier. De pleurer. De courir. Mais mes membres refusaient de bouger ; une force invisible me retenait prisonnière dans mon cocon de fleurs.

Oh mon Dieu ! Je suis recouverte de… pollen !

Rien de tout ça n'avait de sens. L'endroit où je me trouvais. Les couleurs. La forêt à perte de vue. Le soleil bien trop orangé qui illuminait la clairière. L'homme agenouillé à quelques centimètres de moi…

Ses yeux vert foncé me rappelaient la couleur des arbres qui encadraient son corps musclé.

Je tressaillis, me recroquevillant davantage sur moi-même et priant pour que tout ça disparaisse. Que mon monde redevienne comme avant. Que tout ça ne soit qu'un cauchemar après une soirée trop arrosée.

Peut-être que je suis morte dans l'incendie ?

Je sursautai à cette pensée. Est-ce que j'étais au paradis ? Ça expliquerait la magie, ces odeurs inconnues et mon étrange connexion avec les éléments.

— Claire, murmura l'homme qui se trouvait tout près de moi.

Sa voix profonde et rassurante me fit frissonner.

Titus. C'était comme ça qu'il s'était présenté.

C'est quoi ce nom, Titus ?

— Tout le monde te dira que ce n'était pas ta faute, murmura-t-il en s'allongeant sur le côté, nos têtes au même niveau et un large parterre de fleurs entre nous. Mais je sais que ces mots ne t'aideront pas. On me les disait tout le temps à moi aussi. Et ça m'énervait tellement d'entendre ça, parce que personne ne comprenait vraiment. Ce que ça fait de se sentir étouffé par la culpabilité. D'avoir son âme déchirée par la souffrance qu'on ressent quand on perd quelqu'un. Et de se sentir tellement, tellement seul.

Les traits délicats de son visage étaient empreints de tristesse, son front et ses lèvres pleines marqués par l'émotion. Des souvenirs sombres voilaient son regard vert, son histoire gravée dans les longues lignes de son corps ferme et mince. Il rabattit son coude sous sa tête, s'en servant comme un oreiller pour ses épaisses boucles brunes. Étrangement, sa présence me rassurait plus qu'elle ne m'effrayait.

Je ne savais absolument rien de lui.

Et pourtant, je ressentais cette étrange attirance pour

lui, exactement comme celle que j'avais ressentie avec l'autre type. Un vague désir de lui faire confiance, de me pelotonner contre lui et d'échapper à la réalité contre la chaleur de sa peau.

— Je suis en train de devenir folle, murmurai-je. Complètement timbrée.

Titus gloussa.

— Ah oui ? Moi aussi, ma belle. Moi aussi.

Je ne pus réprimer un rire. Ce type, un parfait inconnu, était allongé par terre avec moi, à discuter de notre chute commune dans la folie.

— J'aime ce son, murmura-t-il. Même s'il manque un peu d'authenticité.

— Tout ça est complètement dingue, dis-je en secouant la tête avant de me tourner sur le dos pour fixer d'un air absent le ciel sans nuages. Je… je n'ai…

Aucun mot ne me venait, mon esprit m'abandonnant complètement. Je n'avais plus rien à dire. Pas de répliques cinglantes. Pas de commentaires. Juste un million de questions que je n'avais pas l'énergie d'exprimer à voix haute. *Rien du tout.*

— Je ne peux pas imaginer à quel point tout ça doit te faire flipper, ayant grandi dans le royaume des humains sans jamais avoir su que tu étais en partie faë. Honnêtement, je ne connais pas grand-chose de cet endroit, j'ai toujours vécu parmi les faë. Je ne voulais même pas venir à l'Académie, c'est pour te dire. Si je suis ici, c'est parce que le Conseil m'a forcé à venir. Et on dirait bien qu'ils vont faire la même chose avec toi. Donc dans un sens, je comprends un peu ce que tu ressens. Mais après avoir été élevée comme une humaine et enlevée à ton monde, je ne t'en veux pas de penser que tout ça, c'est du grand n'importe quoi.

Je me laissai bercer par sa voix de ténor, douce et

apaisante, et ressentis un étrange réconfort. Je tournai à nouveau la tête vers lui pour le regarder. Pour le regarder *vraiment*.

En dehors de la légère moue qu'il affichait, il avait l'air d'un top model qui prenait la pose pour une séance photo. Il était la perfection incarnée, mais d'une manière presque inhumaine. Il émanait de lui une aura puissante, une énergie vibrante qui semblait frémir entre nous alors que je soutenais son regard qui s'assombrissait.

C'est alors que je remarquai ses oreilles.

Elles n'étaient pas arrondies comme les miennes, mais légèrement pointues.

Je fronçai les sourcils.

— Pourquoi tu ressembles à un elfe ?

Il écarquilla les yeux.

— Un elfe ?

Il éclata de rire. Un rire profond, sincère et magnifique. Mmmh, oui, que ce soit sa voix ou son rire, j'aimais beaucoup les sons qui sortaient de sa bouche.

— Je suis un faë, ma belle. Pas un elfe.

— Est-ce que vous avez tous les oreilles pointues ?

— Oui.

— Les miennes ne le sont pas.

— Parce que tu es une Halfeline, me dit-il en souriant. Ta mère était une faë, et ton vieux, un humain.

Je réprimais un autre sourire à la façon dont il dit *vieux* à la place de père. *Ça lui donne un côté farfadet.* Même s'il lui manquait la célèbre barbe rousse.

— Qu'est-ce qui te fait rire ? demanda-t-il avec un sourire dans la voix.

Je secouai la tête.

— Non, rien.

Je ne pouvais pas lui dire que je trouvais qu'il avait l'air d'un farfadet. Il m'aurait encore plus pris pour une folle. Et je l'étais forcément, vu l'endroit où je me trouvais et le fait que je commençais à croire à toute cette histoire à dormir debout.

Pfff. Quel autre choix j'avais, franchement ? Je n'allais visiblement pas me réveiller. Et je ne pouvais ignorer les étranges sensations qui me coulaient dans les veines ou les vagues souvenirs du bar qui me revenaient en mémoire.

Je l'ai réduit en cendres.

J'ai tué Rick.

Je baissai les yeux et me recroquevillai alors qu'un nouveau pic de douleur me déchirait la poitrine.

— Hé, me dit doucement Titus. Reste avec moi, ma belle. Ça va aller.

La même envie de rire que tout à l'heure me prit, alors même que des larmes me montaient aux yeux.

— Je ne te connais même pas. Tu ne me connais pas. Je ne comprends rien, je ne connais personne. Bon sang, c'est quoi cet...

Je laissai ma phrase en suspens, lasse de répéter sans cesse les mêmes mots. Ils ne faisaient rien pour arranger ma situation, au contraire, ils me laissaient coincée dans le même cercle vicieux de pitié et de désespoir.

— Je pense que tu vas vite te rendre compte que tu me connais plutôt bien, murmura Titus. Peut-être pas ma personne ou qui je suis, mais ton Feu reconnaît le mien.

— Quoi ? demandai-je perplexe, car ce qu'il disait n'avait aucun sens. De quel Feu tu parles ?

— Ta flamme intérieure, Claire.

Il me tendit sa main et je vis une flamme danser sur le bout de ses doigts.

— Tu es puissante. Bien plus que tu ne devrais l'être.

— Je ne comprends pas.

Il me sourit d'un air peiné.

— Je sais, ma belle. Mais tu finiras par comprendre.

68

Les flammes vacillèrent avant de disparaître et il laissa retomber sa main au sol.

— On veut t'aider. T'apprendre.

— Pourquoi ?

— Parce que tu es une faë. On prend soin des nôtres.

— Mais j'ai mis le feu au bar…

— Ce qui ne serait pas arrivé si tu avais été entraînée comme il se doit, répondit-il doucement. Je sais ce que ça fait de prendre possession de ses pouvoirs trop tôt, sans y être préparé. C'est terrifiant. Ça te ronge de l'intérieur. Ça tue.

— Oui, acquiesçai-je d'un murmure.

— Je peux t'aider, me dit-il en tendant à nouveau la main vers moi, la laissant flotter tout près de moi, mais pas assez proche pour pouvoir me toucher. Laisse-moi te montrer.

— Comment ?

— Tends ta main vers la mienne, m'encouragea-t-il. Tu vas voir.

J'en doutais, mais mon bras sembla bouger de lui-même, mû par ma curiosité. Qu'est-ce qu'il allait faire ? M'attraper ? Il l'aurait déjà fait s'il l'avait voulu. Ils étaient trois contre moi. Je n'aurais eu aucune chance de m'en sortir, même avec mes étranges… *dons*.

— Approche, me dit-il en agitant ses doigts.

Le bout de ses doigts effleura les miens alors que je m'approchai de lui. Ils étaient chauds. Accueillants. Étrangement familiers.

De l'électricité crépita entre nous et m'envoya une décharge dans le bras. Surprise, je m'écartai de lui.

— Allez, Claire, insista-t-il, un sourire amusé flottant sur ses lèvres. Laisse-moi te montrer.

— Ce n'était pas ça que tu voulais me montrer ?

Il rit.

— Non. Ça, c'était notre attirance mutuelle, pas le feu.
Je fronçai les sourcils.

— Quoi ?

Il ne voulait pas dire par là qu'on se trouvait
mutuellement attirants, si ? On ne se *connaissait* même pas.
Bon, c'est vrai qu'il était pas mal. À vrai dire, non, il était
carrément *canon*. Mais... non. Je n'étais pas humeur à être
attirée par qui ou quoi que ce soit. Et certainement pas par
cet homme aux oreilles pointues et au sourire beaucoup
trop sexy.

— C'est un truc de faë, continua-t-il, exhibant
brièvement une paire d'adorables fossettes. Nos éléments
chantent à l'unisson quand on trouve un compagnon
potentiel. C'est ce que tu viens de ressentir. Allez, ne fais
pas ta timide.

Il tendit à nouveau sa main, mais j'étais trop choquée
pour faire le moindre geste.

*Potentiel compagnon ? C'est quoi ce bordel ? Non. Hors de
question.*

— Compagnon ?

— Les éléments se lient pour le pouvoir, expliqua-t-il.
Arrête d'essayer de gagner du temps, ma belle. Laisse-moi
te montrer de quoi je parle.

— Tu veux être mon... *compagnon* ?

Il soupira.

— Non, je ne veux être le compagnon de personne. Ça
fait juste partie de notre société. Tu le ressentiras avec
d'autres, surtout si tu es multi élémentaire. En gros, il s'agit
de trouver un pouvoir qui complète le tien. Mais là, tout ce
que je veux, c'est te montrer comment nos essences sont
connectées l'une à l'autre. S'il te plaît ?

La façon dont il prononça ce mot, l'intonation dans sa
voix légèrement fléchie, me fit me sentir toute chose. Tout
ça n'avait absolument aucun sens, mais, pour une raison

inconnue, j'avais envie de lui faire confiance. J'avais envie de le laisser me montrer ce qu'il désirait tant me faire voir.

Parce que je l'aimais bien.

Pas comme un *compagnon*, parce que ça sonnait beaucoup trop permanent, sans parler de bizarre et d'inapproprié pour une fille de mon âge.

Mais plutôt comme un potentiel flirt. Mmmh, je semblai oublier cette histoire de monde des Faë et le fait qu'on venait juste de me voler ma vie.

OK, bon, peut-être que *flirt* n'était pas le terme approprié.

Arrête de réfléchir, m'ordonnai-je, exténuée. *Regarde ce qu'il veut te montrer.*

Quel mal y avait-il à ça ?

Tout en me mordillant la lèvre, j'étendis le bras et posai ma main, paume vers le ciel, sur le parterre de fleurs. Son sourire brillait jusque dans ses yeux sublimes lorsqu'il se pencha vers moi pour entrelacer ses doigts avec les miens. L'énergie électrique refit son apparition et grésilla le long de mon bras, ébranlant tout mon corps et envoyant une puissante décharge de chaleur dans le creux de mon ventre.

Oh, d'accord, il ne plaisantait pas à propos de l'attirance mutuelle. Parce que waouh.

Une réaction totalement inappropriée et inexplicable.

Exactement comme celle que j'avais ressentie avec le gars du bar.

Mon regard se posa sur le type à la veste en cuir qui se trouvait à l'autre bout de la clairière, le type que Titus avait appelé Exos. Ce dernier nous observait avec un visage impassible, adossé à un arbre et les bras croisés. Un autre type se tenait à côté de lui, le regard empli de curiosité.

— Pourquoi est-ce qu'ils nous regardent ? demandai-je, un peu nerveuse.

— Ils te regardent, toi, murmura Titus, ses doigts caressant légèrement les miens. Ton pouvoir est extraordinaire, Claire. C'est considéré comme miraculeux que les Faë de l'Esprit, comme Exos, puissent accéder à deux éléments.

— Je vois, dis-je en déglutissant avant de reporter mon attention sur les traits séduisants de son visage. J'ai le feu et l'air alors ?

Il s'agissait là d'une supposition, car je n'arrivais pas à me rappeler tout ce qu'Exos m'avait dit. Le peu de temps que nous avions passé ensemble n'avait été qu'un flou de moments chargés d'émotion.

— Non.

Titus créa une ligne de flammes sur ma peau. La chaleur me fit à la fois tressaillir et ouvrir la bouche de stupeur.

— Ça… Ça ne fait pas mal.

Il rit doucement.

— Parce que ton feu répond au mien.

— Mais tu viens de dire que je n'avais pas le feu.

— Oh si, tu l'as, me dit-il en levant son regard vers le mien. En quantité incroyable, même.

Il se rapprocha encore un peu plus, ne laissant plus qu'une trentaine de centimètres entre nos corps allongés. Il continua de faire glisser ses doigts le long de mon bras, des flammes dansant dans son sillage, me réchauffant délicieusement.

— J'aime bien ça, confessai-je.

— Je sais, me dit-il en souriant et en continuant sa caresse de mon épaule vêtue à mon cou, et de mon cou à pouls. Tu sens la connexion entre nous, Claire ? La façon dont mon feu flirte avec le tien ? Comme il l'invite à remonter à la surface ? Comment il réchauffe l'air autour de nous ?

Je déglutis, me sentant légèrement oppressée.

— O-oui.

— C'est ton pouvoir, me dit-il d'une voix rauque qui fit battre mon cœur un peu plus vite.

— Et l'Air alors ? lui demandai-je.

— Mmmh, je ne suis pas un Faë de l'Air.

Il fit glisser une braise le long de ma mâchoire jusqu'à la naissance de mes cheveux d'où il retira la fleur coincée derrière mon oreille, celle qu'Exos avait mise là.

— Je ne suis pas un Faë de l'Esprit non plus, reprit-il en approchant les pétales de son nez pour en inhaler le parfum. Mais toi, tu es les deux.

— Ça fait trois éléments, ça.

— Oui, confirma-t-il. Tu me demandais pourquoi ils te regardent ?

Je hochai la tête, mon cœur battant à tout rompre dans ma poitrine.

— C'est parce que tu n'as pas accès à seulement deux éléments, Claire, me dit-il en prenant ma joue dans sa main et en me regardant tendrement. Tu as accès aux cinq éléments.

J'écarquillai les yeux.

— Les cinq ?

Je le vis réprimer un sourire.

— Crois-moi, je suis aussi choqué que toi, mais je le sens dans ton essence. Tu as manipulé cette clairière, y faisant naître toutes ces fleurs pour te créer un lit. L'air chante ton prénom. Mon feu est irrésistiblement attiré par le tien, tout comme ton esprit attire celui d'Exos. Et je sens une trace d'humidité, de l'eau, rendant ta peau aussi douce. Tu es spéciale, il n'y a pas de doute là-dessus.

— Mais pourquoi ?

— Je ne sais pas.

Il passa son pouce sur ma pommette, sa caresse chaude sur ma peau et beaucoup trop agréable.

— Mais je peux t'aider. C'est tout ce que nous voulons faire.

— M'aider comment ?

— En t'apprenant à utiliser tes dons.

Il glissa ses doigts dans mes cheveux blonds emmêlés et les ramena sur mon épaule.

— Le contrôle est la seule manière pour toi de vivre avec tout ce pouvoir. Je sais bien que tu n'as aucune raison de nous faire confiance, que ce soit moi ou les autres, mais je te dis ça en connaissance de cause. Si tu ne laisses personne te guider et t'entraîner, ces dons finiront par te consumer jusqu'à t'en faire perdre la raison.

J'avais toujours été du genre à faire confiance à mon instinct, et il me disait que Titus était sincère. Malgré tout, quelque chose me dérangeait toujours. Pas à propos de lui, ni d'Exos, ni même de l'autre type qui était là, mais au sujet de cet endroit. Ce *monde*.

J'avais l'impression de ne pas avoir ma place ici. Ce qui était probablement lié au fait qu'on ne m'avait pas demandé mon avis avant de m'emmener ici.

Mais il y avait autre chose.

Cet endroit avait quelque chose de *dangereux*.

— À quoi tu penses ? me demanda-t-il d'un ton sincère et curieux. Qu'est-ce qui te fait faire cette grimace ?

Il posa son pouce au coin de ma bouche. L'aise avec laquelle il me touchait me perturbait légèrement, tout en me paraissant étrangement naturelle.

On ne se connaît pas, lui et moi.

Et pourtant, je crois bien que j'ai envie de le connaître.

Je chassai ses pensées de ma tête, désorientée par toutes ces sensations, tous ces bruits, toutes ces *étincelles*.

— Tout ça est un peu, euh, trop pour moi.

Je ne mentais pas. J'omettais simplement la sensation de danger que je ressentais. Comment je pourrais me confier à un parfait inconnu ? Dans ce royaume bizarre ?

— Et si on allait dîner ? proposa-t-il.

— Dîner ? répétai-je, méfiante.

— C'est quand la dernière fois que tu as mangé ?

— Euh… bafouillai-je en clignant plusieurs fois des yeux. Je… je ne sais pas.

— Dans ce cas, je dirais qu'un dîner s'impose.

Ses fossettes apparurent à nouveau, mais plutôt que de lui donner un air enfantin, elles semblaient accentuer son incroyable beauté.

— Et après, on pourra peut-être visiter du campus ensemble. Ce sera tranquille, vu que la plupart des étudiants seront dans leurs résidences. Il se peut que tu trouves que finalement, ce n'est pas si mal ici et que tu décides de rester.

Campus ? Résidences ? Où suis-je ?

— Est-ce que j'ai le choix de toute façon ? répondis-je, exprimant à voix haute le fond de ma pensée concernant le dîner et la fameuse *visite*.

Il émit un petit rire.

— Ça dépend de ta définition du mot. Et si on prenait chaque chose en son temps ? D'abord, allons dîner. Je répondrai à toutes les questions que tu me poseras.

Je me mordillai la lèvre inférieure en réfléchissant à sa proposition. Il avait raison à propos de cette histoire de *choix*. Est-ce que j'en avais vraiment un quand il n'y avait visiblement pas d'autres options ?

— Est-ce que je peux, euh, me changer d'abord ? demandai-je en remarquant mes vêtements boueux et déchirés.

L'idée d'une longue douche me séduisait grandement. Et peut-être aussi un café, suivi d'un bon repas.

— Exos peut certainement nous arranger ça, me répondit-il en souriant.

— Exos..., répétai-je en jetant un œil à l'homme toujours impassible de l'autre côté de la clairière. Euh, est-ce qu'il viendra dîner avec nous ?

L'homme en question arqua un sourcil, ayant visiblement entendu ma question de là où il se trouvait. Ce qui voulait dire qu'il avait tout entendu de notre conversation.

— Tu préférerais que je ne me joigne pas à vous ? me demanda-t-il, l'air légèrement offensé.

— Ça dépend si tu as l'intention de te comporter comme un con ou non, lui répondis-je, me sentant bizarrement sur la défensive.

Après tout, il n'avait pas vraiment fait preuve de tact pour m'annoncer les nouvelles, et c'était *sa* faute si je m'étais retrouvée ici. Et tant que j'y étais, je pouvais aussi lui reprocher en partie l'incident du bar puisque c'était lui qui m'avait incitée à l'embrasser.

Non, j'étais injuste là.

Je ne pouvais pas rejeter sur lui la responsabilité de ce qui s'était passé. Seule une lâche renierait toute culpabilité.

Mais ça ne voulait pas dire que je devais l'apprécier.

Il ricana, comme s'il avait lu dans mes pensées, ou peut-être qu'il les avait simplement lues sur mon visage.

— Comme tu voudras, princesse, dit-il. Tant que tu arrêtes de m'envoyer voler contre les murs.

Je tressaillis à ses mots, me sentant à nouveau coupable. Ce n'était pas comme si j'avais fait exprès de le projeter en l'air avec mon pouvoir, c'était juste arrivé.

— Bon, on peut y aller maintenant ? demanda-t-il en portant son regard sur Titus. Parce que j'ai eu une journée de merde et j'aimerais bien prendre une douche.

Ma culpabilité fondit comme neige au soleil.

— Sale con, marmonnai-je.

Titus lâcha un rire.

— Tu sais, Exos, je commence à comprendre pourquoi tout ça est arrivé. Ton manque de tact est extraordinaire.

— Tu parles comme ça à tous les faë royaux ou suis-je le seul à recevoir ce traitement de faveur ?

Titus pâlit légèrement.

— Je… je suis…

— Ouais, c'est bien ce qui me semblait, conclut Exos en nous tournant le dos. Allons-y.

Titus poussa un juron entre ses dents et laissa retomber sa main. Je ressentis le froid sur ma peau à la perte de son contact.

— On, euh, on doit le suivre.

— Pourquoi ? lui demandai-je, ne saisissant pas le rapport de pouvoir.

— Parce qu'Exos dit qu'il est temps d'y aller.

Il se leva et me tendit la main pour m'aider à me relever.

— Et on doit faire ce qu'il dit ? insistai-je en acceptant son aide… essentiellement parce que je voulais le toucher à nouveau.

— Oui.

Il entrelaça ses doigts avec les miens, un geste qu'il semblait faire sans en avoir vraiment conscience. Puis son attention se reporta sur le troisième homme, celui avec les cheveux longs et ébouriffés, qui nous attendait près de l'orée de la clairière.

— Pourquoi ? demandai-je à nouveau tout en avançant. Pourquoi est-ce qu'on doit faire tout ce qu'il dit ?

Parce qu'une partie de moi *ne demandait qu'à* lui désobéir.

— C'est un faë royal, répondit Titus.

— Et ?

Ça ne voulait rien dire pour moi.

Il me regarda droit dans les yeux.

— Il est le Prince royal des Faë de l'Esprit, Claire.

Je manquai de peu de trébucher sur les fleurs qui jonchaient le sol.

— Quoi ?

Est-ce que ça voulait dire qu'il était comme… comme un prince européen ou un truc dans le genre ?

— Techniquement, il est le Roi des Faë de l'Esprit, dit le troisième type timidement, les joues légèrement empourprées. Il a, euh, renoncé à son trône pour le laisser à son frère, préférant mener une vie de guerrier. Mais, quoi qu'il en soit, Exos et Cyrus sont les derniers membres de la lignée royale. Du moins, jusqu'à ce que Cyrus trouve une compagne, ce qui n'est pas près d'arriver puisque, euh, tu sais, la plupart des Faë de l'Esprit sont morts.

Il ne me regarda pas une seule fois pendant son discours, ses yeux rivés sur mes pieds nus.

— Lui, c'est River, dit Titus avec un sourire amusé. C'est un Faë Aquatique.

— Salut, me dit-il en me faisant un petit signe de la main, mais sans quitter le sol de vue.

— Salut, répondis-je.

Je m'inquiétai de l'avoir offensé sans l'avoir fait exprès. À moins qu'il ne soit juste timide ?

— Je suis Claire, renchéris-je tout en essayant d'apercevoir son visage à travers sa masse de boucles sombres.

—Je sais.

Il me jeta un regard en coin et écarquilla les yeux quand il vit que je le regardai fixement. Il fit quelques pas maladroits en arrière, trébuchant presque, et serait tombé si Titus n'avait pas attrapé son poignet pour l'aider à retrouver son équilibre.

— Elle ne va pas te mordre, mec.

— Je-je sais, répéta-t-il. C'est juste que, eh bien, elle est… elle est *humaine*.

Titus soupira.

— River a une obsession pour les humains, m'informa-t-il.

— Et moi, j'aimerais bien prendre une douche, lâcha Exos d'un ton sec, réapparaissant sur le chemin. Est-ce qu'on pourrait rentrer chez Elana ?

Titus se redressa, plissant légèrement les yeux.

— Cette fille a vécu un véritable enfer, Exos. Lâche-lui un peu la grappe.

— Ah ouais ? Parce qu'elle m'a aussi fait vivre un enfer. Sacrée coïncidence, non ?

Sans un regard dans ma direction, il se tourna pour prendre à nouveau la tête de notre expédition.

— Je ne veux pas qu'il vienne dîner avec nous, décidai-je.

— Quelque chose me dit qu'il ne nous laissera pas beaucoup le choix, maugréa Titus. Il a été chargé de ta protection.

— Ma protection ? demandai-je en fronçant les sourcils. Pourquoi ?

Titus secoua simplement la tête.

— Contentons-nous de le suivre. On parlera plus au dîner, d'accord ? Je te le promets.

Ses mots me firent frissonner, comme si sa promesse recelait pouvoir et intention. C'était peut-être le cas.

— Au dîner, répétai-je.

Un vrai repas. Suivi d'une visite du campus. Et d'informations supplémentaires concernant le monde qui m'entourait.

— D'accord. Ouais, je peux faire ça.

Encore une fois, quelles étaient mes autres options ?

Passer le restant de ma vie cachée ici dans la prairie ? Prier pour qu'un miracle se produise et me ramène sur Terre ?

Une idée me vint à l'esprit.

Et si... Et si j'utilisais tout ça à mon avantage pour pouvoir retourner chez moi ? Je pourrais jouer le jeu pendant quelque temps, en apprendre plus sur ces soi-disant faë, ce monde, mes dons supposés et peut-être réussir à m'échapper.

Si c'était toujours ce que je voulais.

Je fronçai les sourcils. Bon sang, je n'avais plus aucune idée de ce que je voulais *vraiment*.

Mais j'aimais beaucoup l'idée de prendre une douche et de manger.

Donc, ouais. Suivre Titus était la bonne décision. En tout cas, pour le moment.

— Je sens ton hésitation, murmura-t-il, ses lèvres tout contre mon oreille. Mais accorde-moi juste cette soirée, ma belle, et tu verras.

Une douce flamme réchauffa nos mains entrelacées.

— Et si tu veux, je te montrerai comment créer des boules de feu. Peut-être que tu pourras en lancer une sur Exos par accident.

Un ricanement dédaigneux provenant de la forêt devant nous se fit entendre, nous informant qu'il avait entendu. Nous l'avions perdu de vue, mais visiblement, il attendait toujours que nous le suivions.

— Une boule de feu, répétai-je en songeant à toutes les possibilités que cela pourrait m'offrir. Ouais, je crois que cette idée me plaît.

— Essaie juste de ne pas mettre le feu à d'autres bâtiments, rétorqua-t-il d'un ton grave.

Mon amusement s'envola aussi sec.

Ouais.

D'accord.

Peut-être que les boules de feu étaient une mauvaise idée.

Titus soupira à côté de moi.

— Rabat-joie, maugréa-t-il. Je te montrerai comment contrôler ton pouvoir, Claire. Tu as ma parole.

Je me contentai de hocher la tête, incapable de dire quoi que ce soit d'autre.

Une douche.

Des vêtements.

De la nourriture.

Avec un peu de chance, une de ces choses m'aiderait à me faire me sentir à nouveau humaine.

Sauf que je n'étais pas humaine, si j'en croyais ces types.

Je suis en partie faë.

Même si je n'ai pas la moindre idée de ce que cela veut dire.

J'étais trop exténuée pour m'appesantir là-dessus. Mon corps me faisait mal, j'avais le cœur brisé. Titus serra à nouveau ma main et je sentis une bouffée de chaleur remonter le long de mon bras et réchauffer mes veines glacées. Pas de paroles, non, juste une caresse qui atténuait un peu la peine que je ressentais. Il m'attira à lui et la chaleur de son corps m'enveloppa telle une couverture protectrice et apaisante. Je me laissai aller, absorbant ainsi son essence, sa gentillesse et sa force, puisant en lui le courage de mettre un pied devant l'autre.

Peut-être que j'avais vraiment perdu la tête.

Parce que tout au fond de moi, je lui faisais confiance, alors que je ne connaissais rien de lui. Peut-être parce qu'il semblait avoir ce qu'il fallait pour être mon seul ami dans ce monde étrange.

Ou peut-être que quelque chose de plus puissant se tramait…

TITUS

CLAIRE ME SERRAIT TRÈS fort la main, son corps crispé à côté de moi. Exos nous avait ramenés au domaine d'Elana et avait disparu juste après nous avoir indiqué une des suites du manoir.

— Je... je ne comprends pas, balbutia Claire. J'avais détruit ce mur.

Ah, cela expliquait donc les essences élémentaires qui flottaient dans la pièce. Je les avais senties un peu partout lorsque nous avions pénétré dans le manoir, mais elles s'étaient faites plus puissantes une fois à l'étage.

— La Chancelière Elana a dû le réparer.

— La Chancelière Elana ? répéta Claire en levant la tête vers moi. Comment ?

— C'est une faë extrêmement puissante. Elle est aussi

la directrice de l'Académie, expliquai-je en souriant. C'est ici qu'elle habite.

Et d'ailleurs, c'était plutôt rare qu'un étudiant soit invité ici. C'était même la première fois que j'y mettais moi-même les pieds.

Claire fronça les sourcils.

— Mais j'avais détruit ce mur, répéta-t-elle.

— Et je l'ai réparé, murmura une voix provenant de l'autre bout du couloir.

Elana apparut, ses cheveux clairs rassemblés en un chignon tissé de fleurs sur sa tête. C'était une femme magnifique, l'objet de désir de beaucoup d'hommes, mais hors de portée de tous en raison de son rang élevé. D'après les rumeurs, elle n'avait jamais pris de compagnon car elle ne voulait pas partager ses pouvoirs. Mais cela n'empêchait pas les hommes faë d'essayer.

J'inclinai la tête en signe de révérence.

— Chancelière Elana.

— Titus, me répondit-elle. Je te remercie d'avoir aidé Exos aujourd'hui.

— Tout le plaisir était pour moi.

Et je ne mentais pas. J'avais bien aimé ce petit moment allongé dans l'herbe avec Claire. C'était mal, je sais, mais être près d'elle m'intriguait. Le pouvoir que je sentais bouillir sous sa peau appelait le mien, la marquant comme une compagne potentielle. Elle n'était pas la première à faire s'agiter mes dons, mais elle était la première pour laquelle je ressentais de l'excitation à cette idée.

— Je suis juste venu aider Claire à se changer pour aller dîner.

— Ah oui, il est l'heure, n'est-ce pas ?

Elle s'arrêta devant nous, ses mains fines et délicates serrées devant elle.

— Pourquoi ne resteriez-vous pas dîner, River et toi ? Je pense que Claire se sentirait plus à l'aise.

Oh. Je comptais emmener Claire quelque part sur le campus des du feu et lui montrer un peu l'endroit, mais si la Chancelière voulait qu'on se joigne à elle, nous n'avions plus tellement le choix.

À la façon dont Claire agrippait ma main, je sus qu'Elana disait vrai ; elle se sentirait plus à l'aise si j'étais là. On aurait dit que j'étais devenu le roc de Claire.

— Avec plaisir, dis-je, m'adressant autant à l'une qu'à l'autre.

— Parfait.

Elana sourit, de fines rides apparaissant aux coins de ses yeux parsemés de touches argentées.

— Je suis impatiente d'apprendre à te connaître, Claire. Il fut un temps où ta mère était une de mes élèves préférées.

Un élan de tristesse traversa son expression douce.

— Mais nous discuterons au dîner. Oh, et je t'ai laissé quelques vêtements pour te changer.

Elle nous sourit à nouveau avant de s'éloigner gracieusement dans sa longue robe élégante.

— Qui est-ce ? me chuchota Claire, les yeux écarquillés.

— La Chancelière Elana.

— Non, ça, j'avais compris, me dit-elle en secouant la tête. Je voulais dire... Je... je ne sais même pas ce que je voulais dire. Elle est magnifique.

— Oui. Et extrêmement puissante.

Je me répétai peut-être, mais c'était important de le redire.

— C'est une Faë de l'Esprit, comme toi.

— Et elle a connu ma mère ?

— Oui. Elle était sa mentore.

C'était d'ailleurs une histoire très célèbre, vu tout ce qui s'était passé après son passage à l'Académie. Mais ce n'était pas le moment de parler de tout ça

— Est-ce que tu as besoin d'aide ? Ou tu préfères qu'on se rejoigne en bas ?

— Je…

Elle se mordit la lèvre et posa le regard sur la robe posée sur le lit, puis en direction de la porte qui menait à la salle de bains attenante.

— Je, euh, je devrais m'en sortir. Mais tu promets de rester, hein ?

La confiance qu'elle m'accordait me donnait chaud au cœur. On se connaissait à peine, mais, qu'elle en ait elle-même conscience ou non, sa flamme intérieure reconnaissait déjà la mienne. Je traçai une ligne de flammes sur sa joue du bout de mon index et lui souris.

— Oui. Je serai là.

Ses épaules semblèrent se détendre un peu et je sentis son soulagement.

— D'accord, finit-elle par dire doucement. Je te retrouve en bas.

Je portai sa main à mes lèvres et déposai un baiser sur son poignet.

— À tout de suite, Claire.

Elle resta interdite alors que je relâchai sa main. Je fis quelques pas en arrière pour me forcer à prendre un peu de distance et ne pas faire quelque chose de stupide, comme la suivre dans la chambre. Son essence était tellement puissante, presque enivrante. Ça me faisait perdre la tête.

— Titus ? m'appela-t-elle, la voix inquiète.

Je me tournai vers elle du haut des marches.

— Oui, Claire ?

— Euh, comment je fais pour trouver la salle à manger ?

Je faillis lui dire que je l'attendrais en bas des escaliers quand j'eus une meilleure idée. Un moyen de tester si elle ressentait cette connexion entre nous aussi puissamment que je la ressentais.

— Suis la chaleur.

— La chaleur ? demanda-t-elle, l'air perplexe.

Des braises crépitaient sur le bout de mes doigts lorsque je levai la main.

— Oui. Je vais te laisser quelques pistes dans l'air. Tu sauras me retrouver.

J'en étais certain, même si elle avait l'air complètement déconcertée à cette idée.

— Tu verras, ma belle.

Et je la laissai là, bouche bée dans le couloir. Je descendis les escaliers avec un sourire sur le visage.

River m'attendait en bas et me regardait d'un air goguenard.

— C'est juste les effets secondaires de la drogue d'Ignis, lui dis-je.

Je mettais sur le compte de la séduction magique mon comportement étrange, même si ses effets s'étaient dissipés il y a déjà un bon moment. Peut-être que j'y étais plus sensible que d'autres ou alors Ignis m'en avait donné une double dose. Ça ne m'aurait pas étonné venant de cette garce.

— Où est Exos ? lui demandai-je.

J'avais deux ou trois commentaires à lui faire au sujet de la façon dont il avait traité Claire.

— Il est en train de se changer, me répondit River. On est censé le retrouver dans la salle à manger.

— Donc tu es au courant pour le changement de plans pour le dîner ?

— Tu veux dire l'ordre de rester à dîner ? Oui.

River parlait à voix basse pour ne pas se faire entendre.

— Je ne suis pas habillé pour ça, reprit-il en indiquant sa tenue décontractée. Pas pour un dîner avec la Chancelière.

— Je pense qu'elle est plus intéressée par Claire que par nos jeans, le rassurai-je en suivant l'odeur de nourriture qui flottait dans l'air.

Je n'oubliai pas de laisser de subtiles traces de mon essence à l'intention de Claire. Combinées avec les arômes délicats du dîner qui embaumaient l'air, elle ne devrait avoir aucun problème à nous trouver.

— Dis, tu n'as pas peur que l'humaine essaie encore de s'échapper ? murmura River.

— Non.

Je n'avais même pas besoin de me poser la question. Mon instinct semblait désormais lié au sien après notre léger flirt de tout à l'heure dans la prairie. Je le saurais si elle voulait s'enfuir, et je n'avais rien senti de tel quand j'étais avec elle.

— Elle est trop curieuse pour…

Je me figeai sur le seuil de la salle à manger.

Des *lutines* s'agitaient dans la pièce.

Même si les lutines et les fées n'étaient que des mythes, les anciens Faë de l'Esprit comme Elana possédaient suffisamment de pouvoirs pour faire apparaître leur propre armée de serviteurs et leur donner l'apparence de leur choix. Mais choisir une nuée de créatures mythiques pour ce faire envoyait un message clair, et j'étais plus que disposé à l'écouter. Elana était puissante, et elle voulait que tout le monde le sache.

Une lutine me doubla précipitamment, ses ailes minuscules me frôlant la joue et laissant une trace d'humidité sur son passage, révélant un soupçon de magie de l'Eau mêlée aux pouvoirs d'Elana.

Étrange.

Tout le monde savait qu'Elana avait uniquement accès à la magie de l'esprit. C'était sa faiblesse notoire d'être la seule Faë de l'Esprit à ne pas posséder d'élément secondaire. J'avais dû rêver.

Les petites créatures jacassaient entre elles comme des pies tout en mettant la table avec des couverts étincelants. Plusieurs d'entre elles faisaient équipe pour apporter des bols de soupe, des plateaux emplis de mets délicats et des tranches de viande finement coupées qui me mirent l'eau à la bouche.

— Euh…

Une nuée de lutines se mit à tirer une des lourdes chaises pour que je puisse m'asseoir.

— Merci.

J'échangeai un regard avec River en m'asseyant, tout en espérant ne pas avoir écrasé l'une de ces petites choses.

River s'assit à côté de moi, son air déconcerté miroir du mien.

— Je, euh, je n'ai jamais mangé avec un ancien, marmonna-t-il d'une voix légèrement anxieuse.

Me retrouver en présence de la vénérable Elana me rendait moi aussi nerveux, alors j'imaginai très bien ce que River ressentait en cet instant.

Je me raclai la gorge et acceptai un verre rempli d'un liquide doré et effervescent qu'un trio de lutines me tendit.

— C'est toi qui as insisté pour nous suivre, lui rappelai-je.

Je pris une longue gorgée et fermai les yeux alors qu'une sensation de douceur et de chaleur descendait le long de ma gorge. L'eau de feu, un liquide littéralement infusé avec les éléments de l'eau et du feu, me donnait l'étrange impression d'être chez moi.

Jusqu'à ce que je me souvienne où je me trouvais.

Nous étions sur le point de dîner avec une ancienne et un membre de la famille royale. Qui savait quelles décisions en découleraient ? Sans parler de l'étrange connexion que je ressentais pour Claire. Je frémis au souvenir de son contact désormais gravé en moi. Ça m'avait paru tellement naturel. *Trop* naturel.

Un subtil changement dans l'air me fit tourner la tête en direction de la porte juste au moment où Exos pénétrait dans la pièce. Avec ses cheveux blonds presque blancs relevés sur son front, il avait tellement tout d'un prince que c'en était absurde. Sa coiffure pompeuse allait parfaitement bien avec son costume noir.

Y pas de doute, ce type est un prince.

— Content de voir que vous êtes bien installés, dit-il nonchalamment en s'asseyant en face de moi.

Il n'avait pas l'air du genre à sourire souvent, mais à la façon dont il me regardait à présent, je me doutais qu'il allait nous lâcher une bombe.

— J'aimerais discuter de certaines choses avec vous avant que Claire nous rejoigne.

Super.

— Bien sûr, lui répondis-je d'une voix calme et respectueuse.

Une partie de moi voulait toujours l'engueuler pour la façon dont il s'était comporté avec Claire dans le champ tout à l'heure, mais je savais que ce n'était pas une bonne idée. Il n'avait pas l'air de comprendre qu'elle avait besoin d'être manipulée avec gentillesse, et non avec sévérité.

Exos porta son attention sur les mets délicats posés sur la table tandis qu'une lutine posait devant lui un verre d'eau de feu. Il se contenta de regarder son verre sans y toucher.

— La Halfeline a besoin de plus de limites que je ne peux lui en imposer, nous dit-il enfin en croisant les mains devant lui et en allant droit au but. Elle est plus puissante qu'aucun de nous l'avait imaginé.

Il soutint mon regard. Ses yeux couleur océan possédaient une telle intensité que je pouvais presque percevoir le pouvoir qui se cachait à la surface. Si la Halfeline avait vraiment battu à plates coutures ce type, alors je n'avais aucune chance si jamais je perdais sa confiance.

Je posai mes coudes sur la table pour me pencher en avant et optai pour une approche différente.

— Si je peux me permettre, *Votre Altesse*, je pense que tu es trop sévère avec elle. Elle n'est pas un de tes guerriers à qui tu peux aboyer des ordres en étant certain qu'il va t'obéir. Elle a grandi dans le royaume des humains et n'a aucune idée de nos pratiques ou de nos traditions. L'obéissance ne lui viendra pas aussi naturellement qu'à d'autres.

Voilà, c'était dit. Et c'était politiquement correct, non ?

À côté de moi, River hocha la tête, ayant l'air de retrouver son assurance.

— Les humains sont réputés pour leur sens de l'égalité et de libre arbitre, surtout dans certaines régions de leur monde.

Exos poussa un soupir en se laissant aller contre sa chaise.

— Oui, elle a déjà montré non seulement sa forte personnalité de Faë de l'Esprit, mais aussi certains traits de caractère humains. Mais elle reste une *faë*. Elle apprendra à obéir aux faë qui lui sont d'un rang supérieur.

Jusqu'à ce qu'il prononce cette dernière phrase, j'avais été d'accord avec lui.

D'un rang supérieur.

Toute ma vie on m'avait dit que si j'avais été de sang royal, j'aurais peut-être eu la force de contrôler mon feu rebelle. Mais je n'étais pas de sang royal. Je n'étais même pas d'un rang élevé. Je venais d'une longue lignée de faë qui se battaient juste pour le plaisir et qui travaillaient dans les mines ardentes du Royaume du Feu.

Des braises crépitèrent à travers mes veines, brûlant légèrement la nappe et trahissant ma frustration. Exos me regarda d'un air surpris, remarquant mon incapacité à cacher le mécontentement qui bouillonnait en moi.

Je pris une grande inspiration avant de reprendre la parole.

— Elle possède des éléments que tu ne peux pas contrôler, lui rappelai-je. La forcer à obéir n'entraînera rien de bon.

Il acquiesça.

— C'est pourquoi je ne peux pas l'entraîner seul. J'ai besoin d'aide.

Il fit une pause et se pinça un instant les lèvres.

— À commencer par toi.

Je le regardai d'un air perplexe.

— J'ai déjà accepté de l'aider pour ce dîner. Et je suis venu, non ?

— Oui, dit-il en prenant enfin la flûte délicate posée devant lui et remuant le liquide pour raviver les braises à l'intérieur. Mais je ne parle pas de ça. J'en ai déjà parlé avec Elana, et elle est d'accord avec moi. Tu as été désigné pour être l'un des gardes du corps de Claire, et tu seras également son mentor pour le feu.

Ce n'était pas une requête.

C'était un ordre.

Aucune subtilité, aucune question de savoir si j'acceptais la mission ou si j'avais d'autres projets pour le reste de mes études à l'Académie. C'était juste un ordre pur et dur qu'Exos s'attendait à ce que je suive. Et apparemment, Elana aussi.

Mon sang ne fit qu'un tour, non seulement devant l'arrogance de sa *demande*, mais plus encore devant le pouvoir inhérent à son sang royal qui l'autorisait à me traiter de haut comme ça.

— C'est d'autant plus logique que tu es le Faë du Feu le plus puissant de l'Académie, sans parler de ton mystérieux talent pour la faire coopérer.

Il me jeta un regard par-dessus son verre.

— C'est aussi une opportunité unique d'apaiser le Conseil. Tu peux voir ça comme une sorte de stage.

— Et si je ne veux pas d'un stage ? lui demandai-je, incapable de réprimer ma colère.

Cet enfoiré pensait qu'il pouvait me posséder, me forcer à faire ce qu'il voulait sans se soucier de ce que je voulais *moi*.

— On sait tous les deux ce que tu veux, répondit-il d'un air entendu. Tu ne refuseras pas, Titus.

Risquer ma réputation pour une Halfeline *? Devoir la protéger de ce qui était sûrement une armée de faë souhaitant sa mort ? Lui apprendre à utiliser son feu ?*

Certes, ce dernier point m'attirait. Mais les autres ? Je commençai à secouer la tête quand un bourdonnement d'excitation nous fit tous les trois tourner la tête vers la porte.

— Ah, nous y voilà.

Elana tapa dans ses mains en pénétrant dans la pièce, attirant les lutines vers elle d'un seul geste.

— La salle à manger est sublime. Je vous remercie.

Les lutines piaillèrent de bonheur et la guidèrent en bout de table, à côté d'Exos.

— Lui as-tu parlé de notre plan ? demanda-t-elle en portant son attention sur lui.

— Oui, répondit-il en reposant sa flûte. Titus était justement sur le point d'accepter.

Sur le point d'accepter ? Mon cul, oui.

— Excellent, répondit Elana en tournant son doux regard vers moi. Après avoir observé votre interaction tout à l'heure, je pense que c'est pour le mieux. Claire semble visiblement t'apprécier, et elle a besoin de quelqu'un en qui elle peut avoir confiance et sur qui elle peut compter. Tu es aussi un bon parti pour son feu.

La façon assurée et pleine de sous-entendus dont elle dit ça me fit frissonner.

Les Faë de l'Esprit étaient des êtres puissants. Ils sentaient et contrôlaient tous les aspects du cycle de la vie. Et elle avait visiblement remarqué le potentiel entre Claire et moi. Ce qui voulait dire qu'Exos l'avait remarqué aussi.

Je me raclai la gorge.

— Si c'est…

Un cri perçant provenant de la pièce attenante me fit me lever d'un bond. L'explosion de feu qui venait d'y avoir lieu attirait irrésistiblement ma flamme intérieure.

Claire.

Je me précipitai dans le hall et la trouvai recroquevillée en boule, les murs autour d'elle en flammes. River s'affaira à éteindre le brasier en invoquant une brume tandis que je tentai de réfréner les pouvoirs de Claire, les calmant à l'instinct.

Celle-ci, secouée de tremblements violents, poussa un cri quand la lutine qu'elle tenait dans sa main parvint à s'extirper de son emprise en piaillant furieusement. Une autre vague de pouvoir incendiaire submergea la pièce en réponse.

— Ce n'est pas réel, ne cessait-elle de répéter. Ce n'est pas réel. Les fées n'existent pas.

— Oh mais merde ! s'exclama Exos d'un air exaspéré.

Il la montra d'un geste de la main, l'air de dire *Tu vois ça ? Moi, je peux pas*, avant de retourner dans la salle à manger.

Je soupirai. Son manque de patience faisait de lui un mentor merdique. Pas étonnant qu'il ait besoin de moi.

Je m'accroupis à côté d'elle.

— Elles ne sont pas réelles, Claire, lui dis-je tout doucement. Elana les a invoquées pour aider à préparer le dîner.

— Qu-quoi ? me dit-elle en plongeant son regard bleu mouillé de larmes dans le mien. In-invoquées ?

Je lui souris.

— Oui, c'est de la magie de faë, lui dis-je en lui tendant la main. Viens, je vais te montrer.

Elle déglutit.

—Je… je ne…

— Elles sont inoffensives, lui promis-je. Ce sont juste de petites lutines, tu vas voir.

— El-elle a essayé de tirer sur ma robe et j'ai… j'ai…

— Et tu as réagi, dis-je à sa place. Mais tout va bien.

Je lui montrai le hall.

— Tu vois, il n'y a aucune trace de brûlure nulle part.

Grâce aux réflexes de River. Et probablement aussi à ceux d'Elana.

— Allez, viens, ma belle. Je pense que tu vas aimer ces petites fées une fois que tu les auras vues en action.

— Exos… il a… il a dit que les fées n'existaient pas.

— Parce qu'elles n'existent pas ! cria-t-il depuis la salle à manger.

Elle écarquilla les yeux.

— Mais elle m'a *touchée*.

— Oui, comme je te l'ai dit, Elana est très puissante, lui expliquai-je en agitant les doigts de ma main toujours tendue vers elle. Tu veux bien venir avec moi dans la salle à manger ?

Elle leva lentement sa main pour la poser sur la mienne, me laissant l'aider à se relever. La jolie robe violette qu'elle portait tournoyait autour de ses genoux, ses cheveux encore mouillés coiffés sur le côté. Je replaçai une mèche de ses cheveux derrière son oreille et surpris une braise rebelle qui remontait le long de son cou.

Le pouvoir tapi en elle semblait prêt à exploser.

— Hé, tu veux bien me rendre un service ? lui demandai-je en chuchotant.

Elle plongea son magnifique regard bleu dans le mien avant de cligner des yeux.

— Qu-quoi ?

— Mets tes mains comme ça, lui dis-je en tendant mes paumes ouvertes face à elle.

Elle s'exécuta en fronçant des sourcils.

— D'accord.

— Maintenant, je veux que tu penses à tout ce que tu as sur le cœur. Tout ton chagrin, ta colère, ta frustration et ta confusion. Et je veux que tu canalises tout ça dans tes mains, comme si tu voulais frapper quelqu'un.

Je souris devant son air incrédule.

— Fais-moi confiance. Concentre toute cette énergie dans tes bras et laisse-la se décharger à travers les paumes de ta main. Comme si tu t'apprêtais à te battre.

—Je ne me bats pas, marmonna-t-elle.

— Mais tu es en colère, non ? insistai-je. Énervée ? Perdue ?

— Bien sûr que oui !

— Et est-ce que ça ne te ferait pas un bien fou de frapper quelqu'un ?

— Oui, dit-elle sans aucune hésitation. Mais pas toi. Je préférerais frapper Exos.

Je ne pus m'empêcher de rire.

— On aimerait tous ça. Mais j'aimerais que tu essaies de me frapper. Imagine que je suis lui.

Elle secoua la tête.

— Tu n'es pas lui. Tu es gentil avec moi, toi.

Exos revint dans le hall, les mains dans les poches.

— Eh bien, frappe-moi dans ce cas, lui dit-il en venant se placer à côté de moi.

Il devait sans doute avoir compris ce que j'essayais de faire. Ou alors il avait réalisé qu'il méritait sa colère.

— Allez, princesse. Défoule-toi.

Elle le regarda d'un air mauvais.

— *Toi.*

L'énergie vibrait en elle.

— C'est à cause de toi que j'ai détruit le bar.

— C'est toi qui m'as approché, lui rappela-t-il avec une voix légèrement tendue. *Tu* as détruit le bar. J'ai *sauvé* les gens.

Elle serra les poings, son regard de plus en plus menaçant.

— Tu aurais pu m'en empêcher !

— Je ne pouvais pas savoir que tu allais mettre le feu à ce foutu bar, Claire, dit-il en haussant les épaules.

— Rick est mort, continua-t-elle sans l'écouter. Il est *mort* !

— Oui, dit Exos, impassible et continuant simplement à la regarder droit dans les yeux. Allez, princesse. Frappe-moi.

— Je te *hais*, lui dit-elle avec des yeux brillants de larmes.

Elle ouvrit ses paumes desquelles se mit à jaillir un impressionnant geyser de flammes que j'interceptai et absorbai avant qu'il n'atteigne Exos. Un autre jet fusa, plus faible que le premier, suivi d'un troisième et d'un quatrième. C'est alors que ses jambes se dérobèrent sous elle. Je l'attrapai avant qu'elle ne tombe, la serrant fort contre mon torse.

Exos me regarda droit dans les yeux, son expression indéchiffrable.

— Bienvenue dans l'équipe, Titus.

TITUS

— Tu as bel et bien ta place à l'Académie, dit Elana en souriant depuis le seuil de la pièce. Et si nous mangions ? Les plats sont en train de refroidir.

Elle nous fit signe de la suivre, mais Claire semblait incapable de bouger.

— Dans une minute, lui répondis-je en passant mes doigts dans ses cheveux.

Elana hocha la tête, une lueur d'amusement dans le regard, avant de disparaître.

— Qu'est-ce qu'il s'est passé ? murmura Claire, tremblante dans mes bras.

— Tu t'es déchargée d'une bonne dose de pouvoir qui s'était accumulé en toi, lui dis-je, mes lèvres effleurant d'elles-mêmes son front, ce qui me semblait le plus naturel du monde. Et je l'ai absorbé.

Elle s'écarta pour pouvoir me regarder, la bouchée bée et les yeux écarquillés.

— Est-ce que je… est-ce que je t'ai fait mal ? Et Exos ?

— Non, on va bien, la rassurai-je en prenant son visage dans ma main. Je voulais simplement te montrer comment canaliser tes émotions au travers de tes dons, afin de mieux les contrôler.

Elle se mit à trembler, ses yeux s'emplissant de larmes.

— Je ne comprends pas ce qu'il m'arrive.

Elle déglutit avant de s'éclaircir la gorge et de laisser échapper un petit rire triste.

— Bon sang, je ne me suis jamais sentie aussi émotive de ma vie. Tu dois penser que je suis une vraie loque.

— Non, je pense juste qu'on t'a enlevée de ton monde pour t'envoyer dans un autre dont tu ignorais totalement l'existence. Je suis prêt à parier que je ressentirais la même chose si on me balançait sans crier gare dans le royaume des humains.

Je ris doucement en imaginant la scène et secouai ma tête.

— Je détruirai tout sur mon passage. Littéralement.

Elle me regarda en clignant des yeux.

— Vraiment ?

— Oh, c'est certain. J'ai déjà du mal à contrôler mon pouvoir dans ce monde. Alors au milieu d'humains ? Je serais une véritable tempête de feu.

Ses lèvres tressaillirent alors qu'elle me regardait d'un air étrange, une lueur brillant dans ses yeux.

— Quoi ? lui demandais-je.

— Non, rien.

Mais la lueur dans ses yeux était toujours là. Et même, on aurait dit qu'elle se faisait plus intense.

— Dis-moi, l'encourageai-je, mourant d'envie de savoir à quoi elle pensait.

— Tu… Tu as l'air d'un superhéros comme ceux qu'on voit dans les films, dit-elle en portant sa main devant sa bouche pour réprimer un gloussement. *La tempête de feu.*

De petites rides apparurent au coin de ses yeux et ses épaules se mirent à trembler.

— Oh, bon sang.

Elle laissa échapper un grand éclat de rire, et je préférais cent fois cela la voir crier et pleurer. Je ne pus m'empêcher de rire avec elle, même si je n'avais pas tellement compris la blague. J'aimais juste l'entendre rire. J'aimais vraiment, vraiment ça.

— Désolée, s'excusa-t-elle en essuyant les larmes qui perlaient au coin de ses yeux. Bon sang, j'ai vraiment l'impression d'avoir perdu la tête. Tout ça, c'est… Je n'ai aucune idée de quoi faire, ni de comment réagir à… à quoi que ce soit.

— Eh bien, je vote pour qu'on essaie d'aller manger quelque chose, lui proposai-je en lui indiquant la salle à manger. À moins que tu ne préfères te battre avec d'autres lutines ?

— Des lutines ? répéta-t-elle.

— Les fées qui ont essayé de te guider vers la salle à manger.

— Oh, me dit-elle l'air pensif. Est-ce que c'était ça, le chemin à suivre dont tu me parlais ?

Je secouai la tête.

— Non, je voulais que tu suives mon essence de feu.

Je traçai une ligne de flammes de son avant-bras jusqu'à sa main et ses lèvres s'entrouvrirent pour former un grand *O.*

— Mais il semblerait que les lutines étaient impatientes que tu te joignes à nous. Elles ne veulent pas que les plats refroidissent.

— Je vois, dit-elle tout doucement. D'accord.

— « D'accord », tu veux manger ? Ou « D'accord », tu comprends ce que je dis ?

— Les-les deux, bafouilla-t-elle. J'ai… faim.

Je la regardai en souriant.

— Ouais, moi aussi.

Je lui tendis la main une nouvelle fois.

— On y va, Claire ?

Elle me prit la main en hochant la tête.

— Une pièce remplie de fées et de nourriture. Évidemment.

Je ris de sa réponse.

— Tu t'y habitueras.

— C'est bien ça qui me fait peur, dit-elle si bas que je l'entendis à peine.

La pauvre. Elle devait sans doute penser qu'elle était en train de devenir folle, mais après quelques jours passés dans ce monde, elle prendrait certainement conscience de la réalité de sa situation. Enfin, il fallait espérer.

Le plan de table avait changé. River était maintenant assis à côté d'Exos, et avec Elana en bout de table, cela nous laissait, à Claire et à moi, deux places côte à côte. Je tirai sa chaise, et la vis sourire timidement en s'asseyant. Je m'assis à mon tour rapidement et cherchai sa main sous la table pour la serrer d'un geste encourageant.

Je la sentis serrer fort quand les lutines virevoltèrent dans la pièce pour nous servir. Il semblait qu'elles avaient apporté de nouveaux bols de soupe, sûrement parce que ceux de tout à l'heure étaient désormais froids. Elles continuèrent à échanger les plats jusqu'à ce qu'un délicieux mélange d'effluves embaume la pièce. À la vue de toute cette nourriture sur la table, mon estomac gargouilla et mon cœur, admiratif, s'accéléra.

Elana contrôlait tout ça. Son pouvoir était telle une énergie magnétique qui appelait mon faë intérieur et exigeait que je me soumette à elle. Car peu de faë pouvaient se vanter d'organiser un tel festin chez eux, et surtout pas quelques heures à peine après avoir dû réparer des murs en ruine.

Claire n'avait pas l'air de partager mon enthousiasme.

— C'est un peu exagéré, non ? la taquinai-je tout pointant du regard les éclats de magie qui brillaient dans la pièce.

Elle se détendit et me gratifia d'un de ses sourires. Merde, qu'est-ce qu'elle était belle ! Je voulais passer chaque heure de chaque journée à la faire sourire.

Exos restait de marbre, reportant son attention sur Elana pour lui demander quelque chose au sujet du programme qu'ils avaient prévu pour Claire. Cela fit grimacer cette dernière, qui tourna la tête vers eux, l'air mécontent de les entendre discuter de sa vie sans lui demander son avis.

— Mange donc, ma chère, lui dit Elana quand elle remarqua que Claire la fixait des yeux.

Mais ma nouvelle amie ne fit aucun geste vers les plats posés devant elle, se contentant de les regarder d'un air affamé. Comme elle refusait toujours de se servir, je relâchai sa main pour prendre son assiette et la remplir d'un peu de tout, avant de la reposer devant elle.

— Je te conseille d'essayer ça en premier, lui dis-je en lui indiquant les fines tranches de viande séchée. J'adore ça.

J'accompagnai le geste à la parole en empilant plusieurs morceaux sur mon assiette, avant de me servir de plus petites portions d'autres plats.

Comme Claire ne faisait toujours pas mine de toucher à son assiette, je pris une bouchée de ce que j'avais dans la mienne pour lui prouver que ce n'était pas empoisonné. J'allai même jusqu'à pousser un gémissement exagéré pour montrer à quel point c'était bon. Ses lèvres trahirent un très léger sourire.

— Essaie, l'encourageai-je. C'est vraiment super bon.

Elle se tortilla sur sa chaise en se mordant l'intérieur de la joue. Puis, elle s'empara d'un morceau de viande séchée et se mit à le grignoter. Ses yeux s'écarquillèrent instantanément et elle en prit une plus grosse bouchée.

J'eus un petit gloussement.

— Je te l'avais dit.

Elle ne répondit pas, complètement subjuguée par les saveurs qui l'entouraient.

— Oui, dit Elana à voix basse. Je pense que c'est ce qu'il y a de mieux à faire. Un jour sur chaque campus, et je m'arrangerai demain avec les professeurs pour son emploi du temps. Nous devrions la mettre dans le Quartier du Feu pour commencer.

Exos acquiesça d'un hochement la tête.

— Je suis d'accord. Sa chambre est-elle prête ?

— Non, vous resterez ici ce soir. Je n'avais pas suffisamment d'énergie pour reconstruire le dortoir de l'Esprit.

— Vous allez la mettre dans le Quartier de l'Esprit ? demandai-je en reposant ma fourchette.

River se racla la gorge, mais je l'ignorai. Mon ton ne lui plaisait peut-être pas, mais c'était une très mauvaise idée et je voulais qu'ils le sachent.

— L'endroit est désert et dépourvu de vie.

— Et par conséquent, sûr, trancha Exos.

— Pour qui ? Pour elle ou pour les autres ? demandai-je en secouant la tête. Si vous voulez qu'elle intègre l'Académie, vous devez la laisser se mêler aux autres faë. C'est comme ça qu'elle découvrira notre univers. En étant plongée directement dans le monde des Faë et en rencontrant d'autres faë de son âge.

Claire avait cessé de manger, nous regardant tous à tour de rôle.

— Vous n'arrêtez pas de parler de l'Académie et d'un campus, mais qu'est-ce que c'est au juste ? Une sorte d'université ? demanda-t-elle tout bas.

— L'Académie des Faë Élémentaires, ma chère, expliqua Elana d'une voix chaleureuse. Et oui, cela ressemble beaucoup à ton université, mais pour les faë. Tout le monde dans ce royaume y suit des cours, entre dix-neuf ans et vingt-trois ans, sauf en cas de circonstances particulières. Comme pour Titus.

— Titus ? répéta Claire en me jetant un regard perplexe. Je ne comprends pas.

— Elle veut dire par là que j'ai rejoint l'Académie plus tard que les autres. J'ai vingt-deux ans, mais je ne suis arrivé ici que cette année.

— Pourquoi ? demanda-t-elle.

— Parce que j'ai été élevé dans le but de remporter le titre de Champion Sans Pouvoirs, dis-je avec un haussement d'épaules. J'ai passé ma jeunesse à apprendre à me battre. Mais j'ai arrêté tout ça, et maintenant je suis ici.

— Après avoir gagné le titre, ajouta River, sa voix teintée de fierté. C'est lui, le Champion Sans Pouvoirs.

— C'est quoi ce truc ? Un genre de boxe ? hasarda-t-elle.

— Nan, la boxe, c'est un sport d'humains barbant au possible. Les faë, eux, se battent à mort. Et Titus a tué, genre, tous ceux qui l'ont défié. Ses chiffres sont vraiment…

Exos s'éclaircit la gorge pour interrompre le Faë Aquatique.

— Ce que River essaie de dire, c'est que Titus a rejoint l'Académie sur le tard en raison de circonstances particulières. De la même façon que tu commenceras tes études ici un peu plus tard en raison de tes propres... circonstances.

— Tu veux dire à cause de mon kidnapping ? demanda Claire. Parce que c'est bien de ça qu'il s'agit, non ? N'ayons pas peur des mots, tu m'as *kidnappée* de mon monde.

— Ton monde est ici, rétorqua Exos. Ton véritable monde. Et l'Académie est ton futur.

— Et je n'ai pas mon mot à dire dans tout ça ? insista Claire. Parce que d'où je viens, ça s'appelle un enlèvement et forcer quelqu'un à faire quelque chose contre sa volonté.

— Et d'où je viens, il est malpoli de contredire les personnes plus haut placées que soi.

Elle le regarda d'un air surpris.

— Les personnes plus haut placées que moi ? Genre quoi ? Mes parents ? Tu n'as même pas l'air d'avoir dix ans de plus que moi. Et pareil pour elle, dit-elle en faisant un geste de la tête en direction d'Elana. Et d'ailleurs, ça n'a aucune importance, parce que je suis libre de contredire qui je veux, quand je veux.

Le feu qui bouillonnait en elle me fit sourire. Je préférais cent fois cette Claire à celle que j'avais trouvée en pleurs dans le champ un peu plus tôt.

— Exos fait partie de la royauté, expliqua Elana doucement. Et je suis la Chancelière de l'Académie. C'est pour cette raison que nous sommes considérés d'un rang supérieur au sein de notre société.

— Parce que vous avez été promus alors que vous aviez quoi, trente ans ? Et ça suffit à vous rendre supérieurs à moi ? dit Claire d'un air sarcastique. Je ne crois pas, non, ça ne va pas se passer comme ça. Ce n'était pas suffisant que vous m'ayez enlevée, maintenant vous voulez que j'intègre cette académie contre ma volonté ? Vous rêvez, là.

River s'étouffa avec sa nourriture tandis que je réprimais un sourire.

LEXI C. FOSS & J.R. THORN

— Tu sembles penser que tu as le choix, lui répondit Exos d'une voix calme et sinistre qui me fit frissonner. Et il est vrai que, dans un sens, tu as effectivement le choix. Veux-tu que je te l'explique, Claire ?

— Exos, le mit en garde Elana.

— Non, non, la rembarra Exos d'un geste de la main.

Un simple geste qui mettait bien en évidence son rang. Elana avait beau être la Chancelière, il restait l'héritier du Royaume de l'Esprit, ce qui faisait de lui son supérieur d'après notre système politique à la con.

— Elle veut connaître ses choix. N'est-ce pas, Claire ?

— Absolument, lui répondit-elle. C'est ma vie, mes décisions. Non pas que tu m'aies vraiment laissé décider de quoi que ce soit en me forçant à venir ici.

Il sourit froidement.

— Oui, enfin, ça, c'est parce que tu ne peux plus vivre dans le royaume des humains sans être un danger pour tous ceux qui t'entourent. L'incident au bar l'a bien prouvé.

Elle pâlit et je le maudis intérieurement. Il ne pouvait pas s'en empêcher, hein ? C'était clairement un sujet délicat pour elle, mais le Prince de l'Esprit n'en avait rien à foutre.

— Je-je n'ai pas fait exprès, murmura-t-elle. Je ne sais même pas si c'est vrai.

— Si tu veux des preuves, je peux t'en donner, lui répondit Exos d'un ton sans émotion. Mais le fait est que tu ne peux pas vivre dans le royaume des humains. Tu es trop puissante, tellement qu'on arrive à peine à te maîtriser ici. Ce qui nous amène à tes choix possibles, Claire. Tu m'écoutes ?

Elle hocha la tête en se mordant la lèvre, les épaules courbées.

— Oui.

— Tu peux rejoindre l'Académie et apprendre à contrôler tes pouvoirs, après quoi il pourra t'être accordé un droit de visite au royaume des humains. Ou, tu seras bannie d'ici et envoyée au Royaume de l'Esprit, ce même royaume que ta mère a détruit lors de sa bataille avec Mortus. C'est un lieu sans vie, sans essence, sans rien. Mais au moins, ton manque de contrôle ne sera là-bas un danger pour personne.

Il s'essuya nonchalamment la bouche avec sa serviette tout en haussant les épaules.

— La troisième option, bien entendu, reprit-il, est la mort. Parce qu'on ne peut pas laisser une faë aussi dangereuse se promener comme elle l'entend dans notre monde. Surtout si elle n'a pas été formée et ne comprend rien à nos pratiques.

Claire ouvrit la bouche avant de la refermer sans rien dire, les yeux écarquillés.

Pas étonnant. Qu'est-ce qu'elle pouvait bien répondre à un tel message, et qui plus est délivré avec un aplomb pareil ?

Quel enfoiré ce prince royal. Aucune conscience des conséquences de ses paroles. Il s'adressait à elle comme s'il parlait à ses guerriers, et non pas à une jeune fille qui avait vécu un véritable enfer ces deux derniers jours.

— Alors, Claire, que choisis-tu ? Parce que je pensais que l'Académie était l'option la plus humaine et pratique, mais si tu préfères que je te largue dans le Royaume de l'Esprit, on peut se mettre en route dès ce soir.

— Et si on lui faisait visiter l'Académie demain pour qu'elle voie un peu la vie ici, avant de l'obliger à choisir ? proposai-je, la mâchoire crispée. Histoire aussi de lui donner une chance de mieux comprendre le monde des Faë.

Exos se tourna vers moi, ses yeux bleus menaçants.

— Ce n'est pas parce que je t'ai inclus dans son équipe que tu dois me manquer de respect.

— Mon boulot est de la protéger. Et c'est ce que je suis en train de faire, lui répondis-je en plissant les yeux. À moins que tu ne penses que je ne devrais pas me sentir concerné par des menaces de mort sur sa personne ?

Ses lèvres se pincèrent légèrement.

— Tu dois la protéger des autres, pas de moi.

— Peut-être bien que c'est surtout de toi qu'on devrait la protéger, répliquai-je, des flammes s'agitant nerveusement juste à la surface de ma peau.

Elana toussota, chassant l'atmosphère négative d'un geste de la main.

— Je pense qu'une visite de l'Académie est une excellente idée. Claire peut rester ici ce soir, et Titus pourra lui montrer le Quartier du Feu demain matin. Nous pourrons nous occuper de cette histoire de logement après cela.

Autrement dit, elle voulait voir la réaction de Claire face à notre monde avant de lui assigner une chambre.

— Si cela te convient, bien sûr, ma chère ? demanda Elana, son regard bienveillant posé sur Claire.

Cette femme n'était pas gardienne de la paix de notre espèce pour rien, et son sourire pacificateur le démontrait.

— Aimerais-tu voir l'Académie ? continua-t-elle. Je pense que tu pourrais trouver cette expérience très instructive. Et Titus pourrait t'emmener voir le match ce week-end, pour que tu assistes au tournoi entre éléments ? S'il est d'accord, bien sûr.

Je n'avais pas prévu d'y aller, mais si Claire voulait voir ça, je l'y emmènerais.

— Oui, bien sûr.

Claire me jeta un bref coup d'œil, les mains serrées sur ses genoux.

— Tu… tu es un étudiant.

Ce n'était pas une question, mais un constat.

Je hochai la tête malgré tout.

— Exact. Première année.

— Et… je serai près de toi pendant toute la visite ? demanda-t-elle en pesant chacun de ses mots.

La lueur d'espoir qui brillait dans ses yeux me plut beaucoup.

— Je serais ravi de te faire visiter le campus, lui dis-je en lui prenant la main. Tu verras, c'est magnifique. Tu vas adorer. Il y a des arbres et des fleurs partout.

Elle se mordit la lèvre.

— Est-ce qu'il y a aussi des fées ?

Je ris.

— Non. Les fées, c'est seulement ici.

— Y aura-t-il d'autres choses magiques ?

— Toutes sortes de magie élémentaire, ma belle. Nous sommes des faë. Nos pouvoirs sont en nous, tout le temps. Mais le but de l'Académie est d'apprendre à les contrôler, donc tu n'as rien à craindre. Tout le monde est ici pour apprendre.

— C'est comme une université, dit-elle en écho aux paroles d'Elana.

— Ouais, sauf qu'ici, on apprend à contrôler et perfectionner nos pouvoirs pour le bien de notre société, alors que vous allez à la fac pour… trouver un boulot ? Et la moitié des conneries que vous étudiez ne servent à rien, intervint River qui se mit à rougir sous le regard de Claire. Désolé, j'ai un peu étudié le royaume des humains. Je trouve ça, euh, amusant.

— Quel genre de faë es-tu ? demanda-t-elle en le regardant avec curiosité. Je n'arrive pas à sentir ton énergie comme je le fais pour Exos et Titus.

À ses mots, je me tournai vivement vers Exos qui

n'eut pour seule réaction qu'un sourire suffisant. Ces mots, si innocents pour elle, signifiaient bien plus qu'elle ne le pouvait l'imaginer. Parce que si elle pouvait ressentir Exos de la même manière qu'elle me percevait moi, cela voulait dire qu'il était lui aussi un compagnon potentiel pour elle.

Et d'après le léger sourire qu'affichait Elana, cette dernière le savait depuis le début.

Tout comme l'expression incrédule sur le visage de River.

Les faë ne s'appariaient qu'une seule fois, pour la vie. Mais seulement avec une personne et toujours au sein du même élément.

Que Claire ait ressenti une potentielle connexion avec deux faë, et qui plus est issue de différents éléments, était unique. Non, c'était même sans précédent.

Peut-être qu'elle ressentait l'aura d'Exos de la même manière que je percevais les Faë du Feu dont la magie semblait compléter la mienne ?

— Je, euh, contrôle l'eau, lui dit River en déglutissant. Je suis un Faë Aquatique.

— Oh, murmura Claire. Et tu seras aussi là pendant la visite ?

Il eut un petit rire dédaigneux.

— Pas celle du Quartier des Faë de Feu, non. On s'en tient tous à nos propres campus. Ça devient très vite compliqué à gérer quand les éléments se mélangent un peu trop.

— Mais… mais j'ai plus d'un élément il me semble, demanda-t-elle en se tournant vers Exos d'un air perplexe. Non ?

— Tu possèdes les cinq, confirma-t-il. C'est pourquoi j'ai proposé le Quartier de l'Esprit.

Il lui avait répondu sans même avoir tourné la tête vers

elle, comme s'il avait perçu instinctivement qu'elle s'adressait à lui. Il tournait à présent son regard vers moi.

— Parce que ce serait trop dangereux de l'assigner à un autre Quartier.

— Voyons d'abord comment se passera la visite, intervint Elana, reprenant son rôle de médiatrice. On verra ensuite où elle souhaitera résider. Mais pour ce soir, elle restera ici. Est-ce que cela te va, ma chère ?

Claire cligna des yeux.

— Je, euh, d'accord, lui répondit-elle avant de se tourner vers moi. Est-ce que tu restes, toi aussi ?

— Euh…, hésitai-je en regardant en direction d'Exos qui hocha simplement la tête. Oui, je peux rester.

— Autant que vous commenciez à travailler sur ton contrôle dès maintenant, ajouta-t-il. Je n'aimerais pas que Claire détruise un bâtiment du campus comme elle l'a fait tout à l'heure.

Il repoussa sa chaise avant de se lever.

— Si vous voulez bien m'excuser, je dois appeler mon frère pour l'informer de la situation.

— Il est toujours aussi brusque ? demanda Claire alors que le Faë de l'Esprit quittait la pièce.

— Je ne sais pas, je le connais à peine, avouai-je.

— Vous n'êtes pas amis ?

J'eus un petit rire de mépris.

— C'est un membre de la royauté. Il ne devient pas *ami* avec les faë comme moi.

Elle fronça les sourcils.

— Comment ça ?

— C'est comme si la Reine d'Angleterre se liait d'amitié avec un paysan, expliqua River. Ce serait du jamais vu, non ?

— Euh, je suppose, lui répondit-elle, l'air toujours perplexe. Donc, c'est quelqu'un d'important ?

— Il est le Faë de l'Esprit le plus puissant encore en vie, confirmai-je. Et l'héritier au trône du Royaume de l'Esprit.

— Mais il a quoi, trente ans ?

— Les apparences peuvent être trompeuses, intervint Elana dont j'avais presque oublié la présence. Bon, je vais vous laisser décider de vos arrangements pour la nuit. River, tu es libre de rester également, si ta curiosité l'emporte.

Elle lui fit un clin d'œil avant de se lever de table.

— J'ai besoin d'un peu de repos après tous ces événements, reprit-elle avant de s'arrêter sur le seuil de la porte et de poser les yeux sur Claire. Je suis heureuse de t'avoir parmi nous, ma chère. J'espère que tu apprécieras la visite demain.

CLAIRE

RIVER SE LEVA, trépignant sur place tout en se mordant la lèvre.

— Je, euh…

— Tu n'es pas obligé de rester, lui dit Titus avec un sourire dans la voix. Tu peux retourner à ton dortoir.

Le soulagement était bien visible dans le regard du Faë Aquatique.

— T'es sûr ?

— Oui, mec, ça va aller. On se voit demain.

— Merci.

Il commença à s'éloigner, puis marqua une pause pour me regarder.

— Je, euh, je suis content de t'avoir rencontrée, Claire.

Après avoir dit ça, il baissa immédiatement les yeux au sol et se remit à gigoter.

— Moi aussi, lui répondis-je, décontenancée par sa timidité.

Il me fit un petit signe de la main puis sortit de la pièce au pas de course.

— Il a peur de moi ? demandai-je, un peu offensée par cette idée.

Après tout, je ne faisais pas exprès de mettre le feu à tout ce que je voyais.

Titus se mit à rire.

— Non, c'est juste le fait d'être chez la Chancelière. C'est vraiment pas tous les jours que ça arrive. Elle n'est peut-être pas issue de la royauté comme Exos, mais c'est quelqu'un de très important au sein de notre société. Les éléments foisonnent sur son domaine, sûrement parce qu'elle est une Faë de l'Esprit. River a dû sentir l'Eau quelque part.

— Attends un peu. Elle a deux éléments ?

Est-ce qu'ils ne venaient pas de dire que ce n'était pas normal de mélanger les éléments ? Ou est-ce que j'avais mal compris ?

— Euh, non. Mais normalement, tous les Faë de l'Esprit ont deux éléments.

Il se frottait la nuque, l'air mal à l'aise.

— Elana n'en a qu'un, ce qui est super rare. Mais par exemple Exos a l'esprit et le feu. Et Cyrus, son frère, est réputé pour être un élémentaire de l'eau avec une affinité puissante pour l'esprit. Et toi, il semblerait que tu puisses accéder à tous les éléments.

— Et ce n'est pas normal.

Ce n'était qu'une supposition basée sur le peu de connaissances que j'avais réussi à enregistrer depuis mon arrivée.

— Non. C'est, euh, unique.

— Unique comme Elana qui n'a qu'un seul élément malgré le fait qu'elle soit une Faë de l'Esprit ?

— En quelque sorte, oui. J'imagine qu'il y a eu au cours de l'histoire d'autres Faë de l'Esprit ne possédant que l'esprit, mais je ne les connais pas.

Il se pinça les lèvres avant de reprendre.

— Mais toi, tu es, euh, la seule et unique faë à pouvoir contrôler plus de deux éléments.

— Plus de deux ? m'écriai-je d'une voix partant dans les aigus.

— Ouais. Comme j'ai dit, les Faë de l'Esprit ont deux éléments. C'est le maximum qu'on ait jamais vu.

Et j'en avais cinq. Je le regardai en clignant des yeux. *Cinq.*

—Je… Qu'est-ce que ça signifie ?

Il secoua la tête.

— Franchement, je ne sais pas, admit-il doucement. Mais tout ce que je peux te dire, c'est que l'Académie est ta meilleure option. Ils vont t'apprendre à contrôler tes dons, Claire. Et je pense qu'ils vont te faire alterner entre les différents campus au cours de la semaine.

Je m'adossai à ma chaise, mais tressaillis lorsqu'une nuée de ces insectes colorés s'engouffra dans la pièce. Plus tôt dans le hall, mon instinct m'avait poussée au meurtre et à écraser l'un de ces machins volants, comme je l'aurais fait d'une mouche. Puis la chose avait commencé à me *hurler* dessus et je m'étais mise à crier.

Ce genre de trucs n'arrivait pas dans, euh, dans la réalité.

Sauf que j'avais abandonné l'idée que tout ceci ne soit qu'un rêve. Mon imagination n'aurait jamais réussi à inventer un monde aussi tordu.

Et ce qui était plus tordu encore, c'était ce qu'ils avaient dit à propos de ma mère.

— Dis, qu'est-ce que… qu'est-ce qu'Exos voulait dire quand il a dit que ma mère avait détruit le Royaume de l'Esprit ? lui demandai-je.

Il avait parlé d'elle plusieurs fois au cours de la journée, mais je n'avais pas été en état de l'écouter, et encore moins de comprendre ce qu'il me racontait.

— Tu n'es pas au courant ? demanda Titus, l'air visiblement surpris.

Je le fusillai brièvement du regard.

— Au cas où tu l'aurais oublié, j'étais en train de fêter mes vingt-et-un ans dans un bar étudiant il y a… pfff, je ne sais même pas il y a combien de temps. Et je ne connaissais rien aux faë, ni aux lutines, ni aux fées, ni à toutes ces histoires de magie élémentaire. Non, rien du tout avant de… avant de débarquer ici.

Mon prof de littérature n'aurait sûrement pas été impressionné par la façon dont j'expliquais tout ça, mais s'attendre à de la cohérence de ma part dans une situation pareille aurait été un peu présomptueux, non ?

Titus hocha la tête.

— Très bien, je vois. Bon. Tu as fini de manger ?

Je baissai les yeux sur mon assiette encore à moitié pleine.

— Euh, ouais.

Je ne pouvais plus rien avaler. Surtout avec mon estomac qui prenait un malin plaisir à faire des pirouettes.

— Mais ça ne répond pas à ma question.

— Je sais. Mais je me demandais juste si nous devions aborder ce sujet ici ou, euh, ailleurs.

— Tu veux dire en haut ? lui demandai-je.

J'aimais bien l'idée de me trouver dans un endroit moins exposé, loin de ces bestioles bavardes et rutilantes.

— C'est comme tu veux, dit-il en se frottant à nouveau

la nuque. Pour tout te dire, je ne sais pas où on pourrait aller d'autre.

— Tu veux dire que tu ne sais pas où je suis autorisée à aller ? répliquai-je, traduisant sa pensée. Je ne vais pas m'échapper à nouveau.

En tout cas, pas maintenant. Pas tant que je n'en saurais pas plus sur cet endroit. Je ne ferais que gâcher mon énergie à tenter de m'enfuir, et l'ultimatum d'Exos décrivant mes *options* ne me donnait pas tellement envie d'essayer. Parce que je ne doutais pas un seul instant qu'il mettrait sa menace à exécution. Il était évident qu'il ne m'aimait pas, et le sentiment était réciproque.

Enfin, en grande partie réciproque.

Si on omettait que j'avais parfois toujours envie de l'embrasser.

Je chassai ces pensées de mon esprit.

— Allons en haut, décidai-je en me levant.

Parce que contrairement à Exos, j'*aimais* bien Titus. Et je le trouvais vraiment canon.

Et être prise en sandwich entre Titus et Exos serait… incroyable. Deux corps puissants se frottant contre le mien, une danse de langues, des mains inquisitrices…

Oh bon sang, il fallait que j'arrête tout de suite de m'imaginer ce genre de trucs.

Waouh.

Non.

Ça n'arrivera pas.

Jamais.

Sérieux, qu'est-ce qui n'allait pas chez moi pour que je me mette à fantasmer là-dessus ? Clairement, j'étais en train de perdre…

— Claire ? demanda Titus en fronçant les sourcils.

Il s'était levé et semblait attendre que je passe devant.

— Oui, pardon.

Je tournai les talons et me dirigeai vers les escaliers. Pour l'amener jusqu'à ma chambre. Ce qui, après la vision que j'avais eue, n'était probablement pas l'idée du siècle, mais ce n'était pas comme si Exos allait se joindre à nous. Même si je ne dirais pas non s'il le faisait.

Non, attends un peu. Si. Si, bien sûr, que je dirais non.

Je n'aimais pas Exos.

Ce type était un enfoiré, mais aussi l'un des mecs les plus sexy que j'aie jamais vu. Tout comme Titus, même s'ils étaient canons de manières très différentes.

Je gémis doucement, frustrée par les images qui assaillaient mon esprit, toutes plus graphiques les unes que les autres.

— Ça va, Claire ? me demanda Titus, l'air inquiet.

Non.

— Oui. Je suis juste un peu, euh, confuse.

Ce qui était plutôt vrai, en un sens.

Il me prit la main quand nous arrivâmes en haut des escaliers, m'attirant gentiment à lui pour poser son autre main sur ma joue. Il baissa son regard vert forêt sur moi.

— Ça va aller, me dit-il tout bas en caressant ma pommette du bout de son pouce. Je sais que tout ça doit te sembler complètement dingue, et que tu dois avoir l'impression de ne pas avoir ta place dans ce monde, mais je pense que tu te plairas ici. Si on oublie les lutines.

Il me fit un sourire hésitant que je sentis résonner en moi.

Titus avait clairement mal interprété ma gêne, et pourtant ses mots étaient exactement ce que j'avais besoin d'entendre.

— Merci, lui dis-je en plaçant ma main sur la sienne.

— Je t'en prie.

Son regard glissa sur mes lèvres et une vague de chaleur s'enflamma entre nous. C'était différent de tout à l'heure. Le réconfort qu'il me témoignait se transformait en quelque chose de plus intense. Son énergie bouillonnait à la surface de sa peau et cherchait à atteindre la mienne, embrasant en moi un désir inexpliqué. J'étais attirée vers lui comme un aimant, hypnotisée, excitée, à deux doigts de m'envoler.

— Merde, tu es sublime, murmura-t-il, aussi émerveillé que moi.

Je déglutis et penchai légèrement ma tête en arrière...

Quelqu'un se racla la gorge, et nous nous éloignâmes l'un de l'autre en sursautant. Dans ma précipitation, je trébuchai et retombai contre la poitrine puissante d'Exos. Il arrêta ma chute d'une main sur ma hanche, me coinçant ainsi entre les deux hommes.

Et voilà que je me retrouvai réellement prise en sandwich entre Exos et Titus.

Je rougis à cette pensée, ma gorge soudain très sèche.

— Je, euh, on, *on* était juste en train d'aller dans ma chambre pour, euh...

J'arrêtai de parler, réalisant de quoi ça devait avoir l'air, et déglutis à nouveau en voyant Exos qui me regardait en fronçant les sourcils.

— Pour parler, intervint Titus. Elle voulait en savoir plus au sujet de sa mère. Vu qu'apparemment tu ne lui as encore rien dit.

— Quand j'ai essayé de le faire, elle m'a projeté contre un mur, répliqua Exos en penchant la tête vers moi. Deux fois.

Des flammes semblaient lécher ma peau. Peut-être même littéralement, qui sait. J'aurais été bien incapable de le dire, car je ne pouvais détourner mon regard des yeux océan d'Exos. L'attirance magnétique qui en émanait me paralysait sur place. À ce moment-là, Titus m'attrapa l'autre hanche et plaqua son torse brûlant contre mon dos.

Oh, merde…

Je me laissai aller contre lui, avant de me balancer vers l'avant, puis à nouveau en arrière, incapable de décider lequel des deux j'avais le plus envie de toucher.

Qu'est-ce qui m'arrive ?

— Tu es enfin disposée à écouter, princesse ? murmura Exos. Ou est-ce que tu vas à nouveau user de ton impressionnant pouvoir de l'air pour m'envoyer une autre rafale à la figure ?

— Impressionnant ? répétai-je.

— Très, admit-il, son regard se faisant légèrement plus doux.

Il fit glisser son pouce sur ma lèvre inférieure et resserra son emprise sur ma hanche de son autre main.

— Tu as tellement de pouvoir en toi.

Il leva les yeux vers Titus, me délivrant ainsi de l'emprise de son regard.

— Où est-ce que tu veux dormir ?

— Aucune idée, répondit-il, sa voix chaude chatouillant mes cheveux. On montait uniquement pour parler de sa mère.

— Oui, j'avais bien entendu, dit-il tout en continuant de caresser ma lèvre du bout de son pouce, comme s'il cherchait à mémoriser la sensation. Je demandais plutôt si tu avais l'intention de dormir dans sa chambre.

— On n'a pas encore discuté de ça, lui répondit Titus.

— Mmmh. Eh bien, ma suite est au fond du couloir. Si tu as besoin d'une chambre, celle à côté de la mienne est libre.

Il baissa son regard sur moi et ses lèvres se retroussèrent en un sourire magnifique.

— Oh, et Titus ? ajouta-t-il.

— Oui ?

— Fais attention à toi avec celle-là…

Il força son pouce entre mes lèvres, effleurant ma langue juste une seconde avant de retirer sa main et de la laisser retomber.

— Claire aime bien embrasser les inconnus. N'est-ce pas, ma belle ?

Mon visage s'embrasa, me laissant les joues en feu. Un souvenir vivace traversa mon esprit, me ramenant à ses premières paroles au bar. *Ça t'arrive souvent d'embrasser des hommes que tu connais à peine ?*

Exos sourit.

— Bonne nuit, princesse.

— B-bonne nuit, balbutiai-je.

Je ressentis un léger picotement au niveau de ma hanche lorsqu'il la relâcha. Sans un regard en arrière, il repartit tranquillement au fond du couloir, son costume épousant parfaitement son corps musclé. Je le regardai s'éloigner, l'eau à la bouche.

C'est vraiment tordu.

Je ne devais pas le désirer. Je ne devais désirer personne. Je devais me concentrer pour trouver un moyen de rentrer chez moi.

— Tu, euh, tu as embrassé Exos ? me demanda Titus, me relâchant à son tour pour venir se mettre face à moi, son expression indéchiffrable.

Je me raclai la gorge.

— En quelque sorte. C'était un gage.

— Un gage ? répéta-t-il l'air perplexe.

— Oui, un gage. Comme dans action ou vérité.

Il fronça les sourcils.

— Je ne comprends pas.

— C'est un jeu. Tu n'y as jamais joué ?

Il secoua lentement la tête, ce qui me fit sourire.

— C'est un jeu idiot. Tu ne rates pas grand-chose. Mais en gros, ça se joue avec un groupe d'amis, et tu dois choisir entre action ou vérité. Une vérité peut être un truc du genre « Quel est l'endroit le plus fou où tu as couché avec quelqu'un ? » et tu dois répondre honnêtement. Et une action, ça peut être genre « Va embrasser le mec assis au bar ». Et c'était ça, mon gage. Aller embrasser Exos. Rick peut être tellement…

Je ne terminai pas ma phrase, la pensée de mon ami me prenant aux tripes.

Je n'avais même pas pu lui dire adieu.

Kidnappée et emportée jusque dans ce monde, sans une pensée pour mon passé.

Est-ce que j'allais manquer à mes amis ? Est-ce qu'ils essaieraient de me retrouver ? Mes grands-parents étaient décédés l'an dernier, me laissant suffisamment d'argent pour que je puisse finir mes études. Je n'avais plus d'autre famille.

Titus prit ma joue dans sa main, ses yeux vert forêt emplis d'émotions.

— Je suis sincèrement désolé pour ton ami.

— Moi aussi, murmurai-je.

Je me raclai la gorge.

— Est-ce que… est-ce que tu peux me parler de ma mère ? lui demandai-je, ressentant le besoin de changer de sujet. Et me dire pourquoi je suis ici ? Et *comment* je suis arrivée ici ?

Il déglutit avant de hocher la tête.

— Oui. Bien sûr.

Il lança un regard en direction du couloir de portes fermées qui s'étendait devant nous.

— Euh, dans ta chambre peut-être ?

— Avec plaisir.

Je ne voulais plus me sentir ainsi exposée une minute de plus. Je passai devant et il me suivit, ses mains bien enfoncées dans les poches de son jean, comme s'il essayait de s'empêcher de me toucher à nouveau. Sûrement à cause de la petite révélation d'Exos. Le baiser comptait à peine pourtant. Même si je devais avouer que j'avais agi de manière un peu inappropriée ce soir-là. Mais bon, je n'avais pas été la seule, vu qu'il m'avait laissée l'embrasser.

Je chassai cette pensée de mon esprit pour me concentrer sur le moment présent.

Titus me suivit dans la chambre, son attitude plus réservée alors que je fermai la porte.

Il admira l'espace fleuri tout autour de lui, examina un instant l'arbre qui se trouvait au milieu de la pièce et les plantes qui tapissaient les murs.

— On sent bien l'Esprit dans cette pièce.

— Comment c'est chez toi ? lui demandai-je, curieuse.

— Noir, répondit-il avec un sourire goguenard. J'aime bien brûler des trucs.

— Apparemment, moi aussi, maugréai-je en baissant mon regard.

Quels dégâts avais-je causés sans le vouloir ? Non pas que je me sentais entièrement responsable. Ce n'est pas comme si on m'avait appris à être une… une… *faë*.

Merde. On dirait bien que j'y crois, à toutes ces conneries.

Je frissonnai, peu disposée à admettre la logique de mon esprit. Ce genre de choses était impossible. Ou en tout cas, ça aurait dû l'être. Et pourtant, je ne pouvais pas nier toute la magie qui flottait autour de moi, les flammes qui jaillissaient de mes mains ou encore le fait que j'avais détruit un mur de… lianes ? Je secouai la tête pour essayer d'y voir plus clair.

Titus m'attrapa le menton et me força gentiment à lever la tête vers lui.

— Tu vas apprendre à contrôler tout ça, Claire.

— Vraiment ? répliquai-je. Je ne savais même pas que

tout ceci existait jusqu'à aujourd'hui. Ou était-ce hier ?
Bref, jusqu'à ce qu'Exos me kidnappe.

J'avais l'impression que ça s'était passé dans une autre
vie, mon existence telle que je la connaissais à jamais
changée par ce nouveau monde.

— Je ne sais même pas pourquoi ces soi-disant
pouvoirs ne se sont pas manifestés plus tôt. Et je sais encore
moins comment les contrôler.

— Il y a une rumeur qui circule comme quoi ta mère
t'aurait jeté un sort, répondit-il en faisant glisser sa main de
ma joue à mon cou avant de la laisser retomber. Exos serait
beaucoup mieux placé que moi pour te raconter toute
l'histoire, vu qu'il siège au Conseil des Faë, mais je peux
toujours te dire ce que je sais.

Sa voix avait une certaine froideur lorsqu'il parlait
d'Exos, mais celle-ci ne transparaissait pas sur ses traits qui
n'affichaient que de la tendresse.

— Je préférerais que ce soit toi qui me le dises, lui dis-je
sur un ton de confidence.

Quelque chose me disait qu'Exos me raconterait les
choses sans prendre de gants, avec même en se montrant
volontairement dur. Et en cet instant, je ne pouvais pas le
supporter. J'avais besoin qu'on m'explique avec tact et
gentillesse. Et Titus était très doué pour ça.

Il se frotta la nuque et expira un bon coup.

— Qu'est-ce que tu sais ? me demanda-t-il.

Je m'assis sur le lit, d'ailleurs étonnamment doux étant
donné qu'il était fait à partir d'un tronc d'arbre.

— Eh bien…

Je jouais distraitement avec le pendentif autour de mon
cou en réfléchissant au peu d'informations que ma grand-
mère m'avait données. C'était l'un des derniers cadeaux
qu'elle m'avait faits avant de mourir et j'avais pris cette
habitude chaque fois que je pensais à elle.

Je haussai les épaules tout en me pinçant les lèvres.

— Honnêtement, grand-chose. Je ne me souviens pas du tout d'elle. Ma grand-mère m'a dit qu'elle était partie quand j'étais encore un bébé et qu'elle n'était jamais revenue. Ensuite elle a prétendu que mon père était mort d'avoir eu le cœur brisé.

Je le vis grimacer avant de s'adosser contre le tronc d'arbre en face de moi.

— Je vois. Il va falloir qu'on commence par le tout début alors.

Il croisa ses chevilles, ses mains à nouveau enfoncées dans les poches de son jean.

— Donc ta mère, Ophelia Snow, était une Faë de l'Esprit. Elle était très puissante, comme c'est le cas de la plupart des femmes Faë de l'Esprit issues de certaines lignées. Mortus, un autre Faë de l'Esprit, était le compagnon qu'elle avait choisi. Mais ils ne sont jamais allés jusqu'au bout de l'échange des vœux parce qu'elle a rencontré ton père et t'a conçue.

Malgré son air mal à l'aise une fois sa tirade terminée, je ne pus m'empêcher de lui demander.

— Le compagnon qu'elle avait choisi ? Tu veux dire que ma mère a trompé ce Morty ?

Cette idée ne me plaisait pas tellement.

— Mortus, me corrigea-t-il. Et en gros, oui. Quand les faë choisissent un compagnon, c'est pour la vie. Il y a un échange de pouvoirs qui lie en quelque sorte les essences des deux faë l'une à l'autre. Elle avait commencé l'échange avec Mortus quand elle a fait la connaissance de ton, euh, ton père. D'après les rumeurs, elle est partie dans le royaume des humains en mission, mais a ensuite refusé de revenir ici après avoir rencontré ton père. Mortus, vu qu'il était son compagnon désigné, a fait émettre un décret la forçant à revenir pour expier ses crimes. Ce qu'elle a fait, et elle l'a affronté.

Un frisson me parcourut la colonne vertébrale.

— Et ensuite ? l'encourageai-je, ma voix plus qu'un murmure.

Titus passa ses doigts dans ses boucles auburn et soupira.

— Quand deux faë acceptent de lier leurs pouvoirs, c'est irréversible. Aller à l'encontre de ça perturbe l'équilibre. C'est pourquoi il l'a fait revenir, pour terminer l'échange, parce que les éléments étaient déjà en train de se fracturer à cause de leurs vœux à moitié prononcés. Mais bien sûr, tout ce que je te raconte là est basé sur des rumeurs. Je n'étais pas là quand c'est arrivé. Mais de ce que je sais de ces rituels, je pense qu'il y a une part de vérité dans tout ça.

— Les rituels ? Je ne comprends pas bien ce que ça signifie de *lier* les pouvoirs.

Il eut l'air pensif un instant, comme s'il cherchait ses mots. Finalement, il se leva pour venir se placer devant moi et tendit la main.

— Touche-moi.

Je ne voyais pas du tout en quoi le toucher m'aiderait, mais je posai néanmoins ma paume sur la sienne, emportée par la curiosité.

— Euh… d'accord.

Titus se mit à genoux, levant son doux regard vers moi.

— Ferme les yeux et décris-moi simplement les sensations que tu ressens sur ta peau.

Je déglutis avant de fermer les yeux, sans vraiment comprendre pourquoi il avait détourné la conversation. Mais visiblement, il essayait de me faire comprendre quelque chose.

— Qu'est-ce que tu ressens, Claire ? demanda-t-il doucement. Raconte-moi.

— Je…, commençai-je en passant ma langue sur mes lèvres.

Je me concentrai sur la sensation de chaleur qui remontait le long de mon bras, cette caresse qui m'était étrangement familière malgré le fait que je le connaissais à peine depuis quelques heures.

— C'est chaud, susurrai-je. Et…

Je me mordis la joue, réprimant mon envie de me laisser aller contre lui et de trouver du réconfort auprès de son intimité si familière. Une partie de moi lui faisait aveuglément confiance alors même que mon cerveau se révoltait à cette idée.

Je ne le connais pas vraiment.

Mais j'ai envie de le connaître.

Je l'aime bien.

— Je trouve ça… naturel de… de te toucher.

L'admettre me fit rougir. Et il me semblait tout aussi naturel de toucher Exos.

— C'est parce que tu sens la connexion qui s'établit entre ton essence et la mienne, murmura-t-il tout en posant son autre main sur ma joue. Les faë dépendent de leur essence. Nous nous basons sur nos liens avec les éléments pour nous guider, et quand on trouve quelqu'un dont l'essence est compatible avec la nôtre, on gravite naturellement vers cette personne. Mon Feu réclame le tien, et vice versa. Tout comme ton Esprit semble être attiré par celui d'Exos. Ce n'est vraiment pas commun, mais il n'y a rien d'ordinaire chez toi.

— O-oh, lâchai-je dans un souffle, incapable de dire quoi que ce soit d'autre.

Je comprenais ce qu'il disait, mais en même temps cela

n'avait aucun sens. En d'autres termes, il était en train de me dire que j'étais attirée par deux hommes.

Deux hommes que je connaissais à peine.

Deux hommes à l'opposé l'un de l'autre.

Deux hommes qui m'excitaient comme personne n'avait été capable de le faire avant.

Ce royaume ne se contente pas de m'embrouiller la tête, voilà qu'il s'attaque aussi à ma libido.

Titus pencha légèrement la tête sur le côté, ses mains toujours sur moi.

— Ta mère, Ophelia, avait laissé son affinité se lier à celle de Mortus grâce à une série de rituels que les faë doivent accomplir pour sceller une union. Mais elle n'était pas allée jusqu'au bout. Au lieu de ça, elle est partie sur Terre, t'a conçue et n'est revenue ici que lorsque Mortus a menacé de partir à sa poursuite. Et c'est là qu'elle l'a affronté. Je ne connais pas tous les détails, mais je sais comment ça s'est terminé.

Je le regardai droit dans les yeux, attendant qu'il continue. Mais le silence persistait, alors j'insistai.

— Dis-moi.

Son expression se durcit, son contact sur ma peau perdant de sa chaleur.

— Ce jour-là, quatre-vingt-dix pour cent des Faë de l'Esprit périrent, sans que l'on sache vraiment pourquoi. Le royaume fut détruit. Ta mère fut au nombre des victimes. Mortus survécut. Et il se pourrait que cette bataille ait réveillé une malédiction. Enfin, tel est le mythe qui circule.

— Une malédiction ? répétai-je, mes yeux balayant son visage à la recherche de réponses. Quelle malédiction ?

— Aucun Faë de l'Esprit n'a plus jamais été capable de procréer depuis ce jour-là. La rumeur dit que la trahison de ta mère a jeté un sort sur eux, condamnant leur espèce à mourir.

— Quoi ? m'écriai-je, choquée.

— Et ce n'est pas tout, continua-t-il en détournant le regard vers le mur de vignes derrière nous. Les Faë de l'Esprit représentent la vie et la mort, l'équilibre entre tous les éléments. Sans eux…

Il s'interrompit pour s'éclaircir la gorge avant de me regarder à nouveau dans les yeux.

— Sans eux, nous sommes tous condamnés.

CLAIRE

JE FIXAI les vignes qui tapissaient le plafond, les paroles de Titus tournant en boucle dans ma tête.

Ma mère avait trompé l'homme à qui elle était promise avec mon père et m'avait conçue.

Puis elle s'était battue avec lui jusqu'à y trouver la mort.

Et avait engendré une malédiction qui, apparemment, allait exterminer l'espèce des faë.

Je clignai des yeux. J'étais paralysée. J'avais froid. Je me sentais seule. Comment était-il possible d'assimiler cette avalanche d'informations ? Ce n'était pas que je tenais particulièrement à ma mère, vu qu'elle m'avait abandonnée à ma naissance. Mais merde quoi ! Quel genre de personne était capable de faire ça à d'autres gens ? Euh, pas des gens, des faë. Non pas que ça changeait quoi que ce soit.

Ma mère avait déclenché une pandémie. L'avait-elle fait exprès ? Ou est-ce que c'était par accident ? Je n'en savais rien. Mais ce qu'elle avait laissé derrière elle me donnait une horrible image d'elle.

Cela la rendait maléfique.

— Claire ? murmura Titus désormais assis à côté de moi sur le lit.

— Je suis encore en train de digérer tout ça, lui répondis-je.

— Et si on en reparlait demain ? proposa-t-il.

Je hochai la tête sans dire un mot. Je ne pensais pas pouvoir en supporter davantage ce soir. Pfff, je ne pouvais plus rien supporter du tout.

— Tu dois détester ma mère, réalisai-je soudain. Oh, bon sang… Tout le monde va aussi me détester !

Je sentis ma poitrine se serrer à cette pensée. J'allais être condamnée au même titre qu'elle à cause de son infidélité non seulement envers Mortus, mais envers l'espèce des faë tout entière.

— Ça dépend de ce qu'ils pensent de la prophétie, maugréa Titus en soupirant. Mais ouais, je pense que dormir un peu serait une bonne idée.

— Quelle prophétie ? lui demandai-je en ignorant sa suggestion, pourtant consciente d'avoir atteint ma limite de nouvelles informations.

— Ce n'est qu'une histoire qu'on raconte, Claire. Un mythe. Ce n'est pas vrai. Et franchement, je pense que toute cette histoire de malédiction, ce ne sont que des conneries.

— Mais, raconte-moi, alors, insistai-je. Pourquoi est-ce que ça affecterait l'opinion que les gens ont de moi ?

— Parce que la prophétie dit qu'un faë ayant accès à

tous les éléments brisera la malédiction, répondit-il d'un ton neutre. Ou bien nous conduira tous à notre perte.

— Oh.

Je hochai la tête.

— Super, absolument super. Donc pour résumer, je suis la fille d'une femme qui est responsable de l'extinction des Faë de l'Esprit, voire de toutes les espèces de faë. Et comme j'ai accès à tous les éléments, je pourrais soit tous vous sauver, soit tous vous tuer.

J'éclatai d'un rire hystérique qui se transforma vite en sanglots alors que je me recroquevillai sur moi-même.

— C'est trop. Je n'en peux plus.

Ma vie n'avait jamais vraiment été facile : j'avais perdu mes parents avant même de savoir marcher et avais été élevée par des grands-parents plus que distants avec moi, qui me voyaient davantage comme un fardeau que comme un cadeau. Mais ça, c'était la goutte qui faisait déborder le vase.

— Et vous voulez que j'aille à l'Académie demain ? Que je me retrouve au milieu de tout un tas de gens qui vont clairement me détester ou me craindre ?

Je ricanai à nouveau.

— Oh oui, ça va super bien se passer, pas de doute là-dessus, continuai-je d'un ton sarcastique. *Merde* à la fin !

J'avais envie de crier. De pousser un coup de gueule. De courir. De m'envoler. De faire *quelque chose*.

— Claire, me dit doucement Titus en posant sa main sur mon épaule.

Je haussai les épaules pour me débarrasser de lui, mais il resserra sa prise, m'attirant à lui.

— *Claire.*

Je l'ignorai, trop occupée à me balancer d'avant en arrière, riant et pleurant à la fois face à cette situation ubuesque. C'était comme si je venais de tomber dans un monde de fous, peuplé par des êtres aux histoires insensées qui attendaient de moi des choses absurdes. Et puis il y avait toujours cette *énergie* bizarre que je ne pouvais pas contrôler. Elle était partout autour de moi, me poussant à l'utiliser pour détruire, pour créer, pour *mettre le feu*.

— Claire ! cria Titus en enroulant ses bras autour de moi. *Arrête.*

— Que j'arrête quoi ? lui demandai-je en continuant à rire comme une maniaque.

Le monde entier était en train de s'écrouler tout autour de moi, et il voulait que je fasse quoi ? Que je me détende ? Que je respire ? Que je me concentre ? Est-ce que c'était ça qu'il était en train de me dire ? Non. On aurait plutôt dit les mots d'Exos. Dans ma tête. Non, dans mon oreille. Ça m'était égal, franchement. Tout ce que je voulais, c'était me cacher et ne jamais refaire surface. Ignorer tout autour de moi. Disparaître.

Partir.

Un coup de poing dans le ventre me fit grimacer de douleur alors qu'un pouvoir puissant et écrasant me sortait de ma transe pour me ramener au moment présent. Je me retrouvai face à deux yeux bleus furieux, étincelants de pouvoir et qui me consumaient. Qui me forçaient à lâcher prise. À me soumettre. Je ne comprenais pas ce pouvoir et tentai de lutter, mais l'attraction magnétique était trop grande, dominant chaque recoin de mon esprit et m'ancrant dans le présent. Ses mains étaient posées sur mes joues, des muscles d'acier étaient enroulés autour de ma taille et un corps chaud se pressait contre mon dos.

Je clignai plusieurs fois des yeux, désorientée. Quand Exos était-il arrivé ici ? Et pourquoi Titus me serrait-il si fort ?

— C'est ça, dit Exos dans un souffle, sa bouche dangereusement proche de la mienne. La plupart des faë prennent possession de leurs pouvoirs petit à petit, mais le sort que ta mè…

Il s'interrompit et se racla la gorge avant de reprendre.

— Tu as vingt et un ans d'éléments refoulés qui se déversent en toi d'un coup. C'est un miracle que tu sois encore consciente. Et cela démontre d'une force que peu de faë possèdent et que j'admire. Mais il faut vraiment que tu te serves de cette force pour te contrôler, Claire. C'est ce comportement imprévisible qui effraie le Conseil et la raison pour laquelle ils ne veulent pas que tu rejoignes l'Académie. Mais j'ai insisté pour que tu puisses y aller et me suis porté volontaire pour t'entraîner et te protéger. Et je n'échouerai pas. Est-ce que tu comprends ce que je te dis ?

Des vagues scintillantes. Voilà à quoi son regard me faisait penser ; si intense, si puissant et si séduisant. Je sombrai en lui comme on se laisse couler dans l'océan, laissant la marée m'entraîner résolument sous la surface, me privant d'air, avant de finalement trouver la paix sous l'écume rugissante. Une paix sombre, extatique, unique et qui n'appartenait qu'à moi.

Une autre force aux allures de brasier ardent surgit alors de derrière moi pour m'attirer brusquement en arrière. Je sentis mon âme lutter pour garder le contrôle sur ces deux forces.

Exos m'avait demandé si j'avais compris.

Mais non, je n'avais pas compris.

Rien de tout ça n'avait de sens. Mon esprit et mon corps étaient tous deux dépassés par l'intensité de ces sensations contradictoires, et mon cœur déchiré en deux. Comment pouvais-je désirer deux hommes ? Ici et maintenant ? Dans ce lieu inconnu ?

— Elle a besoin de dormir, dit le Feu.

— Je sais, répondit l'Esprit. Tu la protèges ?

— Avec ma vie.

Une promesse brûlante prononcée tout contre mes cheveux.

— Je ne serai pas loin, murmura l'Esprit, ses lèvres chaudes effleurant mon front. Essaie de te reposer, Claire. Nous avons beaucoup de choses à discuter demain.

Quelqu'un marmonna quelque chose. Peut-être que c'était moi. Je n'en savais rien, incapable que j'étais de me raccrocher aux filaments de réalité qui volaient autour de moi. Oh non, mon océan était en train de partir. Cette paix. Je tendis les mains vers lui, mais ne rencontrai que de l'air. Puis un souffle porté jusque dans mon esprit me calma.

Toujours là.

Toujours avec moi.

Toujours à soulager ma douleur.

Mon Esprit.

Mon autre moitié.

Les flammes qui dansaient en moi n'étaient plus aussi vives, apaisées par la présence d'un autre, cet autre qui captivait les braises de mon âme. J'arrêtai d'essayer de déchiffrer le sens de tout ça et me laissai emporter par les sensations, faisant confiance à ceux qui m'entouraient pour me maintenir à flot et ne jamais me laisser couler.

— Bonne nuit, Claire, me dit tendrement la voix derrière moi, me serrant fort dans ses bras.

Dans un coin de mon esprit, je notai que je ne portais plus de vêtements, ma robe calcinée semblait avoir été réduite en cendres. Mais j'étais trop épuisée pour vérifier, mon besoin de dormir surpassant ma pudeur.

Dormir, je ne rêvais que de ça.

Et peut-être qu'à mon réveil, je retrouverais la réalité.

Mais une partie de moi savait que tout ceci était désormais ma vie. Mon présent et mon futur. Une faë au bord du désastre, mais cherchant malgré tout à contrôler des éléments auxquels elle ne comprenait rien.

Il se peut que je meure ici.

Mais il se peut aussi que je survive.

J'ÉTOUFFAIS. Quelqu'un avait encore mis le chauffage à fond. J'avais l'impression d'être enveloppée dans une couverture brûlante qui faisait roussir mes poils et me laissait en sueur. C'était pour ça que je préférais dormir avec un ventilateur pour dissiper l'air étouffant.

Ah, il était là, soufflant tout doucement sur ma peau moite. *Encore*, implorai-je, désespérée de sentir à nouveau ce souffle glacé pour éteindre les flammes qui se rapprochaient de moi, ravageant la pièce.

Attends un peu… Je me relevai d'un bond, bouche bée devant la tornade de pouvoirs qui s'abattait dans la chambre.

Dans le monde des Faë.

Où je vivais désormais.

Au milieu du chaos.

— Titus ! m'écriai-je d'une voix perçante en frappant son torse nu du plat de ma main.

Il ouvrit instantanément les yeux, son corps immédiatement en état d'alerte.

Son front se plissa à la vue du maelström d'éléments.

— Eh bien, c'est, euh, c'est nouveau ça.

— Nouveau ? couinai-je.

— Ouais, je n'avais encore jamais vu ça.

Il secoua la tête et prit ma main dans la sienne.

— Bon, allez, cours accéléré. Je veux que tu te concentres pour attirer les éléments à toi. Un peu comme au jeu de hop, quand tu essaies de choper les bourrasques.

Je le regardai la bouche ouverte.

— *Les bourrasques ? Le jeu de hop ?* Non, mais de quoi tu parles ?

— Ah oui, désolé, s'excusa-t-il l'air gêné. Euh, est-ce que vous avez une activité dans ce genre, où le but est d'attraper des choses avec votre esprit ?

En voyant mon regard inexpressif, il soupira.

— Bon, concentre-toi sur le cœur même du feu, la lueur bleue là-bas au milieu, et fais-le venir à toi.

— Que je l'appelle à moi, répétai-je. Bien sûr.

— Allez, ma belle. Fais-moi confiance et essaie, me dit-il avec un sourire qui laissa apparaître brièvement ses fossettes. S'il te plaît ?

Je dois encore être en train de rêver, décidai-je en cédant à la folie du moment.

— D'accord.

Je me concentrai sur le bleu intense de la flamme, comme il m'avait dit de le faire, et me mordis la lèvre. *Et maintenant, je fais quoi ?* Titus m'avait dit d'appeler le feu à moi. Très bien. Mais comment je faisais ça ? Je lui parlais ?

L'air peu convaincu, je haussai les épaules. *Viens à moi.*

Rien.

Bien sûr que rien ne se passait. Pourquoi est-ce qu'il m'écouterait ?

Sauf que je ressentis comme une traction en réponse. Comme un fil étrange fait de chaleur invisible, mais tangible sur mon doigt.

Bizarre.

Je tirai sur ce fil, écarquillant les yeux en voyant la flamme danser légèrement en réponse à mon geste.

C'est impossible…

J'essayai à nouveau et cette fois, pas de doute, le brasier réagissait bien à mon geste. Je restai bouche bée. Je traçai dans l'air un cercle avec mon doigt et les couleurs flamboyantes tournèrent sur elles-mêmes pour prendre la forme d'une sphère. Je la forçai à ne devenir pas plus grosse qu'une balle de baseball avant de la faire venir dans la paume de ma main.

— Parfait, me complimenta Titus. Maintenant, sers-toi de la brume pour l'éteindre.

La brume ?

Oh.

Il y avait effectivement une averse qui tombait dans un coin de la chambre, arrosant un parterre de fleurs qui me rappelait celui sur lequel j'étais restée allongée dans le champ. Était-ce une coïncidence ? Peut-être.

Un autre fil sembla émerger de mon être alors que je forçai l'eau à se condenser et à venir souffler sur ma main. Ma paume grésilla lorsque les éléments entrèrent en contact et je sentis un profond sentiment de paix s'abattre sur mes sens alors que ces trois éléments, l'air, l'eau et le feu fusionnaient sur ma peau.

— Magnifique, souffla Titus, caressant de son doigt ma paume miraculeuse. Je pense que les fleurs peuvent rester.

Je regardai le parterre de fleurs en question, l'air perplexe.

— Es-tu en train de me dire que c'est moi qui ai fait ça ?

— Oui, répondit-il en souriant. Un mélange de terre et d'esprit. Non seulement tu as créé ces fleurs, mais tu t'es servie du sol pour les aider à pousser et de l'eau pour les faire éclore.

— Et le feu alors ?

— Un système de défense pour nous protéger dans notre sommeil. Et l'air l'empêchait de nous brûler ou de brûler les murs. Franchement, je suis très impressionné, me dit-il en coinçant une mèche de cheveux derrière mon oreille. Exos avait raison. Tu es extrêmement puissante.

Il étudia mon visage, comme s'il cherchait à mémoriser chacun de mes traits. Son émerveillement était palpable.

— Et tellement belle.

— Moi ou les fleurs ?

Sans le vouloir, j'avais dit cela d'une voix légèrement rauque, mon corps animé de sensations bien différentes maintenant que la panique avait disparu. L'intimité de ce que je venais de faire, grâce à son aide, remuait quelque chose en moi. Un désir sombre et totalement inapproprié, mais si satisfaisant, si juste.

— Toi, dit-il dans un souffle, ses iris verts glissant sur ma bouche. Tu es sublime.

Son regard descendit plus bas et je vis ses pupilles se dilater et sa bouche s'ouvrir d'émerveillement.

Il me fallut quelques instants pour comprendre pourquoi.

Ma robe avait bien complètement disparu hier soir, me laissant nue à côté de lui. Et bien que cela aurait dû m'inquiéter, ce n'était pas le cas. Étrangement, je lui faisais confiance pour ne pas en profiter, peut-être parce qu'il m'avait déjà tenue dans ses bras pendant je ne sais combien d'heures sans avoir rien tenté. Ou peut-être parce que je *voulais* qu'il me voie.

— Titus, murmurai-je en faisant courir mes doigts le long de ses bras nus jusqu'à ses épaules.

— Claire, répondit-il.

Mon prénom sonnait comme une mélodie feutrée qui semblait résonner entre mes cuisses.

— Est-ce que cette attirance est normale ? lui demandai-je en passant mes doigts dans ses cheveux auburn. Cette connexion instantanée qui me donne envie de t'embrasser ?

— C'est le feu, expliqua-t-il en relevant la tête pour

139

plonger son regard vert émeraude ardent dans le mien. Ton élément appelle le mien.

— Pour qu'on devienne compagnons ?

— Pour tester notre potentiel à le devenir.

Il fit glisser sa main dans ma nuque et caressa ma peau. Son geste me poussa à me rapprocher de lui.

— C'est une invitation à jouer, à explorer nos limites et notre potentiel.

— Et qu'est-ce qui se passera si on cède ? murmurai-je en rapprochant mes lèvres des siennes.

— On sera lié pour un mois. Pendant un mois, ton pouvoir pourra goûter au mien et vice versa.

Ces paroles étaient un souffle chaud contre ma bouche, alors qu'une flamme vacillait entre nous et embrasait l'air d'une promesse tacite.

— Un mois ? répétai-je en me disant que cette idée ne me déplaisait pas du tout.

— Une période d'essai, oui.

— Comme si on sortait ensemble ?

— Oui, je crois bien que vous appelez ça comme ça dans le royaume des humains. Une période pendant laquelle on est exclusif l'un envers l'autre.

Je fronçai les sourcils.

— Et ça, juste avec un baiser ?

Il hocha la tête et posa sa main libre sur ma hanche nue.

— Tu ne pourrais pas toucher un autre Faë du Feu jusqu'à ce que cette période prenne fin.

— Ça a l'air…

— Contraignant, murmura-t-il. Oui, et c'est ce que tu as fait à Exos.

Ses mots me sortirent de la torpeur dans laquelle flottait mon esprit.

— Quoi ?

— Tu l'as embrassé, et en faisant ça, tu as démarré la période d'essai.

Il déglutit, sa prise sur ma hanche se faisant plus ferme.

— Et parce que tu es faite de plusieurs éléments, tu peux entretenir plusieurs de ces relations à la fois.

— Oh, murmurai-je, les yeux écarquillés. Est-ce que c'est fréquent ?

— Non, dit-il en appuyant son front contre le mien. Pas du tout.

— Oh, répétai-je, la voix rauque. Est-ce que c'est pour ça que je vous désire tous les deux ?

Son rire profond fit vibrer l'atmosphère sensuelle qui nous entourait, faisant naître des traînées de chair de poule sur mes membres.

— Tes dons élémentaires nous désirent tous les deux, oui.

— Et un simple baiser nous lierait ?

— Temporairement, oui. Si les deux parties le souhaitent et l'acceptent.

Autrement dit, Exos désirait également ce lien. Ou avait-il seulement voulu m'embrasser ? Je chassai cette pensée de mon esprit pour me concentrer sur le présent, sur la sensation des mains de Titus sur ma peau. Son souffle, telle une ivresse incendiaire réchauffant mes lèvres, m'invitait à me rapprocher de lui, à prendre ce que je désirais tant, et bien plus encore. À nous lier l'un à l'autre. À l'explorer. À le goûter. À le *sentir*.

Je me glissai sur ses genoux et passai mes bras autour de son cou.

— Embrasse-moi, Titus, lui chuchotai-je tout contre sa bouche. S'il te plaît, embrasse-moi.

Il sourit tout en passant ses doigts dans mes cheveux avant de prendre le contrôle et d'incliner ma tête à l'angle voulu.

— Essaie de ne pas mettre le feu à la chambre, ma belle.

— Je ne peux rien te promettre, lui répondis-je tout doucement alors que des braises commençaient déjà à s'amonceler dans mon ventre.

L'érection qui trônait entre mes cuisses n'arrangeait pas les choses, pas plus que la morsure de son torse brûlant contre ma peau alors qu'il m'attirait plus près de lui, son bras semblant marquer le creux de mes reins au fer rouge.

Il mena la danse avec sa langue, ne prenant pas la peine de m'apprivoiser. Il n'avait pas besoin de le faire. Une seule caresse suffit à déchaîner notre passion et la transformer en une explosion de sensations et de désir. J'enfonçai mes ongles dans ses épaules, m'ancrant à lui. Il dominait ma bouche comme aucun autre homme ne l'avait fait auparavant. J'en avais le souffle coupé et je me mis à gémir, désespérée d'en avoir encore plus. Son expérience en la matière dépassait toutes mes attentes.

Il créait des désirs que lui seul pouvait assouvir.

Une passion que lui seul pouvait éteindre.

Un feu puissant.

Un brasier sur ma peau, illuminant chaque fibre de mon être.

— Titus, gémis-je.

Mon corps était à sa merci. Il pouvait faire tout ce qu'il voulait, comme il le désirait, je le laisserais. Je ne m'étais jamais sentie aussi vivante, aussi excitée de toute ma vie. C'était comme s'il m'avait ouvert les portes d'un autre niveau d'existence, dans lequel brûlaient mille désirs torrides et sensations ardentes.

Et il n'avait fait que m'embrasser.

Profondément.

Me dévorant jusqu'aux tréfonds de mon âme.

— Encore… S'il te plaît.

Il grogna en resserrant sa prise dans le creux de mes reins, m'attirant plus près de lui encore.

— Tu me tues, Claire.

Il prit ma lèvre inférieure entre les siennes, pour la sucer. Sa main dans mes cheveux se fit plus ferme.

— Il faut qu'on y aille doucement.

— Pourquoi ?

Je me tortillai sur ses genoux, pressant mon entrejambe en chaleur contre son membre. J'adorais le sentir entre mes jambes. C'était tellement bon. Tellement parfait. *À moi.*

Le désir possessif de revendiquer son corps me submergea soudain, envoyant une décharge électrique au fond de mon être, dilatant mes pupilles. Je n'avais jamais fait ça avec un homme avec qui je n'étais pas dans une relation sérieuse, et encore moins avec un type que je venais à peine de rencontrer. Un baiser, oui.

Mais j'étais du genre à vouloir une relation monogame avant de coucher.

Il me fallait connaître l'homme.

Et c'était pour cette raison que je ne l'avais fait qu'avec deux types, mon petit-ami du lycée et Tucker l'année dernière. Et je les avais tous les deux fait attendre près de six mois.

Non pas six heures, ou peu importe combien de temps s'était écoulé.

Il pressa sa bouche contre la mienne. Son baiser était plus lent, moins exigeant qu'avant.

— Tout ça est tellement puissant, murmura-t-il en posant ses lèvres sur les miennes à chaque mot. Si on n'y va pas doucement, les éléments prendront le dessus. Ils font partie de nous, de qui nous sommes, des décisions que nous prenons. Et la nature n'écoute pas toujours la raison. On doit compter sur nos esprits pour ça.

Un autre baiser, plus doux, plus cajoleur. Sa langue jouant gentiment avec la mienne.

Je me laissai emporter par cette sensation, mon corps s'embrasant de l'intérieur alors qu'une nouvelle vague de chaleur s'élevait dans mon ventre.

Merde, j'avais envie de lui.

Mais je ne le connaissais pas.

Tout ça était tellement perturbant, dévorant, puissant. Je tremblai, submergée par toutes ces émotions, et le serrai encore plus fort, la respiration saccadée.

— Titus…

— Tout va bien, Claire, murmura-t-il en nous faisant changer de position.

Je me retrouvai sur le dos, son entrejambe entre mes cuisses.

Ses lèvres restaient fermes sur les miennes, sa langue une présence dominatrice dans ma bouche. Des braises semblaient danser sur nos peaux. Il fit glisser sa main le long de mes côtes, laissant dans son sillage une nuée de flammèches, avant de se saisir de ma hanche pour m'immobiliser. Je n'avais même pas remarqué que j'essayais de me lever contre lui, et j'accueillis sa main autoritaire avec délice.

— C'est tellement bon de te sentir sous moi, murmura-t-il en goûtant à ma joue du bout des lèvres avant de glisser dans mon cou. Putain, Claire.

Il se mit à mordiller la peau couvrant mon pouls fébrile, puis descendit le long de ma clavicule avant de reporter son attention sur ma bouche.

— Il faut qu'on dorme, ma belle.

— Je ne suis pas fatiguée, lui répondis-je en m'arquant contre lui avec un soupir de désir.

Il rit doucement, ses lèvres effleurant les miennes.

— J'aimerais te croire, mais on sait tous les deux que tu es épuisée et ce serait mal d'aller plus loin maintenant.

— Mais c'est tellement bon, lui dis-je dans un souffle alors que mon corps fondait littéralement sous le sien. C'est tellement incroyable.

— Je sais, me répondit-il, la voix rauque et sensuelle. Absolument incroyable.

Il refit glisser sa langue dans ma bouche, et le fait de le goûter à nouveau incendia mes entrailles.

Je n'arrivais pas à réfléchir sous son assaut. Les sensations étaient trop intenses ; le feu en nous bouillonnait, n'attendant que notre permission pour exploser.

Je n'étais plus qu'une femme libérée de toute pudeur et déchaînée par une passion qui me dépassait. Je gémissais et me tortillais sous lui. Son nom qui s'échappait de mes lèvres ressemblait à la fois à un chant et à une supplication. Je sentais les pointes de mes seins se frotter contre son torse musclé et brûlant. J'avais envie de plus. J'avais envie de lui. J'avais envie de *ça*.

— Ça suffit, interrompit une voix grave qui résonna contre les murs et ébranla les chaînes de mon désir.

En levant la tête, je découvris deux yeux d'un bleu profond, perdus au milieu d'un visage si beau que mon cœur manqua de partir en fumée.

Exos.

— Je t'avais dit de l'entraîner, pas de la sauter, gronda-t-il, ses mots me faisant l'effet d'une douche froide. Elle ne comprend pas nos règles, notre monde, ni les liens qui unissent les faë. Pense avec ta tête, Titus, pas avec ta queue.

Titus jura en laissant tomber sa tête dans mon cou tandis qu'Exos quittait la pièce d'un pas furieux, claquant la porte derrière lui.

— *Merde*.

J'eus soudain froid malgré la masse de chaleur qui me recouvrait et me mit à frissonner quand il roula sur le côté. Il plaqua ses paumes sur ses yeux.

— Je suis désolé, Claire, murmura-t-il. Je… je… je n'ai pas réfléchi.

Moi non plus, avais-je envie de lui répondre, mais j'en étais incapable, trop abasourdie par ce qu'il venait de se passer.

Je l'avais presque supplié de me prendre.

J'en avais eu envie plus que n'importe quoi d'autre au monde.

Cela avait été une échappatoire temporaire à la folie de ce monde et de cette nouvelle vie, et il avait failli me donner ce que je voulais.

Sauf qu'Exos nous avait interrompus.

Je ne savais pas si je devais le remercier ou le gifler.

Confuse, étourdie et légèrement embarrassée, je me recroquevillai sur moi-même et serrai mes genoux contre ma poitrine pour tenter de raviver la chaleur qui coulait encore dans mes veines quelques secondes auparavant.

La réaction de Titus fut de m'emmitoufler dans la couverture, son soudain silence alourdissant la pièce.

Je ne savais pas quoi lui dire. S'attendait-il à ce que je m'excuse, moi aussi ? Espérait-il un compliment ? Ou peut-être qu'il voulait juste que je lui propose de remettre ça ?

Je n'en avais pas la moindre idée parce que je ne le *connaissais* pas.

Et pourtant, j'avais été sur le point de m'ouvrir à lui de la manière la plus intime qui soit.

Tout ça pour échapper à une réalité à laquelle je n'étais pas prête à faire face.

Et parce que ça m'avait paru tellement bon, tellement naturel.

Il déposa un baiser sur ma colonne vertébrale, entre mes omoplates, puis un autre un peu plus haut cette fois, dans ma nuque, avant de passer lentement un bras autour de ma taille.

— Est-ce que ça te va si je fais ça ? me demanda-t-il tout bas avec une pointe d'incertitude dans la voix. Ou est-ce que tu préfères que je ne te touche pas ?

Je déglutis en réfléchissant à ses paroles alors qu'un autre frisson me parcourait le corps. Comment était-ce possible de passer du chaud au froid comme ça ?

Parce qu'il a retiré sa chaleur à lui, réalisai-je soudain.

Il fit mine de retirer son bras et d'emporter avec lui les derniers vestiges de chaleur qui me protégeaient encore, mais je lui plantai mes ongles dans l'avant-bras, bien décidée à le garder contre moi. J'étais désespérée, clairement. Mais je ne supportai pas l'idée de passer la nuit glacée et seule.

Titus me procurait un sentiment de sécurité qui me semblait étrangement familier, tout en étant pourtant une nouvelle expérience. Et j'avais besoin des deux.

— Reste, murmurai-je. S'il te plaît.

Il me guida tout contre lui, enroulant un bras protecteur autour de moi et enveloppant mon dos nu de son torse brûlant.

Un paradis temporaire.

Ou peut-être était-ce l'enfer.

Je n'en savais rien et je ne cherchais pas à trouver la réponse, tellement j'étais rassurée par sa présence contre moi.

— Fais de beaux rêves, Claire, chuchota-t-il à mon oreille.

De beaux rêves, pensai-je. *Est-ce qu'il est encore possible de rêver dans ce monde ?*

Je fermai les yeux, les cauchemars de mon existence

prenant soudain vie dans mon esprit sous la forme de ma mère. Une femme cruelle destinée à détruire les faë.

Sauf que, lorsque je plongeai mon regard dans le sien, il n'y avait rien à voir... qu'une vision de moi-même.

Non, les rêves n'existaient pas dans ce monde.

Pas pour moi.

Seulement les désillusions du destin.

De mon destin.

TITUS

Je suis un abruti.

Je serrai un peu plus fort la hanche de Claire toujours endormie et essayai d'envisager la situation sous un angle où je n'étais pas un enfoiré. En vain. Exos avait bien fait de m'arrêter avant que je n'aille trop loin. Claire ne me connaissait pas. Ne connaissait rien de ce monde. Je n'avais pas voulu profiter d'elle de cette façon, mais bordel, l'attirance entre nous était tellement puissante !

Elle a réduit nos vêtements en cendres. Cela aurait dû être impossible. Ma garde-robe était faite spécialement pour les Faë du Feu. Mais elle avait détruit les fibres avec la facilité d'une faë millénaire. Et ce serait mentir que de dire que ça n'avait pas avivé mon excitation.

Son pouvoir était aphrodisiaque ; il séduisait mon feu et éveillait un désir que je pouvais difficilement contrôler. Ce n'était pas une excuse, ni même une explication, juste un constat. Mais je devais faire mieux que ça.

Elle méritait mieux que ça.

Des braises vacillaient là où ma peau touchait celle de Claire, réagissant à notre lien nouvellement établi. Un lien qui réveillerait les passions profondes, torrides et charnelles propres aux Faë du Feu. Claire n'était pas la première avec qui je créais ce lien, mais c'était différent avec elle. C'était comme si je ne pouvais plus penser clairement, comme si la danse sensuelle et effrénée de nos éléments me faisait perdre le contrôle de mon sexe.

Merde. Exos avait raison. Je ne pouvais pas me faire confiance pour être si proche d'elle. Il était temps qu'on se lève de toute façon.

Je m'écartai délicatement de Claire et grimaçai en la voyant se recroqueviller sur elle-même et gémir dans son sommeil.

— J'ai froid, l'entendis-je marmonner.

— Chut, lui répondis-je en caressant sa joue du bout du doigt, envoyant un peu de mon feu en elle. Aujourd'hui est un grand jour. On ne peut pas se prélasser dans notre élément toute la matinée.

Elle émit un petit grognement, mais n'ouvrit pas les yeux, comme si elle luttait contre le besoin de se réveiller. Elle remonta la couette calcinée plus près de son menton et enfouit son visage dans l'oreiller.

Passer la nuit à la tenir dans mes bras avait été un plaisir égoïste. J'avais essayé d'être fort et de lui donner l'espace dont elle avait besoin, mais elle avait réclamé mon contact. Avais-je été trop faible pour lui refuser, ou avais-je juste besoin d'elle, moi aussi… ?

Je n'allais pas me mentir à moi-même en allant croire que j'étais pour elle plus qu'un simple allié dans un monde rempli d'inconnus. Peut-être que notre connexion ne ferait que rendre les choses plus difficiles pour elle, ou peut-être que c'était le point d'ancrage dont elle avait besoin en ce moment.

Ou une distraction.

Je chassai cette pensée de mon esprit et me forçai à me lever. Les vignes, la brume et tous les éléments peu familiers qui flottaient dans la chambre d'amis d'Elana me sautèrent au visage. Je fus pris d'un frisson, regrettant soudainement l'atmosphère chaude du campus du Feu.

Je baissai le regard et souris en voyant des cendres tomber de mon corps nu. Il y avait tellement de pouvoir en Claire. Une vraie boule de feu. *Comment tu as fait ça ?* m'émerveillai-je encore une fois.

Je me crispai en sentant quelque chose me toucher doucement l'épaule.

Merde, je ne l'avais même pas entendue bouger.

— Où, euh, où sont tes vêtements ? me demanda-t-elle d'une voix douce, comme si elle avait lu dans mes pensées.

Ses doigts continuaient à explorer mon dos, traçant les contours des longues cicatrices que j'avais gardées de ma carrière sur le ring. Combattre sans pouvoirs ne m'avait pas protégé des lames tranchantes des couteaux.

— Tu les as brûlés, ma belle, lui répondis-je en souriant.

Je ne bougeai pas, faisant bien attention à ne pas me retourner. Elle n'avait pas besoin de me voir en entier. Pas encore, en tout cas.

— J'imagine que ce n'est pas là qu'Elana garde ses pantalons de rechange, si ?

C'était une question rhétorique plutôt qu'autre chose, vu que je me doutais que Claire n'en aurait pas la moindre idée.

Je crus l'entendre pousser un soupir, avant de me rendre compte qu'elle était en fait en train de rire.

— Est-ce que tu vas devoir sortir d'ici tout nu ?

Je me tournai juste assez pour lui jeter un regard par-dessus mon épaule et haussai les sourcils.

— Cette idée a l'air de t'enchanter un peu trop.

Elle baissa les yeux. Je savais qu'elle voulait voir ce que j'étais parvenu à cacher la nuit dernière. Mais c'était notre lien intime qui la poussait… ou son chagrin. Je n'allais pas à nouveau profiter d'elle, même si la pensée me traversa que j'avais la capacité de l'aider à tout oublier.

Qu'elle aussi, peut-être, aurait pu m'aider *moi* à tout oublier.

Je me raclai la gorge et me forçai à aborder le sujet qui dissiperait la magie du moment et la ramènerait à la réalité.

— Je dois pouvoir emprunter des vêtements à Exos.

Les mots firent mal, mais c'était nécessaire. En cet instant, toutes ses émotions et réactions étaient motivées par la connexion entre nous. Elle était trop inexpérimentée en tant que faë pour l'appréhender, et profiter de sa naïveté serait une erreur.

Elle hésita un instant avant de retirer sa main. Je ressentis instantanément la perte de chaleur. L'envie de me laisser aller contre elle me submergea, puissante, mais je la fis taire et éteignis les flammes qui germaient dans ma poitrine.

— Exos, répéta-t-elle comme si elle venait seulement de se souvenir de la nuit dernière. Je… je suis aussi liée à lui.

L'émotion pure contenue dans sa voix me fit à nouveau tourner la tête et je la vis rougir. Elle leva soudain ses yeux bleus vers moi, et je me souvins alors qu'elle était une Faë de l'Esprit, et de ce fait, destinée davantage à se lier à un de ses semblables.

Non.

Rien que la pensée de la laisser seule face à Exos, l'un des seuls compagnons potentiels parmi les Faë des Esprits, me fit grimacer. Elle s'était peut-être liée à lui, mais elle avait besoin de moi pour garder un œil sur lui.

Honnêtement, elle pouvait se lier avec un faë de chaque élément si elle le voulait, je m'en foutais tant que je pouvais rester à ses côtés. Nous partagions le feu. De tous les liens, c'était le plus torride, et aucun autre faë ne pouvait le partager avec elle. Il m'était réservé.

Je lui pris la main et de minuscules flammes jaillirent, lui faisant écarquiller les yeux.

— Oui, tu as créé un lien avec lui. Mais *notre* lien est puissant, même s'il ne s'agit là que de te faire la cour, admis-je.

Elle sourit, ce qui eut pour effet d'allumer quelque chose en moi.

— Plus puissant que mon lien avec Exos ?

Elle disait ça pour me taquiner, mais je sentis une pointe de tension dans sa voix. Même sans comprendre exactement de quoi il en retournait, il était évident qu'elle ressentait une certaine culpabilité à s'être liée à nous deux en même temps. Elle fouilla mon regard, à la recherche de mon approbation et de mon soutien.

— Pas plus puissant, lui dis-je en pesant chaque mot tout en faisant courir mes doigts sur la courbe de son coude. Juste différent.

Elle baissa les yeux. Ce n'était pas ce qu'elle voulait entendre.

— Il a fait irruption ici hier soir. Comment est-ce qu'il a… ?

Je remontai délicatement le long de son épaule jusqu'à poser ma main sur joue. Elle ferma doucement les yeux, se laissant aller contre ma main. Elle n'allait pas aimer ma réponse, mais Claire méritait de connaître la vérité. Elle devait savoir ce qu'être lié impliquait.

— Il a senti ton désir, lui expliquai-je doucement. Chaque fois que tu seras… *excitée*, il le saura. Tout comme moi.

Elle s'écarta de moi.

— Ah. C'est gênant, ça.

Tout en gloussant à ses paroles, j'enroulai la couverture autour de ma taille. J'étais tellement occupé à essayer de me couvrir pour éviter de la tenter que j'en avais oublié qu'elle était elle aussi complètement nue. Elle me laissa tirer la couverture calcinée à moi, révélant alors sa peau souple et sensuelle qui luisait de l'intensité de notre connexion. Elle m'observait, attendant de voir comment j'allais réagir.

Je dus mobiliser toute ma volonté pour réussir à me détourner d'elle. Si je me laissais aller ne serait-ce qu'un seul instant, j'enverrais voler toutes mes réserves et la prendrais sur le champ.

Elle est en deuil.

Elle a peur.

Elle a besoin que tu sois fort.

Elle ne comprend pas ce lien qui vous unit.

Je me forçai à me remettre en mémoire toutes les choses que la Halfeline traversait. Aujourd'hui n'allait pas être facile pour elle. Il fallait qu'elle visite l'Académie, et plus encore, il fallait qu'elle comprenne combien il était important pour elle d'y rester. Les autres options n'étaient pas envisageables.

L'isolement…

La mort…

Plus tôt elle verrait l'Académie et la société des faë, plus tôt elle serait à même de faire face à sa nouvelle vie. Mes besoins n'étaient rien comparés aux siens.

Je m'apprêtais à me retourner vers Claire et à affronter de nouveau la tentation de notre lien fraîchement établi lorsqu'Exos débarqua dans la chambre.

Claire ramena vivement ses genoux contre sa poitrine.

— Exos !

Je lui aurai bien proposé la couverture pour se couvrir, mais quelque chose dans le regard d'Exos me disait que notre nudité était le cadet de ses soucis.

— Vous deux. Habillez-vous.

Il jeta un regard en direction de la porte et je sentis alors le faible grondement de la terre sous nos pieds, que je n'avais pas remarqué jusqu'à présent.

— Tout de suite.

— La nouvelle s'est répandue que la Halfeline est ici.

Elana croisa ses mains sur le devant de sa robe et poussa un long soupir. Des lianes bourgeonnantes de fleurs bleues s'enroulaient dans ses cheveux, lui donnant un air éthéré et royal.

Je fronçai les sourcils et me mordis fort la langue. La rumeur avait déjà fait le tour du campus. C'était River qui m'avait parlé de la Halfeline, mais le fait qu'il y ait un groupe d'étudiants rebelles en train de protester à l'entrée du manoir d'Elana ? Ce n'était pas normal. Quelqu'un avait dû les informer de la présence de Claire.

Certainement pas River, parce que je le connaissais et je savais qu'il n'aurait jamais fait ça, mais *quelqu'un* avait balancé.

— Qu'est-ce qu'ils veulent ? demanda Claire, la voix tendue et ses doigts crispés sur les miens.

Je n'aurais pas dû la laisser satisfaire son besoin de me toucher ni céder à mon propre besoin de le faire, mais bizarrement, nos mains semblaient toujours se retrouver sans ma permission.

Elana regarda Claire, son expression douce et sage.

— Pardonne-moi ma franchise, mais ils sont en train de protester.

— Protester ? s'écria-t-elle en plantant ses ongles dans ma peau.

De ma main libre, je tirai sur mes vêtements d'emprunt. Ils étaient bien trop serrés au niveau des biceps et du torse, et les horribles froufrous qui pendouillaient au niveau des coudes me donnaient l'air d'un véritable crétin. Ce qui, à mon avis, était exactement l'intention d'Exos quand il m'avait refilé cette tenue pompeuse.

Le sourire arrogant qui s'afficha sur ses lèvres me le confirma.

— Ne t'en fais pas, Claire. Tout le monde sera tellement surpris de voir Titus en tenue royale qu'ils oublieront tout de toi.

Je réprimai une réplique bien sentie, mais Exos avait raison. Cela aiderait à détourner un peu l'attention de Claire, et c'était le moins que je puisse faire étant donné la situation dans laquelle elle se trouvait.

Malheureusement, mon déguisement de fortune ne parvenait pas à retenir l'attention de la jeune femme. Ses yeux étaient rivés sur le hall d'entrée où flottaient de petites particules suspendues qui brillaient dans la lumière du matin. De l'autre côté de la porte nous parvenait une faible clameur. Les mots étaient scandés dans notre ancienne langue, que Claire ne pouvait comprendre, mais ils me firent serrer les dents.

Porteuse de malheur.

Venue finir ce que ta mère a commencé.

Tueuse de Faë.

— Qu'est-ce qu'ils racontent ? demanda Claire en penchant sa tête sur le côté.

Exos arracha la main de Claire de la mienne pour y déposer un baiser, brisant ainsi la stupeur et le malaise général.

— Rien d'important, princesse.

Il soutint son regard un instant avant de baisser la tête et de relâcher sa main aussi brusquement qu'il l'avait prise.

— Je, euh, je dois aller préparer notre logement, reprit-il en portant à nouveau son attention sur moi. Je peux te faire confiance pour lui faire visiter l'Académie et l'amener au Quartier du Feu ?

— Personne ne la touchera, promis-je, non pas parce qu'Exos m'avait ordonné de jouer au protecteur, mais parce que mon sang bouillait de rage de voir combien de faë souhaitaient sa mort.

Peut-être que c'était le lien qui parlait, mais mon instinct me disait de réduire en bouillie quiconque oserait émettre la moindre menace à son encontre.

Ce qui consistait apparemment en la moitié de cette maudite Académie, si j'en jugeais par les chants qui s'élevaient à l'extérieur.

Exos se pencha vers moi en baissant la voix pour que je sois le seul à l'entendre.

— Ne tue personne. Contente-toi de lui montrer le campus. Garde la tête sur tes épaules.

Il fit une pause pour me jeter un regard entendu avant d'ajouter :

— Et ta queue dans ton pantalon.

Il aurait pu m'épargner cette dernière phrase.

Bon, d'accord, peut-être que je le méritais après ce qu'il s'était passé cette nuit.

Mais merde, cet enfoiré avait vraiment besoin de se calmer avec ses foutus ordres !

— Viens, Claire, dis-je en faisant un léger signe de tête à Exos, incapable de faire plus en matière de respect. Nous avons reçu nos *instructions* pour la journée.

Je la vis déglutir avec peine. Cependant, lorsque nos mains se retrouvèrent une fois de plus à l'instinct et que nos peaux entrèrent en contact, je sentis la chaleur de la confiance qu'elle me portait. Cela me donna le sentiment que, tant que j'étais avec elle, elle pouvait affronter tout et n'importe quoi, même une foule de faë en colère.

Elana agita la main, faisant tinter les bracelets à son poignet. Les larges portes de son manoir s'ouvrirent en grinçant, m'évoquant le gémissement d'arbres centenaires battus par le vent.

La lumière du soleil s'engouffra dans le hall et illumina les boucles dorées encadrant le visage de Claire. Je fus pris d'une envie soudaine de passer mes doigts dans ses cheveux soyeux avant de les empoigner à pleine main pour rapprocher son visage du mien et l'embrasser.

Encore une fois.

Merde. Ce désir incontrôlable de la prendre allait me conduire à ma perte si je n'apprenais pas à le maîtriser. La visite du campus devrait aider. À condition qu'on arrive à traverser cette foule.

— C'est maintenant ou jamais, dis-je davantage pour moi-même que pour Claire.

— Maintenant, c'est bien. Qu'on en finisse avec ces conneries, me répondit Claire.

Je fus surpris par la vigueur de ces paroles et par sa détermination. Elle haussa les épaules et reprit :

— C'est toujours mieux que de rester dans cette espèce de… euh… de maison-forêt ? Montre-moi ton monde des Faë, Titus.

Elle me serra la main, son regard chaud et confiant.

Je ne pus réprimer un léger sourire lorsque je sentis les

feuilles craquer sous mes pieds une fois la porte du manoir franchie. La clameur près du portail cessa et les étudiants ouvrirent des yeux ébahis.

— C'est parti, dis-je en attirant Claire près de moi.

— Ils sont vraiment nombreux, murmura-t-elle.

Je laissai échapper un petit rire méprisant.

— Ouais. Je ne suis pas inquiet.

Je fis apparaître une boule de feu dans ma main et la lançai en l'air avant de la rattraper. De nombreux faë firent quelques pas en arrière, certains allant même jusqu'à déguerpir. Ils me connaissaient tous, comprenaient mes dons, et savaient quel genre de puissance j'étais capable de déchaîner lorsque la rage me prenait.

Je devais également admettre, à contrecœur, qu'emprunter la tenue royale d'Exos jouait à notre avantage. Ils pouvaient voir *son* symbole sur ma tenue, ce qui indiquait sans la moindre ambiguïté que je suivais des ordres officiels. Et s'y opposer était le meilleur moyen de se retrouver dans les puits de feu.

Je lançai une boule de feu en direction des grilles, juste pour m'amuser, et souris d'un air satisfait en voyant d'autres faë se disperser.

Une autre flamme apparut dans notre périphérie, celle-ci portant la marque d'Exos. Il se tenait derrière nous, dans l'embrasure des portes du manoir, stoïque.

Son apparition eut pour effet de disséminer la grande majorité du reste de la foule, les étudiants préférant ne pas avoir affaire à moi ou au célèbre Esprit royal.

— Ouais, il ne t'arrivera rien, dis-je à Claire en lui faisant un clin d'œil.

Elle nous regarda à tour de rôle, Exos et moi, bouche bée.

— Est-ce qu'il vient juste de… ?

— Ouaip.

Je me tournai vers lui et lui fis un signe de tête. Il y répondit avant de disparaître à nouveau dans le manoir.

— Il voulait simplement faire passer le message. Non pas qu'il avait vraiment besoin de le faire, vu mon absurde accoutrement.

Claire se mit à glousser et à rougir en même temps.

— Tu as l'air…

— Séduisant ? suggérai-je en remuant mes sourcils pour me donner des airs. Canon ? Incroyablement sexy ?

Son rire était une douce musique à mes oreilles. Elle secoua la tête.

— Tu as l'air affreux.

Je posai une main sur mon cœur, faisant mine d'être offensé.

— Claire… Comment oses-tu ? Tu sais que mon ego est fragile.

Elle eut un petit rire moqueur.

— Étrangement, j'en doute.

Je passai mon bras autour de ses épaules, l'attirant plus près de moi.

— Tu as raison. Et d'ailleurs, je suis sûr que ma simple personne rend cette tenue flatteuse.

Elle me tapota gentiment le ventre.

— Et moi, je suis sûre que non.

— Hé ! Tu la veux cette visite ou non ? plaisantai-je.

La majorité des badauds étaient partis et Claire semblait se détendre à mes côtés.

— Oui, me dit-elle avec un petit sourire. Je t'avoue que je suis même un peu curieuse.

— Un peu seulement ?

Elle baissa la tête d'air timide, le pouvoir se reflétant à la surface de ses yeux bleus.

—J'ai peur, aussi. Mais surtout curieuse.

— Tu n'as rien à craindre, ma belle. Je suis là.

Je l'embrassai sur le front, d'un geste si naturel que l'on aurait dit qu'on faisait ça depuis des années, et pas seulement depuis quelques heures. N'ayant aucune envie de m'attarder sur le pourquoi du comment de cette constatation, je lâchai ses épaules et lui tendis la main.

— Allons-y.

— D'accord, murmura-t-elle en posant la paume de sa main dans la mienne.

Nous avançâmes sous un ciel magnifique et les arbres semblaient saluer Claire sur son passage. Elle n'avait aucune idée du genre de pouvoir qu'elle exsudait dans ce monde. Aucune idée de la palpabilité de son essence pour le royaume qui nous entourait. Malgré tout, elle semblait enchantée par l'atmosphère qui régnait et balançait sa main libre au rythme de ses pas, une lueur d'émerveillement dans le regard.

— C'est tellement beau, souffla-t-elle.

— Et tu n'as même pas encore vu l'Académie, lui répondis-je en souriant.

— Est-ce que c'est encore loin… ?

Elle resta ébahie alors que les célèbres grilles en fer forgé apparurent au bas de la colline parsemée de fleurs.

— Titus, j'ai l'impression que nous ne sommes plus au Kansas.

Je la regardai sans comprendre.

— Quoi ?

— Mais oui, tu sais le…, commença-t-elle avant de secouer la tête. Laisse tomber, ça vient d'un film super connu.

— Oh, le cinéma humain, dis-je en souriant. On n'a pas ce genre de choses ici. On préfère plutôt passer notre temps dehors.

Ou à la salle de sport. Ou sur un ring.

— Quoique, ça leur arrive de retransmettre nos

compétitions sportives, mais ce n'est pas tout à fait pareil. Tout est contrôlé par la magie élémentaire. Désolé, je t'ennuie. Passons par là.

J'indiquai l'entrée principale, autour de laquelle tournoyaient quatre des cinq éléments. Derrière ces grilles se trouvaient les illustres murs en pierre de l'école, tous recouverts de plantes et agrémentés de fleurs. Du moins, c'était le cas des bâtiments principaux. Chaque quartier était à l'image des élémentaires qu'ils abritaient. J'allais commencer par lui montrer les tours calcinées du Quartier du Feu. L'endroit n'était certes pas aussi vivant que le domaine de la Chancelière, mais il n'en était pas moins captivant.

— Tu n'es pas, euh, censé être en cours ? demanda-t-elle alors que l'on continuait à marcher.

— Non, tu es arrivée pile au bon moment. On est en pause là, entre deux périodes de cours. On reprend demain.

— Comme un week-end alors ?

— Un peu, oui. Sauf qu'on a six jours de cours, six jours de repos. Ça aide à stimuler notre créativité et ça nous permet de participer aux intra muraux obligatoires.

— Des intra muraux ? répéta-t-elle tout en regardant l'eau qui dansait avec le feu le long de la grille que nous franchissions.

— Les rencontres entre faë, expliquai-je. Elana a instauré ça dans le but que tous les faë s'entendent, en nous forçant à participer tous ensemble à des activités physiques ou à des cours d'éducation générale. Comme les cours d'étude des Humains par exemple. Durant nos six jours de cours, on a aussi une matinée ou un après-midi d'activité physique obligatoire ; demi-journée qui, encore une fois, inclut tous les faë.

Elle afficha un air surpris.

— Vous ne vous entendez pas sinon ?

Je haussai les épaules.

— Certains d'entre nous, si, mais d'autres, non. Le Conseil est là pour nous guider, mais chaque royaume a son propre gouvernement.

— Donc… un peu comme des pays différents ?

— De ce que j'ai cru comprendre de ton monde, je dirais plutôt différents comme des continents.

Je tournai à droite, dans un long chemin boisé qui se faufilait entre deux bâtiments en pierre.

— On est ici sur le campus principal, au fait, repris-je. C'est ici que les cours intra muraux ont lieu. Sinon, chaque espèce de faë a un quartier qui lui est propre. Je vais te montrer celui du Feu, puisque c'est celui que je connais le mieux.

Nous pénétrâmes dans une cour où se trouvaient plusieurs faë. Tous se turent en nous voyant.

Claire leur fit un petit signe de la main, ce qui eut pour effet de les faire reculer de quelques pas tandis que leurs yeux s'écarquillaient et que les conversations reprenaient à voix basse en langue ancienne.

C'est elle.

J'ai entendu dire qu'elle avait causé un tremblement de terre hier soir.

Elle est maléfique.

Pourquoi ils la laissent venir ici ?

Elle va tous nous tuer.

Claire s'empourpra. Même si elle ne comprenait pas ce qu'ils disaient, leurs tons en disaient suffisamment long.

— Ça suffit, leur dis-je d'un ton irrité.

— C'est bon, t'en fais pas, murmura Claire. Je comprends.

— Non, ce n'est pas bon.

Je la fis traverser la cour, mais me heurtai à un groupe

de faë qui nous bloquait le chemin menant au Quartier du Feu.

Merde.

Trois faë s'approchèrent de nous en balançant les hanches, leurs yeux implacables étincelant de malice.

Ignis et sa bande de garces.

— Eh bien, je dois admettre que la Halfeline n'est pas ce à quoi je m'attendais, dit Ignis en faisant tournoyer des flammes crépitantes autour de ses doigts, démonstration évidente d'agressivité. Elle est tellement… *blonde.*

Claire plissa un peu les yeux, mais ne sembla pas intimidée. Elle baissa légèrement le regard en direction des flammes, seule indication qu'elle avait remarqué quoi que ce soit d'anormal.

— Ah, je vois. Je connais les filles comme toi, dit Claire d'une voix basse qui ne présageait rien de bon.

Elle releva la tête et toisa Ignis du regard.

— Tu penses que tu peux mener tout le monde à la baguette ? Eh bien, heureusement pour moi, des pétasses comme toi, il y en a aussi dans le royaume des humains. Et je n'ai pas de temps à perdre avec elles.

Elle me tira par la main.

— Allons-y, Titus. Je préférerais te voir jouer avec le feu.

Sickle fit apparaître un ruisseau aux pieds de Claire, et je tirai celle-ci en arrière avant qu'elle ne tombe dedans. Cela fit rire Aerie qui déclencha une brise pour éclabousser Claire.

L'eau grésilla au contact de sa peau.

Claire était énervée. Parfait.

Parce que ça voulait dire qu'elle se focaliserait sur ses dons du feu, avec lesquels je pouvais l'aider.

Ignis gloussa et s'avança jusqu'à pouvoir me toucher.

— Oh, Titus, tu vas la laisser te commander comme ça ?

Elle leva son bras pour enrouler ses doigts autour de mon biceps, mais jura quand elle se brûla.

— Merde, Titus !

Son regard stupéfait oscilla entre nous et ses boucles auburn frissonnaient de colère tandis que son visage s'empourprait. Elle lâcha un rire mauvais avant de se couvrir la bouche de la main.

— T'es sérieux, là ? Toi et moi on s'envoie en l'air, et le lendemain même tu instaures un lien avec une Halfeline ? Waouh. Énorme.

Merde. Ma proximité avec Claire m'avait presque fait oublier l'autre nuit. Ignis avait essayé de forcer un lien avec moi, ce qui, d'après l'usage de notre monde, signifiait que je devais au moins essayer d'y répondre. Mais clairement, j'avais enfreint la règle.

— *Quoi* ? s'écria Sickle d'une voix aussi stridente que des ongles sur un tableau noir. C'est une violation !

Je soupirai. *Et voilà, c'est parti.*

— Il ne fallait pas s'attendre à grand-chose de lui, rajouta Aerie. Je veux dire, tu connaissais sa réputation avant de le laisser t'attirer dans son lit, Ignis.

— Il m'a dit qu'il m'aimait.

— Oh, mais bon sang, arrête tes conneries ! lui dis-je d'un ton exaspéré. Tu sais très bien que je n'ai jamais dit ça.

Sa lèvre inférieure se mit à trembler.

— Quoi, tu vas le nier maintenant ?

Elle secoua la tête, de vraies larmes coulant sur ses joues.

— Trois fois, Titus. On a fait l'amour trois fois.

— Je croyais qu'on s'était envoyés en l'air, lui rétorquai-je, furieux. Alors, Ignis ? On a fait quoi ?

— Comment peux-tu être aussi cruel ?

Elle jouait parfaitement bien le rôle de la femme blessée.

— Et maintenant, je vois que tu as réussi à piéger la Halfeline pour qu'elle se lie à toi. C'est quoi au juste, un pari ? dit-elle, le regard mauvais. C'est ça, n'est-ce pas ? Tu fais partie du pari qui court sur qui parviendra à la sauter en premier ?

— Oh, évidemment qu'il en fait partie, renchérit Sickle alors que je ne comprenais absolument plus rien. J'ai entendu que celui qui remporterait le pari gagnerait gros. Mais personnellement, je trouve qu'instaurer un lien élémentaire est un peu de la triche. Les autres te disqualifieront pour avoir fait ça.

— Un pari ? répéta Claire, sa voix ayant perdu toute trace d'assurance.

Sa main fut soudain glacée dans la mienne, son bras sans aucune vigueur.

— Elles mentent, lui assurai-je. Je ne sais même pas de quoi elles parlent.

Ignis ricana avec mépris.

— Je parie que tu dirais la même chose de notre partie de jambes en l'air d'il y a deux jours, mais j'ai une preuve élémentaire.

Elle releva son t-shirt pour exhiber une empreinte de main rouge sur son ventre.

— Que voulez-vous que je vous dise ? C'était… torride, ajouta-t-elle d'un air goguenard.

Claire retira sa main de la mienne et croisa ses bras sur sa poitrine.

— Tiens donc, tu ne fais plus ta maline à présent ? continua Ignis d'un ton glacial. Et moi qui pensais que tu aurais autant de courage que ta mère.

— Ça suffit, Ignis, grondai-je.

Elle se contenta de hausser les épaules.

— Je crois qu'elle s'en fout. Tout le monde sait que sa mère ne s'en faisait pas non plus quand elle a détruit la race des faë.

— Ignis !

— Quoi ? C'est une catin, tout comme sa mère, et toi, tu restes planté là à la défendre ?

Elle pouffa d'un air dédaigneux et rejeta ses longs cheveux roux sur le côté.

— Tu mérites mieux qu'elle, bébé. Et tu le sais.

Elle essaya à nouveau de me caresser le bras, mais des flammes jaillirent tout autour de nous.

Ces flammes ne venaient pas de moi.

Ni d'Ignis.

Mais de Claire.

Des larmes brillaient dans ses yeux alors que des flammes se déversaient de ses mains. Les faë s'écartèrent rapidement du chemin pour éviter de se retrouver victimes de sa décharge émotionnelle.

— Claire, lui dis-je tout bas en tendant le bras vers elle.

— *Non*, dit-elle d'une voix cassante. Ne me touche pas.

Je soupirai.

— Allez, ma belle. Ignis fait sa pétasse, c'est tout.

— Elle fait sa pétasse ? Tu as pourtant couché avec elle juste avant de… ?

Incapable de terminer sa phrase, elle secoua la tête.

— Ça ne voulait rien dire, lui assurai-je. Ce n'était pas comme avec toi.

Ignis éclata de rire. Un rire mauvais et glacial.

— Je suis presque certaine que tu m'as dit la même chose au sujet de… Qui c'était déjà ? demanda-t-elle avant de claquer ses doigts. Mae?

Maudites flammes !

— Tu veux pas la fermer un peu, oui ?

— Eh bien, quoi ? Tu as peur qu'elle découvre ta réputation, Don Juan ? C'est un peu tard pour ça.

Elle avait l'air tellement fière d'elle. Si Claire n'avait pas eu l'air sur le poing d'exploser, j'aurais sérieusement envisagé de donner une bonne leçon à Ignis avec mon feu.

— Claire, dis-je d'une voix douce. Est-ce qu'on peut...?

Le mur tout entier s'embrasa.

Ainsi que le chemin devant nous.

Et la cour.

Merde.

CLAIRE

J'AVAIS BAISSÉ MA GARDE. Quelle imbécile! Quelle maudite imbécile! J'aurais dû m'en douter.

Titus s'était lié à moi à cause d'un pari ?

Il s'était envoyé en l'air avec cette pétasse ? Juste avant moi ?

Tout le monde me déteste.

Qu'est-ce que je fous ici ?

Le feu faisait rage autour de moi et me chauffait la peau. Il était totalement différent de ceux que j'avais lancés ces derniers jours. Celui-ci brûlait réellement, enflammant la robe qu'Elana m'avait prêtée et roussissant mon flanc.

Je fis un bond en arrière pour m'éloigner du brasier, désorientée.

Pourquoi est-ce que ça me fait mal ?

Titus hurla quelque chose, caché par le rideau de

flammes orange et jaune qui dansaient devant moi. Il avait l'air de me crier d'arrêter, mais je ne pouvais pas. Je ne savais pas comment. Quelque chose ne tournait pas rond avec ce feu. J'essayai de le rappeler à moi comme il m'avait appris à le faire, mais rien ne se passa, au contraire, les flammes s'élevèrent encore plus vers le bâtiment.

Oh non…

Des gens se mirent à crier alors que les flammes grimpaient toujours plus haut, calcinant les plantes qui recouvraient les murs de pierre et s'infiltrant par les fenêtres ouvertes. Elles me faisaient penser à un serpent. Vives et mortelles.

Et je n'avais aucun contrôle sur elles.

Une main sur mon épaule me tira en arrière. Je poussai un cri avant de reconnaître le bras qui m'entourait la taille.

— Concentre-toi pour moi, princesse, me murmura Exos, ses lèvres tout contre mon oreille. Respire.

— J-j'essaie.

— Je sais, et tu t'en sors très bien, Claire. J'ai juste besoin que tu essaies un peu plus fort, d'accord ?

Le ton chaud et rassurant de sa voix me détendit un peu et je me laissai aller contre lui. Il laissa un bras autour de ma taille et se servit de son autre main pour m'attraper le poignet et le lever en l'air. Mais il le retira bien vite quand le feu nous brûla tous les deux.

— Il y a quelque chose qui ne va pas, dis-je en secouant la tête. Je ne sais même pas ce que je suis en train dire.

Ni ce que cela signifiait. Mes sens semblaient être contrôlés par mon instinct pur, et c'était lui qui me disait que cette énergie devant nous m'était inconnue.

— Essaie de lui résister autrement.

Il plaça sa main sur la mienne et la dirigea selon un angle précis.

— Juste là, princesse. Je veux que tu appelles l'eau et l'air et que tu les envoies juste là, à la source.

— Et comment je fais ça ? lui demandai-je, exaspérée.

Il lâcha ma taille pour tapoter gentiment l'endroit où se trouvait mon cœur.

— C'est ici, Claire. En toi. Cherche-les, comme tu le fais avec le feu, et appelle-les à toi.

Les larmes me montèrent aux yeux alors que la frustration s'emparait de moi. À l'écouter, ça avait l'air facile, mais il voulait que j'ouvre une porte fermée à clef… avec une clef que je n'avais pas.

— Exos, je ne peux pas.

— Si, tu le peux, m'assura-t-il d'un ton encourageant.

Il retira soudainement ma main alors que les flammes s'en prenaient à nous, leur chaleur brûlant notre peau et nous faisant reculer. Il se retrouva le dos collé au mur et resserra sa prise sur mon poignet. Il se mit à marmonner quelque chose et fit apparaître une flamme dans sa main avant de la jeter dans le brasier qui se rapprochait dangereusement.

Mais cela ne fit qu'énerver la fournaise.

Le brasier eut l'air de bâiller et souffla de l'air chaud dans notre direction, faisant perler des gouttes de sueur sur ma peau et frissonner Exos dans mon dos.

— Il faut qu'on sorte de là, dit-il avec un sentiment d'urgence dans la voix. Ou cette chose va bien finir par nous détruire.

Honnêtement, je ne savais même pas comment c'était possible qu'on soit toujours en vie. Du haut de ses quinze mètres, la colonne de feu aurait dû nous tuer rien que par sa proximité.

Mais quelque chose la tenait à distance.

Quelque chose nous *protégeait*.

Je fronçai les sourcils en me concentrant pour identifier

l'origine de cette fine barrière protectrice alors qu'Exos continuait à parler. Je n'écoutai pas, toute mon attention focalisée sur ce film de brume étrange qui semblait repousser les flammes.

Quand je l'appelai à moi, l'essence me répondit.

C'est la mienne, me rendis-je compte d'un air stupéfait. *Qu'est-ce que je pourrais bien en faire ?*

Exos avait dit que j'avais besoin d'air et d'eau. Et de me concentrer sur le trou abyssal au-dessus de nous, source du brasier. Je pouvais le voir à présent, et je voyais aussi la façon dont il tournoyait dangereusement, comme un tourbillon de lave en fusion.

Là. D'une bourrasque, je lançai l'eau vers le ciel, le pouvoir jaillissant d'un endroit au plus profond de mon âme.

Exaltant.

Puissant.

Vivifiant.

Je pris une grande inspiration, emplissant mes poumons d'air frais, puis me mit à souffler, l'air rejoignant l'eau pour créer mon propre tourbillon. C'était comme une brise infusée de sources fraîches qui s'abattait sur les flammes, les faisant grésiller. Je répétai mon geste, et un sentiment de paix me gagna à chaque expiration, jusqu'à ce que le brasier ne soit plus qu'un tas de cendres.

Ignis se tenait face à moi, les yeux injectés de sang et une expression horrifiée sur le visage.

— Cette pétasse a essayé de me tuer ! accusa-t-elle tout en essayant d'attraper le bras de Titus.

Elle dut se brûler encore une fois, car elle s'écarta vivement de lui. Mais je ne pouvais pas détacher mon regard de l'expression sur le visage de Titus, tout aussi horrifiée que celle d'Ignis.

Son amie avec les cheveux blonds bleutés poussa un énorme soupir, une couche de glace fondant sous mon eau.

— J'ai cru qu'on allait tous y passer. Pour de vrai. Merde, je suis épuisée.

— Tu nous as sauvé la vie, Sickle, lui dit l'autre fille tout en se laissant glisser contre le mur, révélant l'indécence de sa jupe trop courte. Merci les dieux des Éléments…

Elle frissonna et posa sa tête sur ses genoux.

— Qu'est-ce que vous faites là, à ne rien faire ? Cette pétasse doit être bannie d'ici ! reprit Ignis. Vous n'avez pas vu comment sa tornade de feu a essayé de *me tuer* ? On est sur un territoire commun, Votre Altesse. Vous connaissez les règles.

— Tu l'as provoquée, Ignis, gronda Titus.

— Ce n'est pas vrai !

— Bien sûr que si ! s'exclama-t-il, exaspéré, en levant ses bras au ciel. Tu sais qu'elle est instable et tu l'as poussée à bout !

Le mot qu'il utilisa pour me décrire me fit grimacer. *Instable.*

— Elle ne devrait même pas être ici ! Vous voulez que je vous rappelle ce que sa catin de mère a fait ? Attendez que mon père l'apprenne. Il sera furieux.

Elle croisa les bras sur sa poitrine et me toisa du regard.

— Tes jours ici sont comptés, *Halfeline*. Tu peux me croire.

Le bras d'Exos se resserra autour de moi.

— Est-ce que c'est une menace, Faë du Feu ? Parce que comme tu l'as souligné tout à l'heure, la violence n'est pas permise dans l'enceinte de l'Académie. Je ne voudrais pas avoir à parler de ton comportement à *ton père*. Parce qu'il se trouve qu'il siège au Conseil. Avec moi.

Elle pâlit.

— Il ne vous croira pas.

— Je pense que tu découvriras bien vite que je peux me montrer très convaincant, lui rétorqua Exos d'un ton empli d'arrogance.

Il relâcha sa prise sur moi et fit glisser sa main sur ma hanche.

— Maintenant, si vous voulez bien nous excuser, je dois escorter Claire à ses appartements.

— Exos…

— Je pense que tu en as fait assez pour aujourd'hui, Titus, l'interrompit-il. Nous parlerons de ça plus tard.

Son ton dédaigneux, qui avait normalement tendance à m'énerver, s'avérait être exactement ce dont j'avais besoin en cet instant. Après tout ce qu'Ignis avait dit, je n'avais aucune envie de parler à Titus.

Il était avec elle juste avant de me rencontrer.

Ce n'était pas juste de lui en vouloir pour ça, mais je ne pouvais pas m'en empêcher. Cette fille était une sacrée pétasse, et il avait couché avec elle.

Juste après une certaine Mae.

Il s'envoyait en l'air avec toutes les filles du campus ou quoi ?

Est-ce que j'étais juste une conquête pour lui ? Une nouveauté ?

Non, me chuchota une voix au fond de moi.

Mais qu'est-ce que je savais vraiment de lui ? Il avait été à deux doigts de me sauter hier soir. C'était Exos qui l'avait arrêté. Clairement, Titus ne savait pas contrôler ses pulsions sexuelles.

Une partie de moi savait que cette analyse était injuste.

Mais l'autre était trop épuisée pour s'en soucier.

— Amène-moi à la résidence, dis-je tout bas et en gardant mon regard rivé sur le sol.

Je ne voulais pas voir l'expression sur le visage de Titus ni savoir ce qu'il pensait. Je voulais juste m'allonger.

Combattre ces flammes m'avait coûté beaucoup d'énergie. Tout comme la matinée, ou toute la journée, vu que je ne savais pas combien de temps avait passé. En fait, non, c'était toute cette foutue semaine qui m'avait épuisée.

Exos m'entraîna loin d'Ignis, toujours furieuse, et de ses amies insipides.

Loin de la chaleur de Titus.

— Je ne sais pas ce qui s'est passé, bafouillai-je.

La main d'Exos était toujours sur ma hanche tandis qu'il me faisait traverser une autre cour. *Les faë aiment bien être dehors on dirait.* À la différence de la première, celle-ci était déserte, à l'exception de quelques têtes qui apparaissaient aux fenêtres, leurs yeux braqués sur moi. Lorsque je regardai dans leur direction, ils détournaient tous le regard. Effrayés.

Ils me détestent tous.

— Tes émotions ont créé un brasier, murmura Exos. Mais tu es parvenue à le contenir.

— Pourquoi ça m'a brûlée ? Ça ne l'avait jamais fait avant.

Certes, ça avait réduit mes vêtements en cendres, mais ça n'avait jamais fait *mal*.

— Je ne sais pas, répondit-il en me guidant à travers des grilles noires bordées de feu.

L'architecture des bâtiments changea radicalement. Les alentours étaient noirs et calcinés, toutes traces de fleurs et d'arbres disparues. Mais le décor stérile n'en était pas moins intrigant. Du feu jaillissait des fontaines à la place de jets d'eau, et de petites braises qui me firent penser à des lucioles voletaient autour de nous.

— Waouh, murmurai-je, émerveillée par tout ce que je voyais. C'est…

Les mots me manquèrent.

— Le feu, finit-il pour moi. J'ai tenu compte de ce qu'a

dit Titus et je me suis arrangé pour que tu obtiennes une chambre ici, afin que tu puisses être en contact avec d'autres étudiants. Je vais rester avec toi.

Je trébuchai en entendant cette dernière phrase, mais il me rattrapa facilement pour m'empêcher de tomber. Ses lèvres se retroussèrent en un sourire.

— Surprise, princesse ?

— Tu-tu vas rester avec moi ? balbutiai-je.

— Oui, répondit-il avant de me regarder d'un air sévère. Tu as besoin d'être supervisée. Je ne veux plus de bâtiments réduits en cendres. Et puis, l'avantage du Quartier du Feu, c'est qu'il est ignifugé. C'est un plus.

Même s'il disait ça d'un ton taquin, ça ne m'aidait pas du tout à me faire me sentir mieux.

Parce qu'il avait raison.

Je n'arrêtais pas de faire du mal aux gens et de détruire tout ce qui m'entourait.

Rick.

Le bar.

La maison d'Elana.

Le chemin.

Je suis réellement instable, exactement comme Titus l'a dit.

— Hé, me dit Exos tout bas en nous arrêtant devant l'une des portes d'un bâtiment et en attrapant mon menton. Je ne disais pas ça pour te faire te sentir coupable, Claire. Je voulais dire que c'est une chose positive : on sera en sécurité ici.

Je déglutis en essayant de détourner le regard de ses yeux trop bleus, mais il me maintenait en place, les pupilles dilatées.

— Je… je sais. Mais tu as raison, dis-je tout bas, la voix étranglée tout à coup. Je ne fais pas exprès de faire du mal aux gens comme ça, Exos.

— Oh, chérie. Je le sais bien.

Il prit ma joue dans sa main tout en m'attirant à lui.

— Je ne peux même pas imaginer ce que tu vis, Claire. Nos vies sont tellement différentes. Mais je peux t'assurer une chose.

Je m'accrochai à la veste de son costume et laissai sa présence me réconforter. J'avais besoin de quelque chose, *n'importe quoi*, pour faire disparaître ma peine.

— Quoi ? murmurai-je.

— Te regarder faire face à ce feu était une des plus belles choses que je n'aie jamais vues.

Ils prononçaient ces mots tout contre mon oreille.

— Que tu l'aies causé ou non reste à voir. Mais que tu aies été capable de l'éteindre, c'est ça qui compte, Claire. Parce que ça veut dire que tu es en train d'apprendre le contrôle, et ce, à une vitesse vertigineuse. Bien plus rapidement que n'importe quel faë que je n'ai jamais connu.

Il s'écarta légèrement pour me regarder droit dans les yeux.

— Tu vas t'en sortir. Je te le promets.

— Je n'ai vraiment pas cette impression, confessai-je.

— Je sais.

Il déposa un baiser sur mon front.

— Mais ça va aller. Allons voir ta chambre. Je vais nous préparer quelque chose à manger et peut-être que tu pourras me montrer comment tu as créé ce tunnel de brume.

Il n'attendit pas ma réponse, mais entrelaça ses doigts avec les miens avant de me guider lentement à l'intérieur du bâtiment.

Plusieurs étudiants aux oreilles pointues sortirent leurs têtes dans le couloir, stupéfaits de voir Exos ici, avant de tous se figer en me voyant derrière lui.

Je n'essayai pas de sourire ni de saluer quiconque cette fois. J'avais appris ma leçon dans la cour.

Personne ne voulait de moi ici. Ça au moins, c'était clair.

Eh bien, c'est pas comme si j'avais envie d'être ici non plus, leur dis-je dans ma tête, le cœur battant. *On ne m'a pas laissé le choix.*

Ce n'était pas la faute d'Exos.

Ni de Titus.

Ni même de ce foutu monde.

C'était ma mère la responsable. Une mise en garde aurait été la bienvenue. Je sais pas moi, un genre de mot qui aurait dit, *Oh, au fait, en partie faë.*

Mais non, je n'avais rien reçu. Pas même un appel de la part du monde des Faë pour m'avertir. Non, juste Exos qui s'était pointé au bar, m'avait embrassée avant de me kidnapper pour m'amener ici.

Et maintenant, ils voulaient que je rejoigne une académie où tout le monde me détestait. Génial. Vraiment fantastique. Oh, et je m'étais liée à deux hommes, dont l'un sautait sur tout ce qui bougeait, et l'autre n'était qu'un con.

Bon, à dire vrai, ce dernier n'était pas du tout méchant en ce moment.

Quant à Titus, je ne savais vraiment pas. Peut-être qu'il avait une excuse ? Après tout, il ne me connaissait pas encore quand il avait couché avec elle.

Oh, mon Dieu. De toutes les faë avec qui il aurait pu coucher, il l'avait choisie *elle* ? Qu'est-ce que ça disait de moi alors ? J'étais à l'opposé d'Ignis. C'était quoi son type ?

Pourquoi je me prends la tête avec ça ? Je le connais à peine.

Et pourtant, j'avais bien failli coucher avec lui.

— Nous y voilà, dit Exos.

Il poussa une porte qui s'ouvrit sur une salle de séjour

moderne avec des murs et des meubles entièrement noirs. Même la cuisine avait été peinte dans des tons d'ébène. Mais cela donnait tout de même une sensation de propreté, le marbre sous mes pieds me faisant penser à du granit.

Exos ferma la porte derrière moi en posant son pouce sur une sorte de verrou high-tech qui réagit à son contact. Les stores de la pièce se levèrent pour révéler une vue de la forêt bordant l'Académie. Il me sembla presque que les feuilles me faisaient signe de sortir jouer avec elles.

— Ta chambre est par là.

Il indiqua une porte ouverte et je vis à l'intérieur un lit de bonne taille et une commode.

— Je serai dans celle-ci, me dit-il en indiquant la chambre qui se trouvait en face de la mienne. Je, euh, je ne savais pas quels vêtements tu voulais donc j'en ai commandé de plusieurs styles différents. Et des uniformes, bien entendu.

— Des uniformes ? répétai-je en fronçant les sourcils.

— Oui, tu sais bien, la jupe à carreaux traditionnelle et le petit pull qui va avec, dit-il en haussant les épaules. Les garçons, eux, portent des pantalons et des chemises. C'est assez standard.

— Pour une école privée, peut-être. Mais c'est censé être comme une université, non ?

Il se frotta la nuque, l'air mal à l'aise.

— Elana pense que les uniformes donnent aux faë un sentiment d'unité. Selon elle, moins il y a de compétition, mieux c'est.

— Pourquoi donc ?

— Parce que nos éléments peuvent co-exister soit de manière positive, soit de manière négative.

Il laissa retomber sa main et indiqua la cuisine d'un geste de la tête.

— Je vais nous préparer des sandwichs. Pourquoi tu n'irais pas jeter un œil à ta chambre ?

— Euh, d'accord, répondis-je à son dos vu qu'il s'était déjà retourné, la conversation terminée.

Parce qu'il est Exos. Un Prince royal des Faë.

Et je ne suis que Claire, un pétard instable.

Je fis la moue. M'apitoyer sur mon sort ne me ressemblait pas. Je m'étais toujours battue pour surmonter mes problèmes. Ma grand-mère avait même l'habitude de dire que j'avais une détermination d'acier.

Mais ce n'était pas du tout ce que je ressentais en cet instant.

Au lieu de l'acier, je me sentais plutôt liquide. Pliable. Cassable.

Et je détestais ça.

Je voulais me battre, mais sans savoir contre quoi. Ni comment. Ni même contre qui.

Mais une chose était sûre. Continuer à me morfondre de désespoir n'allait pas résoudre quoi que ce soit. Ça ne me ressemblait pas. Je n'étais pas du genre à laisser tomber. Je luttais jusqu'à la victoire.

Têtue comme une mule, avait aussi l'habitude de dire ma grand-mère.

Je le suis, admis-je en entrant dans la chambre qu'Exos m'avait attribuée. *Je dois juste accepter la situation et aller de l'avant.*

Dans cette chambre vraiment bizarre…

Je fronçai les sourcils en examinant les meubles couleur charbon et les draps noirs. Ce n'était pas mon style habituel, mais le fait qu'ils ne craignent pas le feu était certainement un avantage. Je fis glisser mes doigts sur la couette et fus surprise de sa douceur. *En quoi c'est fait ?* me demandai-je émerveillée. Ça me faisait penser à de la soie.

J'inspectai chaque tiroir de la commode, puis le

dressing. L'uniforme était composé d'une jupe à carreaux et d'un pull, exactement comme Exos l'avait dit. Mais les tons de rose et de violet des vêtements étaient magnifiques et ne ressemblaient en rien à ce que j'avais pu voir jusqu'à présent. Je l'ôtai du cintre pour me regarder dans le miroir en le tenant contre moi. J'adorai la façon dont il faisait ressortir ma peau et mes cheveux.

— Les Faë du Feu ont des vêtements spéciaux ininflammables pour, eh bien, pour des raisons évidentes, dit Exos qui se tenait sur le seuil du dressing, appuyé nonchalamment contre l'encadrement avec une tasse dans les mains.

Je ne l'avais pas entendu approcher, trop obnubilée par mon reflet dans le miroir.

— Je, euh, d'accord, balbutiai-je alors que mes joues devenaient aussi roses que le vêtement que je tenais dans ma main. Je voulais juste voir si ça m'irait.

Il sourit.

— Ça t'ira.

Il me tendit la tasse.

— Je t'ai fait du chocolat chaud, si tu en veux. Les sandwichs sont en train de cuire.

En train de cuire ? Je repoussai cette pensée pour me concentrer sur l'objet dans sa main.

— Du chocolat chaud ? répétai-je, et mon cœur manqua un battement. Je… j'adorerais ça.

Je ne me rappelais pas la dernière fois que j'en avais bu. Ma grand-mère avait l'habitude de m'en faire quand j'étais petite.

Après avoir remis l'uniforme à sa place, j'acceptai ce qu'il m'offrait et laissai la chaleur de la tasse réchauffer mes doigts.

— Merci.

— Je t'en prie.

Il plaça une mèche de mes cheveux derrière mon oreille avant de faire un pas en arrière.

— Est-ce que ça te va ? La chambre ?

— Eh bien, c'est différent. Mais oui, c'est bien.

— Bien.

Je le suivis dans la chambre et m'assis sur le lit, le dos contre la tête de lit et ma robe flottant autour de mes jambes. J'étais pieds nus, j'avais laissé mes chaussures dans le dressing. Je soufflai sur le liquide chaud avant d'en prendre une gorgée. Je poussai un petit gémissement lorsque les saveurs explosèrent sur ma langue. Je n'avais jamais goûté à un chocolat chaud comme celui-ci ; la crème fouettée qui l'agrémentait était intense, délicieusement décadente.

Il eut un petit air amusé et s'assit à côté de moi sur le lit. Il croisa ses jambes au niveau de ses chevilles et je vis ses chaussettes, parfaitement assorties à son costume élégant.

— Tu portes tout le temps des costumes ? lui demandai-je pour essayer de faire la conversation.

Il haussa les épaules.

— Ça dépend de la situation.

— Ah bon ? lui demandai-je en lui lançant un regard sur le côté. Et dis-moi, quelle situation t'oblige à porter l'accoutrement royal hideux que tu as obligé Titus à enfiler ?

Exos éclata de rire tout en secouant la tête.

— Je n'en reviens toujours pas qu'il ait mis ce truc immonde. J'avais préparé une paire de jeans et un t-shirt pour lui dans l'autre pièce.

— Il était pressé après que tu nous as dit de descendre.

— Enfin quand même, être pressé *à ce point-là*, dit-il en riant à nouveau. C'est une tenue officielle que personne n'a dû porter depuis deux cents ou trois cents ans. Il va sûrement la ruiner d'ailleurs, et Cyrus risque d'être déçu.

Il haussa les épaules.

— Mais voir Titus dans cette tenue valait vraiment le coup, il n'y a aucun doute là-dessus.

— Tu es horrible, l'accusai-je en souriant.

Qui aurait cru que cet homme était doté d'un sens de l'humour ?

Il me regarda d'un air entendu.

— Serais-tu en train de me dire que ça ne t'a pas plu de le voir dans cet accoutrement atroce ?

Je cachai mon air amusé derrière ma tasse.

— Peut-être un peu.

— C'est bien ce que je pensais.

Il me poussa gentiment avec son épaule et tendit la main pour la poser sur ma tasse. Je sentis soudain de la chaleur sur mes doigts alors qu'il se servait de son feu pour réchauffer ma boisson.

J'ouvris la bouche, émerveillée. Mon propre feu s'embrasa pour l'imiter, portant alors le liquide à ébullition.

— Waouh, murmurai-je en admirant les bulles qui se formaient à la surface de mon chocolat chaud.

— Essaie de le remuer, suggéra-t-il en relâchant la tasse.

— Avec quoi ?

Il n'y avait pas de cuillère.

— Avec l'air.

Il étudia un instant la boisson, l'air pensif.

— Et peut-être l'eau aussi, vu que j'en ai ajouté dans le mélange.

Je réfléchis à ce qu'il venait de dire et approchai ma bouche du bord de la tasse pour souffler dessus. Le chocolat chaud se mit à onduler et je tirai dessus mentalement pour la faire tournoyer. Le liquide réagit à l'ordre donné par mon esprit.

— Oh…

Ça marchait. Les bulles se lissèrent lorsque je remuais le chocolat chaud avec une autre expiration. L'arôme sucré s'éleva pour me chatouiller les narines.

— Tout est une question de contrôle, me dit Exos doucement, observant la scène de ses yeux bleus scintillants.

— Pourquoi est-ce que c'est beaucoup plus facile avec le feu ? l'interrogeai-je.

Tout en parlant, je faisais à nouveau appel à mon feu pour réchauffer ma boisson, puis infusais de l'air pour y diffuser la chaleur.

— Il semblerait qu'il soit plus lié à tes émotions. Appeler des flammes est pour toi comme un mécanisme de défense naturel. Et c'est aussi l'élément le plus passionnel.

Des braises jouaient sur le bout de ses doigts et sautillaient dans mon chocolat chaud pour se joindre au tourbillon atmosphérique que j'avais créé.

Je souris en absorbant son énergie avec la mienne, d'une façon incroyablement naturelle.

— Peut-être que je suis davantage une Faë du Feu ?

Il secoua la tête.

— Non, tu es sans aucun doute une Faë de l'Esprit.

— Mais je n'ai pas l'impression de faire grand-chose avec l'esprit.

— Parce que tu ne sais pas encore comment l'utiliser, dit-il, son expression s'assombrissant quelque peu. C'est l'élément le plus puissant qui existe, et donc le plus important à comprendre avant de pouvoir y accéder pleinement. Tu tiens littéralement dans tes mains la vie des gens qui t'entourent quand tu joues avec l'esprit.

J'arrêtai de jouer avec le chocolat chaud, ses mots m'ayant soudain donné la chair de poule.

— Qu'est-ce que tu veux dire par là ?

— Quand tu as le pouvoir de créer la vie, tu peux l'ôter tout aussi facilement. Ou…

Il s'interrompit pour me regarder droit dans les yeux.

— Ou tu peux la manipuler.

— Comme donner des ordres aux gens ?

Il hocha la tête.

— Mais c'est bien plus que ça. L'esprit nous donne accès aux âmes de tous les êtres vivants, que ce soient les arbres que tu vois dehors ou les faë qui sont dans cette résidence. Et plus un Faë de l'Esprit est puissant, plus ses capacités à contrôler sont puissantes. Il s'agit d'un don très obscur, Claire. Et la plupart de mes semblables ne l'utilisent qu'à un niveau superficiel.

— Et toi ? lui demandai-je.

Son expression se durcit.

— Je l'utilise comme l'exige mon statut de Faë de l'Esprit le plus puissant du Royaume.

— En prenant des vies, traduisis-je. Ou en les manipulant à des fins prédéfinies.

— Seulement dans des situations extrêmes. Mais oui.

Je déglutis, prenant enfin conscience de la raison de sa présence ici.

— C'est pour ça qu'on t'a assigné cette mission. Pour me maîtriser, ou me tuer, selon les besoins de la situation.

— Oui.

Aucune hésitation. Aucune culpabilité. Aucune excuse.

— Mais mon but est de t'aider à t'épanouir, Claire.

Il fit glisser délicatement un doigt le long de ma joue jusqu'à atteindre mon cou, puis une alarme retentit dans l'autre pièce.

— Les sandwichs sont prêts.

Il me sourit gentiment avant de se lever et de me laisser seule avec mon chocolat chaud. Qui avait d'ailleurs perdu toute trace de chaleur, mes doigts étant devenus glacials à l'écouter parler.

Si Exos ne parvenait pas à m'aider à maîtriser mes pouvoirs imprévisibles, il n'aurait pas d'autre choix que de me faire du mal.

Non, de me tuer.

Ou pire encore, de me posséder.

Je frissonnai à cette pensée. *Qu'est-ce qui arrivera si je ne parviens pas à contrôler ces dons ?*

En me concentrant à nouveau sur ma tasse, je portai à ébullition ma boisson et essayai de faire appel à l'eau qui s'y trouvait pour remuer le tout. Comme il ne se passait rien, je soufflai à nouveau dessus, comme je l'avais fait un peu plus tôt. Puis, j'essayai quelque chose de différent en tirant le liquide avec mon esprit pour lui donner une forme d'entonnoir s'élevant de la tasse.

On aurait dit une tornade de chocolat fondu.

J'essayai de le goûter et trouvai qu'il avait le même goût qu'avant, si ce n'est plus intense. Plus *magique*. Et si délicieux.

Après quelques gorgées de plus, je forçai le liquide à replonger dans la tasse. C'est là que je remarquai Exos qui m'observait depuis le seuil de la pièce avec une assiette dans chaque main.

— Je ne voulais pas t'interrompre, me dit-il d'une voix plus rauque qu'avant.

Je m'empourprai en posant la tasse à côté de moi.

— J'étais juste en train de jouer.

— Je sais.

Il se rassit à côté de moi en me tendant une des assiettes.

— Ton instinct pour l'air s'améliore. Je ne t'ai pas encore trouvé de mentor pour cet élément, mais je vais m'y atteler. Elana a mentionné un certain Vox. Apparemment, il entraîne un Faë de la Terre et a l'air de faire du bon boulot.

Il mordit dans l'étrange truc vert qu'il tenait dans la main avant de hausser les épaules.

— Ça peut attendre demain.

J'étais trop occupée à fixer ce qu'il était en train de manger pour vraiment écouter et comprendre ce qu'il disait.

— C'est quoi, ça ?

J'en avais un dans mon assiette aussi. Ça me faisait penser à un wrap de laitue, mais cuit. Et ce qu'il y avait à l'intérieur ? Je n'avais encore jamais vu ça.

— Goûte et tu verras bien, me dit-il d'un ton railleur.

Je hasardai un doigt inquisiteur à la surface de la boule forestière sur mon assiette.

— Euh…

— Allez, princesse, vis un peu.

Il me fit un clin d'œil avant de mordre à nouveau dans son sandwich. Puis, il étendit son bras devant moi pour attraper mon chocolat chaud et en prendre une gorgée avant de le reposer.

Son geste m'apparut intime et familier, comme si on faisait ça tous les jours.

Et pourtant, c'était la première fois qu'il se comportait normalement avec moi. Enfin, aussi normalement que pouvait l'être un faë. Parce que ce sandwich n'était pas normal. Et les tours de magie élémentaire encore moins.

Il haussa un sourcil dans ma direction.

— Si tu ne fais même pas l'effort d'essayer, je risque de me vexer, Claire. Ce n'est pas tous les jours que je cuisine pour quelqu'un, tu sais.

C'est vrai qu'il était Prince, après tout. Il avait probablement des serviteurs. Ou peut-être des machins volants, ces… lutines, comme chez Elana.

— Bon, d'accord.

Je pouvais au moins faire l'effort de goûter. Le chocolat chaud que je venais de boire était l'un des meilleurs que je n'avais jamais goûtés de toute ma vie. Peut-être que ce *sandwich* pourrait aussi me surprendre ? J'étudiai le globe avec appréhension avant de le prendre dans mes mains, comme j'avais vu Exos le faire. La texture me fit penser à une tortilla humide, sauf qu'elle était feuillue comme de la laitue.

Et tellement *verte*.

J'en pris une toute petite bouchée, m'attendant au pire, mais écarquillai les yeux quand les saveurs explosèrent dans ma bouche. Épicé, mais doux à la fois. Et délicieux.

Bon, c'était quand même bien mou.

Et certainement pas ce que j'appellerais un *sandwich*.

C'était plus comme du houmous mélangé à des légumes et des haricots croquants, le tout cuit et enrubanné d'épinards à la texture gluante.

Exos attendit que j'avale pour me demander.

— Alors, tu aimes ?

— C'est… différent.

— C'est un sandwich, répondit-il en regardant comme si j'avais perdu la tête.

— Ce n'est pas un sandwich, objectai-je. C'est genre, euh, de la salade fondue, mais sous forme de brique. Il n'y a même pas de viande dedans. Ni de fromage.

Je n'avais jamais vu de visage plus offensé que le sien en cet instant.

— Qui serait assez dingue pour mettre de la viande et du fromage dans un sandwich ?

Je restai interdite.

Avant de pouffer de rire.

— De la viande et du fromage dans un sandwich… répéta-t-il en frissonnant. Beurk.

Mon gloussement prit de l'ampleur et je riais maintenant aux éclats, la bouillie dans mon assiette oubliée, l'hilarité prenant complètement le dessus. Il avait l'air tellement contrarié par mon commentaire, comme s'il n'avait jamais rien entendu d'aussi ridicule. Mais hé, allez savoir, peut-être que c'était le cas. Parce qu'il n'était pas humain.

C'était un faë.

Un faë censé être à la fois mon protecteur et mon bourreau.

Je ne pouvais plus m'arrêter de rire, le comique de la situation explosant en moi. J'avais réduit un bar en cendres. *Moi. Claire.* Quelles étaient les chances que je sois capable de faire ça ? Oh, assez élevées puisqu'apparemment, j'étais une faë, moi aussi. Et j'avais affronté un incendie aujourd'hui, un que j'avais potentiellement créé moi-même. Et je l'avais vaincu avec mon *souffle.*

Mon corps continuait de trembler sous les rires incontrôlables. Je ne pouvais pas m'arrêter, ce trop-plein d'émotions nécessitant une échappatoire. Un exutoire. *Quelque chose.*

Exos me parlait, mais je ne l'entendais pas par-dessus les pensées qui m'assaillaient le cerveau.

Je suis une faë.

Je contrôle le feu.

Le vent. Euh, l'air, pardon. Peu importe.

L'eau.

Le chocolat chaud.

Et je mange de la bouillie au déjeuner. Attends, est-ce que c'est vraiment le déjeuner ? Qui sait, bon sang ?

J'avais perdu la tête. Complètement. Je pleurais des larmes de rire, qui se transformèrent en sanglots. Des sanglots *douloureux.*

Mais je l'avais mérité. Parce que j'avais fait du mal.

À Rick.

Aux filles de tout à l'heure. Elles m'avaient peut-être provoquée, mais ça ne me donnait pas le droit de les brûler vives par jalousie. Jalousie mesquine, qui plus est, et au sujet d'un homme que je connaissais à peine, mais avec qui j'avais failli coucher hier soir.

Oh, mon Dieu… Je ne pouvais plus m'arrêter de pleurer. Ni de rire. Ou d'*être*.

Tous mes beaux discours sur ma détermination et le fait que je ne recule devant rien avaient fondu comme neige au soleil. Parce que tout ce que je voulais en cet instant, c'était me rouler en boule et me cacher.

Et c'est exactement ce que je fis, ramenant mes genoux contre ma poitrine et enfouissant mon visage dans mes avant-bras. Je me vidai de tout. Chaque once de peur, de douleur et de tristesse, tout ce que j'avais gardé en moi pendant ces derniers jours s'envola dans une cacophonie de sanglots et de rires étranglés.

L'assiette s'écrasa au sol.

Je m'en fichais.

Exos passa ses bras autour de moi, son torse contre mon dos, son visage enfoui dans mes cheveux.

Je m'en fichais.

Il me murmura des mots d'encouragement, sa présence réconfortante une force indéniable dans mon dos.

Je m'en fichais.

Le soleil se coucha dehors, mes larmes coulant toujours.

Je m'en fichais.

J'étais anéantie.

Brisée.

Perdue à jamais.

Et…

Je m'en fichais.

Sauf que ce n'était pas vrai. Je mentais. La vérité, c'est que je me souciais de chaque détail, de chaque minute qui passait. Et c'était précisément ça le problème. Je me souciais beaucoup trop de tout.

C'était ce qui m'avait détruite.

Mon incapacité à lâcher prise, à accepter mon destin. Et peut-être que j'y parviendrais un jour. Mais pas ce soir.

Ce soir, je faisais mon deuil.

De Rick. Du bar et de toutes les personnes à qui j'avais fait du mal. De mes amis que je ne reverrais plus.

Je pleurai aussi pour la maison d'Elana. Pour les filles à qui j'avais failli faire du mal il y a quelques heures.

Et surtout, je faisais mon propre deuil.

Le deuil de Claire. De la femme que j'étais. Parce qu'elle n'existait pas ici.

Ici, il n'y a que moi.

EXOS

DE L'EAU.

Pourquoi est-ce que je suis dans l'eau ?

J'essayais de me sortir de ce rêve étrange quand le parfum de lavande qui émanait des cheveux de Claire me titilla les narines. Instinctivement, je resserrai mes bras autour d'elle. Une partie de moi, primitive et ancienne, se complaisait à être aussi proche d'elle. Cette partie de moi qui réclamait notre lien.

M'endormir contre son corps m'avait paru si naturel. Presque *trop* naturel même. Mais elle avait besoin de réconfort, et je n'étais pas suffisamment fort pour la repousser. L'essence de l'esprit en moi reconnaissait sa compagne, que cela me plaise ou non.

Aucune autre Faë de l'Esprit ne s'était jamais connectée à moi comme Claire l'avait fait, et elle avait réussi ce tour de force avec un pauvre baiser. Elle m'avait terrassé, déstabilisé, et ruiné pour toutes les autres.

Et pour ne pas arranger les choses, il semblait qu'elle avait besoin d'un compagnon pour chaque élément. Il n'était pas forcément inédit pour des Faë de l'Esprit de prendre deux compagnons, en raison de nos affinités avec deux éléments. Même si dans les faits, la plupart se contentaient généralement de se lier à une seule personne. Cependant, lorsqu'un faë de l'Esprit prenait deux compagnons, c'était un pour chaque élément.

Et Claire avait accès aux cinq.

Merde.

Personnellement, ayant choisi une vie de guerrier et de gardien du Royaume, je n'avais même jamais envisagé de suivre les rites me poussant à prendre une compagne. C'était mon frère qui était censé s'établir avec quelqu'un pour pouvoir concevoir d'autres Faë de l'Esprit.

S'il me voyait maintenant, il se moquerait bien de moi. *Pris en flagrant délit de câlins.* Une activité dans laquelle je ne m'engageais normalement jamais, même après l'amour.

J'étais à deux doigts de me mettre à rire tout haut, quand je me souvins de la manière dont Claire était passée du rire aux larmes à la vue d'un sandwich. Ses émotions étaient tellement instables qu'il m'était impossible de prédire ses réactions. La tenir dans mes bras pendant qu'elle dormait était le seul réconfort que je pouvais lui apporter, et j'avais peur que ce ne soit pas assez.

Enfouissant mon nez dans ses cheveux, je soupirai. C'était incroyablement bon de l'avoir dans mes bras. J'aurais voulu ne jamais avoir à la lâcher, ou à sortir de cet étrange cocon si douillet. Mais quelque chose me tracassait. La raison qui m'avait tiré de mon sommeil.

Je plissai les yeux dans l'obscurité, à la recherche d'un trait de lumière, les stores étant fermés.

Tout avait l'air normal. Alors qu'est-ce qui avait bien pu me faire réagir ? Avait-elle bougé dans son sommeil ? Ou était-ce à cause d'un rêve étrange ? Je balayai la pièce des yeux, à la recherche du fauteur de trouble.

C'était là que je l'*entendis*.

De l'eau.

Est-ce que j'avais laissé le robinet ouvert dans la cuisine ? D'après le bruit, ça y ressemblait bien. Merde.

Après m'être dégagé de Claire, je me levai en direction de la cuisine, où je regardai d'un air perplexe l'évier silencieux. *D'où vient ce br…?*

Je vis la porte d'entrée commencer à ployer alors que des filets d'eau filtraient à travers les fissures.

— Merde, c'est quoi ce délire ? lâchai-je dans un souffle en m'approchant un peu plus près.

Puis un grand fracas derrière la porte me fit écarquiller les yeux.

— Merde !

Je me précipitai vers la chambre, mais fus pris de court lorsque la porte explosa dans mon dos, laissant le champ libre à un véritable raz-de-marée. La violence de la vague me projeta au sol, et l'eau s'engouffra dans la pièce avec la puissance d'une tornade.

Claire !

La pièce se remplit rapidement et je me retrouvai sous l'eau avant d'avoir eu le temps de prononcer un seul mot ou de l'avertir. Je me mis à nager vers elle, mon pantalon et ma chemise lourds contre mon corps, entravant mes mouvements. Je retirai mes chaussettes tout en continuant à avancer et la vis venir dans ma direction, les yeux fous.

J'indiquai la fenêtre et soufflai une bulle.

Elle fronça les sourcils.

Air, parvins-je à articuler. *Utilise ton air !*

Parce que si elle ne brisait pas très vite la vitre, nous allions tous les deux nous noyer.

À moins que je ne la force... Mon esprit remonta à la surface, mon instinct de survie prêt à plonger en elle pour prendre possession de ses pouvoirs. Je détestais faire ça. Manipuler les gens était un acte obscur qui ne me plaisait pas, mais c'était une question de vie ou de...

Claire m'attrapa la main et envoya une rafale d'air contre la vitre qui éclata en mille morceaux. L'eau nous éjecta par la fenêtre et nous nous retrouvâmes étendus sur la terre calcinée à l'extérieur, Claire à moitié affalée sur mon torse, à recracher l'eau dans nos poumons.

D'autres étudiants étaient déjà dehors, complètement trempés. La plupart étaient même pratiquement nus en raison de l'heure tardive. Beaucoup pleuraient. D'autres encore ne pouvaient faire que haleter, paniqués et muets de terreur.

Le feu et l'eau ne faisaient pas bon ménage étant donné leurs propriétés à l'opposé les unes des autres.

— Qu-qu'est-ce qui s'est passé ? demanda Claire, sa robe trempée épousant ses courbes.

— Je ne sais pas.

Je repoussai les cheveux mouillés de son visage et déposai un baiser sur son front avant de l'aider à se redresser. L'eau semblait maintenant évaporée grâce à plusieurs Faë du Feu qui luttaient contre les vagues avec leurs pouvoirs. Mais le mal était déjà fait.

Et mes sens me disaient qu'on avait perdu au moins une vie à l'intérieur. Peut-être deux.

— Toi !

Un cri perçant se fit entendre depuis l'autre bout de la cour alors que l'idiote de tout à l'heure pointait son doigt parfaitement manucuré en direction de Claire.

— C'est toi qui as fait ça !

Tout le monde se tourna vers nous et resta bouche bée en réalisant qui nous étions.

— Non, je… je n'ai rien fait, murmura Claire d'une voix si basse qu'elle en était presque inaudible.

— D'abord, tu essaies de me cramer avec ma propre essence, et maintenant tu essaies de me noyer ? continua l'espèce de foldingue.

Elle s'avança d'un pas menaçant vers nous, simplement vêtue d'un mini short et d'un débardeur transparent, ses cheveux roux retombant en bataille sur ses épaules.

— Si c'est un duel que tu veux, pétasse, allons-y. Ici et maintenant.

Des cris de surprise se firent entendre. Nos duels étaient mortels.

— Assieds-toi et ferme-la, lui dis-je en me plaçant entre elle et Claire.

— Non !

Cette fille, *Ignis*, avait clairement un problème avec l'autorité. Elle me fixait sans broncher, les mains sur ses hanches.

— Je refuse de me soumettre à ces conneries. Cette pétasse a essayé de me tuer aujourd'hui. *Deux fois.*

— C'est vrai, ajouta son amie aux cheveux bleus en la rejoignant. Je reconnais l'eau quand je la sens et cette essence vient bien d'elle.

Avec un éclat malveillant dans le regard, elle pointa son doigt vers Claire.

— Mais je n'ai rien fait, souffla Claire en pâlissant. Enfin, je… je ne crois pas. Si ?

Ignis rit avec mépris.

— Oh, formidable. Elle ne sait même pas si c'est elle qui a fait ça ? Je ne marche pas dans ces conneries.

La Faë Aquatique aux cheveux bleutés croisa les bras en tapant du pied, le regard menaçant.

— Bien sûr que c'est toi qui as fait ça. Je sens encore le pouvoir qui se dégage de toi, alors n'essaie même pas de le nier.

Je fronçai les sourcils. J'avais beau moi aussi sentir un relent de pouvoir qui s'attardait dans l'air, il ne me faisait pas penser à Claire. Et c'était pareil pour le feu de tout à l'heure. Aucun de ces deux pouvoirs ne m'évoquait l'essence de Claire, et cela perturbait mes instincts.

Avait-elle accès à une source de pouvoir que je ne pouvais pas sentir ?

Notre lien n'était-il pas aussi profond que je le pensais ?

— Par tous les éléments ! Qu'est-ce qui se passe ici ?

Une voix grave s'éleva de la foule

Et merde…

La foule se dispersa pour laisser passer Mortus, sa robe de chambre en soie sanglée autour de sa taille svelte. Une expression de surprise éclaira un instant ses traits élégants en voyant Claire, puis il plissa les yeux au point que ceux-ci ne furent plus que deux minuscules fentes noires.

— Qu'est-ce qu'elle fout ici ?

— Elana a pris des dispositions pour qu'elle séjourne dans le Quartier du Feu, lui expliquai-je d'une voix calme en me déplaçant discrètement de façon à dissimuler Claire à sa vue. Je vais m'en occuper.

— Tu vas t'en occuper ? répéta-t-il d'un ton railleur en jetant un regard appuyé à la cour inondée, aux vitres brisées et aux Faë débraillés et trempés autour de nous. Tu as l'air de faire du très bon boulot, *Votre Altesse.*

Ignis et son amie eurent un petit rire méprisant et je les regardai d'un air mauvais.

— Qu'est-ce que tu fais dans le Quartier du Feu ?

Ma question était destinée à la Faë Aquatique. Je ne connaissais pas son nom, mais elle me faisait penser à un troll avec ses yeux trop maquillés et ses cheveux bleus en pétard.

— Je ne pense pas que ça vous regarde, me répliqua-t-elle. Mais j'étais ici avec Ignis pour la réconforter après son expérience traumatisante de tout à l'heure.

— Son expérience traumatisante ? s'enquit Mortus.

— Oui. La Halfeline a essayé de me tuer, répondit Ignis, sa voix se brisant sur le dernier mot, ce qui me fit lever les yeux au ciel.

— Oh, arrête tes conneries, lui rétorqua quelqu'un, me prenant de vitesse.

Titus apparut vêtu d'un pantalon de pyjama et avec des chaussons aux pieds.

Il vivait dans l'une des autres résidences, et soit le vacarme l'avait réveillé, soit c'était le sentiment de détresse de Claire qui l'avait tiré de son sommeil. J'aurais plutôt parié sur la seconde option, car je sentais moi aussi sa panique grandir et suinter dans le lien qui nous unissait, véritable signal d'alarme.

— Tu l'as provoquée et elle s'est défendue, reprit-il. Et comment on sait que ce n'est pas Sickle qui est responsable de l'inondation ?

Sickle. Ce devait être le nom de la Faë Aquatique.

Elle eut l'air vraiment offensée par son accusation.

— Tu te fous de moi, là ? Je dormais, pauvre con.

— Tout comme Claire, fis-je remarquer.

Sickle continua de sa voix horripilante à expliquer pourquoi ça ne pouvait pas être elle tandis qu'Ignis s'engouffrait dans la brèche, et que d'autres prenaient la parole en leur nom, se rangeant du côté de la brigade des méchantes filles. Et pendant que tout ce beau monde continuait à demander justice et autres conneries, Mortus me regardait avec un petit air satisfait.

Je vis l'esprit de Claire se recroqueviller devant mes

yeux. Ses émotions s'assombrissaient au fur et à mesure que ses épaules se voûtaient.

Je passai mes doigts dans mes cheveux, passablement énervé. Toute cette histoire avait dégénéré bien trop rapidement. Il faudrait un miracle pour que Claire puisse rester à l'Académie après les deux incidents d'aujourd'hui.

Les faë étaient assoiffées de sang, *son* sang. Et son innocence aurait peu de poids dans la balance.

— Ça suffit ! gronda Titus en ponctuant son ordre avec puissant jet de flammes qui s'éleva au-dessus de nos têtes avant de disparaître en fumée. Retournez dans vos maudites chambres, faites sécher vos affaires et allez vous coucher.

Ignis ricana à nouveau.

— Tu te plantes si tu crois que tu peux me forcer à aller au lit. Encore une fois.

Il fit un pas vers elle, mais je lui attrapai le bras et le tirai en arrière.

— Fais ce qu'il dit. Maintenant.

Je la laissai voir juste un soupçon de mon pouvoir dans mon regard, assez pour qu'elle voie que j'étais capable de la forcer à le faire si je le souhaitais. Je souris intérieurement en voyant son expression satisfaite se figer d'un coup et son visage pâlir.

— Je ne te le dirai pas deux fois, ajoutai-je d'un ton menaçant.

Elle fit un pas en arrière et je vis les larmes lui monter aux yeux.

— N'y pense même pas, la prévins-je d'un ton sec, ayant eu ma dose de femmes en pleurs pour la journée. Maintenant, *tire-toi*.

Les mots se répercutèrent dans tout le Quartier et plusieurs faë déguerpirent en direction de leurs résidences, avec parmi eux, Ignis et sa garce frigide.

Mais Mortus resta là où il était, ses yeux noirs et globuleux emplis de fureur.

— Je t'avais prévenu, Exos. Elle ne devrait pas être ici. Ta petite expérience est vouée à l'échec.

— Je te remercie de m'avoir donné ton avis, lui dis-je avec un soupçon d'arrogance et de mépris, ce qui le rendit encore plus furieux.

— Tu n'es qu'un petit con prétentieux. Comme ton père.

Je le regardai d'un air sévère.

— Tu es peut-être plus âgé que moi, mais ne te méprends pas, lui dis –je en faisant un pas vers lui. Je suis ton supérieur, à tous les niveaux. Alors maintenant, dégage. Avant que je ne t'y oblige.

Si j'avais offert à Ignis un simple aperçu de mon pouvoir, je ne retins rien face à cet imbécile et ouvris grand les vannes. Mon regard en était imprégné, saturé, et l'aura d'énergie tournoyait entre nous, puissante, menaçant de réduire son essence à néant.

Il ne s'inclina pas devant moi, comme l'aurait voulu la coutume, mais au contraire s'éloigna d'un pas furieux, les épaules rigides. Je le vis prendre la direction du domaine d'Elana plutôt que celle de ses propres quartiers.

Je soupirai tout en tournant la tête vers Titus toujours furieux qui se tenait près d'une Claire tremblante. Elle ne pleurait pas, et j'en remerciai les dieux, mais à son expression livide et ses épaules voûtées, je savais qu'elle n'était pas loin d'éclater en sanglots. À moins que ce ne soit le choc.

— Je-je n'ai pas…, balbutia-t-elle en levant ses yeux bleus vers moi quand elle sentit mon regard. Exos, je-je suis désolée. Je…

Je ne la laissai pas finir et la pris dans mes bras. Je

déposai un baiser dans ses cheveux, puis près de son oreille.

— Ça va aller, Claire.

Je la sentais trembler contre moi et secouer la tête.

— M-mais j'ai failli te tuer, bafouilla-t-elle. Et-et je ne me sou-souviens même pas d'avoir fait ça. Tout à l'heure, le feu que je ne pouvais pas contrôler, et maintenant ça. Je ne peux pas, Exos. Je suis tellement désolée. Je ne fais qu'empirer les choses. Et même quand j'essaie, je fais du mal aux gens. Je te fais du mal.

Cette dernière phrase n'était qu'un murmure, sa voix étranglée me brisant le cœur.

Il se passait quelque chose ici, quelque chose de malfaisant, parce que j'aurais pu jurer sur ma vie qu'elle n'avait rien à voir avec cette inondation Les signatures ne collaient pas. Et c'était pareil avec les flammes. J'avais *senti* son pouvoir au bar, et il était différent de ce que j'avais capté aujourd'hui.

Tout en secouant la tête, je pris son visage dans mes mains pour la forcer à me regarder.

— On va trouver une solution, princesse. Je te le promets.

Son visage s'effondra.

— J'ai entendu ce qu'ils disaient, Exos. Ils me détestent. À cause de ce que ma mère a fait. À cause des catastrophes que je n'arrête pas d'engendrer.

Elle prit une inspiration tremblante, comme si elle s'efforçait de contenir ses larmes.

— Tu ne devrais pas avoir à faire tout ça pour moi. Pas après… après tout ce qu'il s'est passé.

— Oh, Claire. Je *veux* faire ça pour toi.

J'effleurai ses lèvres des miennes, sachant d'ores et déjà que je le regretterais plus tard, mais en cet instant, rien ne m'était plus égal.

— C'est à moi de te protéger, princesse.

— Tu me connais à peine, répondit-elle si doucement que je faillis ne pas l'entendre.

— Tu penses comme une humaine, pas comme une faë.

Je frottai mon nez contre le sien, en souriant de notre situation ridicule. Elle n'avait aucune idée de ce qu'initier un lien signifiait, ce qui ne l'avait pas empêchée de tomber la tête la première dans notre connexion. Et même si elle pensait qu'elle ne me connaissait pas, ce n'était pas le cas de son esprit. Et j'en appelais à ça maintenant, à sa force intérieure, le besoin de la rassurer et de l'encourager prenant le dessus sur mon instinct. Il fallait qu'elle sache que j'étais là pour elle, que je croyais en elle et que j'étais certain qu'elle était capable de faire face à tout ça.

Arrête de lutter, me dis-je à moi-même. *Laisse-la voir.*

Je pressai ma bouche sur la sienne et glissai mes doigts dans ses cheveux pour incliner sa tête comme je le désirais. Elle s'agrippa à ma chemise, alors que je sentais ses lèvres s'ouvrir sous l'effet de la surprise. Je glissai ma langue dans sa bouche, ma prise sur elle se resserrant alors que je prenais le contrôle, l'embrassant *vraiment*. Rien à voir avec ce baiser au bar, ce pari. C'était un véritable baiser, échangé entre deux amants, pas de simples connaissances.

Je voulais qu'elle me connaisse, qu'elle garde mon goût dans sa bouche pour le reste de la semaine, qu'elle découvre réellement ce que signifiait notre connexion et qu'elle en désire toujours plus.

Mais plus important encore, je voulais qu'elle croie en elle autant que moi, je croyais en elle.

Tout ce que j'avais dit à propos de l'exiler dans le Royaume de l'Esprit n'était que des menaces en l'air, des mots balancés dans le but de l'énerver et l'enhardir. Mais cette tactique n'avait pas fonctionné comme je l'avais espéré.

J'étais donc passé au plan B, et c'était là ma nouvelle façon de lui montrer mon soutien et de lui laisser voir une partie de moi que je n'avais partagée avec personne d'autre.

Son esprit effleura le mien et je sentis l'énergie chauffer entre nous et s'élever dans la nuit qui nous entourait. *C'est ça*, l'encourageai-je. *Danse avec moi.*

Le pouvoir jaillit tout autour de nous, nos âmes se mêlant l'une à l'autre dans une vague de pure existence à laquelle seuls les Faë de l'Esprit avaient accès. L'émerveillement sublima notre lien. Je sentis sa surprise, si douce et si naïve, et ne pus m'empêcher de sourire contre sa bouche.

— Voilà ton esprit, princesse, murmurai-je.

Puis, j'approfondis notre baiser avant qu'elle n'ait eu le temps de dire quoi que ce soit. Je la couvris d'adoration et d'encouragement de la seule manière que je savais possible. En la laissant accéder à mon cœur. C'était là la source et l'ancre de notre lien, là où les éléments vivaient en nous. Une partie secrète de nous-mêmes à laquelle seuls deux compagnons pouvaient accéder. Et je lui ouvris la mienne, lui offris l'expérience la plus intime qui soit pour notre espèce.

Mais elle en avait besoin pour trouver ses repères. Elle avait besoin de *sentir* mon courage pour assumer le sien, d'emprunter un peu de la foi que j'avais en elle pour voir jusqu'où cette connexion pourrait nous mener si on lui donnait une chance.

Ça va aller, tu vas t'en sortir.

Tu peux le faire.

Je suis là pour t'aider.

Fais-moi confiance.

Laisse-moi te chérir.

Elle ne pouvait pas entendre mes pensées, mais elle les ressentait. Et l'émotion que j'y insufflais la fit se détendre dans mes bras et répondre à mon baiser. Elle était tellement douce et encore hésitante, mais tellement addictive. Si nous n'avions pas été dehors, trempés de la tête aux pieds, j'aurais été plus loin. Mais je sentais déjà en moi qu'Elana sollicitait ma présence. Un simple tiraillement, léger et volatil, un appel qui n'existait qu'entre Faë de l'Esprit.

Une autre réunion allait avoir lieu.

Et je devais m'y rendre afin de protéger Claire.

Je pressai mon front contre le sien en soupirant profondément. C'était comme si sa langue manquait déjà à la mienne. Mais nous reprendrions ça plus tard, quand j'aurais garanti sa sécurité.

— Tout va bien se passer, lui promis-je. Mais il faut que j'aille m'occuper de Mortus.

— Pourquoi ce nom me dit quelque chose ? me demanda-t-elle, les sourcils froncés comme si elle cherchait dans sa mémoire.

Je me raclai la gorge. Titus avait sûrement dû lui raconter l'histoire.

— Mortus est le faë contre qui ta mère s'est battue.

Un éclair passa dans ses yeux bleus alors que tout son corps se crispa à nouveau.

— C'est lui… ? balbutia-t-elle. Oh, mon Dieu…

Je pris à nouveau son visage dans mes mains, déposant un baiser d'abord sur ses lèvres, puis sur son front.

— Ne t'en fais pas, princesse. Je vais me charger de lui.

— Mais il doit me détester, dit-elle en me regardant dans les yeux. Je suis le produit de l'infidélité de ma mère.

— Et ce n'est pas *ta* faute, lui dis-je en enroulant ma main autour de sa nuque. Tu ne dois pas te sentir coupable pour des décisions ou des actions sur lesquelles tu n'as aucun contrôle. C'est clair ?

Elle déglutit, mais hocha la tête, les pupilles dilatées.

— Bien.

Je l'embrassai sur la tempe avant de jeter un œil à Titus. Ayant assisté à la scène, des flammes brillaient à présent dans ses yeux.

Tu vois à présent ce que ça fait, lui dis-je d'un regard, sachant moi-même exactement ce qu'il pouvait ressentir. Parce que j'avais ressenti le même sentiment de jalousie et d'agacement quand je les avais trouvés tous les deux nus dans le lit. Mais contrairement à lui, j'avais déjà compris que Claire aurait certainement besoin de plus d'un compagnon pour contrebalancer ses pouvoirs. C'était ce qu'il s'était passé avec ma mère, après tout. Et c'est pourquoi Cyrus et moi n'avions pas le même père.

Bien évidemment, ça ne voulait pas dire que je devais accepter le même sort.

Mais quoi qu'il en soit, nous n'avions pas le temps de nous battre pour elle. Ce dont elle avait besoin avant tout, c'était de notre protection. Et en cet instant, il était le seul en qui j'avais confiance pour la garder saine et sauve.

— Est-ce qu'elle peut rester avec toi pour le reste de la nuit ? lui demandai-je.

Sa réponse fut immédiate.

— Oui.

— Ça risque de prendre un peu de temps, ce qui veut dire que tu manqueras sûrement les cours aujourd'hui. Claire ne sera prête à se joindre aux cours qu'une fois qu'on aura établi certaines règles de base concernant les interactions entre étudiants.

Pas pour protéger les étudiants, mais pour la protéger *elle*. Toutes les choses horribles qui avaient été dites à son sujet au cours des dernières vingt-quatre heures étaient inacceptables et devaient cesser immédiatement.

Bordel, l'Académie ne m'avait pas manqué. Pas du tout même.

— OK, répondit Titus en baissant les yeux vers Claire, qui avait l'air d'une statue de sel. Je ne laisserai rien lui arriver.

— Je sais.

Et c'était vrai. Jamais je n'aurais laissé Claire avec lui si je ne le pensais pas. Mais c'était elle qui avait l'air d'avoir besoin d'être convaincue.

Tiens, tiens. Comme le vent avait tourné.

Je secouai la tête, amusé.

Avant de décider de donner un coup de pouce à Titus.

— Ignis est une garce, Claire, lui dis-je en relevant son menton pour la forcer à me regarder. Elle s'est servie d'une potion illégale pour le séduire. Je l'ai senti à la seconde où je l'ai vu hier. Ne lui en veux pas trop, d'accord ? Ce n'est pas totalement un con.

Je lui fis un clin d'œil pour adoucir l'insulte.

Elle me regarda, l'air confus.

— Une potion ?

— Je le laisse t'expliquer ça.

Je lui déposai un autre baiser sur la bouche, parce que je le pouvais et que je le voulais, avant de la relâcher pour de bon.

— Reste avec Titus jusqu'à mon retour, d'accord ?

Elle se lécha les lèvres, le regard brillant.

— Euh, oui. D'accord.

Je souris d'un air peut-être un peu trop satisfait en voyant l'effet que je lui avais fait.

— Ne fais pas de bêtises, princesse. Je reviens vite.

Enfin, j'espère.

Tout dépendrait du Conseil et du nombre de personnes

que j'allais devoir supplier. Personne ne me croirait si je leur disais que ce que j'avais senti ne venait pas de Claire. Ce qui voulait dire que j'allais avoir besoin d'une autre approche.

Et heureusement, j'en avais une.

Il allait juste falloir qu'ils l'acceptent tous.

CLAIRE

Je ressentais comme des picotements sur mes lèvres tandis que je suivais un Titus silencieux vers sa résidence.

Exos m'avait embrassée.

Genre, vraiment embrassée.

Et waouh, que c'était bon.

Il avait réveillé quelque chose en moi, quelque chose de vivant et de flamboyant : mon esprit. Je le sentais à chacun de mes pas, son énergie chaude et familière donnant plus de force à mon souffle. Tellement de pouvoir. Tellement de *vie*.

Ça m'avait d'abord choquée, avant de me terrasser. Il s'était ouvert à moi d'une manière que je ne comprenais pas bien, qui m'avait fait le *voir* vraiment. J'avais eu le sentiment de le connaître depuis toujours, mon cœur faisant instinctivement confiance au sien pour me guider.

Pour une fois dans ma vie, je n'avais pas cherché à tout analyser, pas essayé de comprendre le *pourquoi du comment*. Je l'avais juste laissé faire. Je m'étais ouverte à l'expérience. Et j'avais *aimé* ça. Ça n'avait peut-être pas été ni l'endroit ni le moment pour le faire, mais qu'est-ce que ça pouvait bien faire ? C'était arrivé. C'était fait. Et je n'en regrettai aucune seconde.

Enfin, peut-être que je le regrettais un peu maintenant, le regard posé sur le dos puissant de Titus. Essentiellement parce que voir l'étendue de sa peau bronzée me rappelait que j'avais passé la nuit dernière avec lui. Et que j'avais embrassé Exos ce soir même, comme s'il était mon seul amant.

Et j'en avais voulu à Titus d'avoir couché avec Ignis la nuit précédant notre rencontre ?

Ouais, ça fait de moi une hypocrite.

Merde. Il fallait que je lui dise que j'étais désolée, mais je ne savais pas comment. Parce que je ne me sentais pas coupable d'avoir embrassé Exos. Ce baiser avait été trop bon pour que je le dévalorise avec des excuses.

Je nageais en pleine confusion. Surtout que mon attraction pour Titus était toujours présente, se faisant même évidente lorsque je passai devant lui qui me tenait la porte ouverte. La peau nue de son abdomen me brûla presque le bras, la chaleur intense de ce contact me faisant trébucher.

Il m'attrapa le coude pour m'empêcher de tomber, son contact sur ma peau telle une marque au fer rouge.

Je viens juste d'embrasser Exos. Passionnément. Je ne devrais pas me sentir aussi attirée par Titus !

Je m'éloignai de lui en déglutissant et attendis qu'il me montre le chemin, incapable de croiser son regard. Pas parce que j'étais en colère contre lui, mais parce que je n'étais pas certaine de pouvoir me contrôler.

Il émit un grognement irrité avant de passer devant moi. Je ressentis comme un courant d'air froid sur mon coude à la perte de son contact, mais une énergie électrique continuait de vibrer dans ma bouche.

Je ne peux pas avoir les deux.

Sauf que… j'aimerais quand même bien les avoir tous les deux.

Je ne comprends plus rien.

Contente-toi de suivre Titus !

Je secouai la tête pour y chasser la confusion qui y faisait rage et le suivis, mes mains fermement serrées devant moi. Nous montâmes jusqu'au deuxième et dernier étage avant de nous arrêter devant la deuxième porte du couloir.

Toujours sans rien dire, il me fit signe d'entrer.

Et je restai alors sans voix, trop captivée par la vue.

Sa chambre était pourvue de fenêtres allant du sol au plafond et donnant sur une partie du campus que je n'avais pas encore vue, éclairée par la lune et les étoiles. Une sorte de jardin luxuriant regorgeant de plantes et de fleurs rayonnantes.

Je m'approchai de la vitre et admirai les lianes enchantées qui s'enroulaient et poussaient à une vitesse incroyable, puis se taillaient elles-mêmes pour permettre à encore plus de fleurs d'éclore. Chaque seconde était une nouvelle évolution, le jardin se mouvant et se transformant à une cadence vertigineuse.

— Ce bâtiment est juste derrière le Quartier de la Terre, expliqua-t-il en venant se mettre à côté de moi. Ce jardin nous sépare, mais il y a des chemins qui le traversent. Évidemment, ils bougent constamment pour s'adapter à la végétation, ce qui fait qu'on peut facilement s'y perdre.

— Waouh.

Je caressai la vitre comme pour toucher une des fleurs

qui rayonnaient plus bas, envoûtée par la magie qui se déversait sur l'immense jardin. Je ne pouvais même pas voir les résidences de l'autre côté de toute cette verdure.

— C'est…

Incroyable ? Du jamais vu ? Je ne trouvais pas les mots.

— Ouais, c'est quelque chose, hein ? répondit-il en passant ses doigts dans ses cheveux avant de faire un pas en arrière.

— Tu veux, euh, que je te prête des vêtements ?

Je baissai les yeux sur ma tenue trempée et rougis en réalisant à quel point ma robe était devenue révélatrice.

— Euh, oui, je veux bien. S'il te plaît.

Il hocha la tête avant de s'éloigner et d'entrer dans une chambre. Le reste de la pièce me rappelait le dortoir où Exos m'avait emmenée, avec tous les équipements modernes sombres, les sols en pierre, les murs carbonisés et les meubles ignifugés.

Titus revint avec un short et un t-shirt.

— Tiens. La salle de bains est là-bas.

Il indiqua sa chambre.

— Tu n'as pas de colocataire ? lui demandai-je après avoir remarqué que c'était la seule autre porte de l'appartement.

— Non. Je ne suis pas très sociable.

Son ton froid me fit me mordre la lèvre et je hochai la tête.

— Je vois. Je vais aller me changer.

Je traversai rapidement sa chambre pour aller dans la salle de bains, ne voulant pas envahir son intimité plus que je ne l'avais déjà fait.

Et je le trouvai en train de m'attendre sur son lit quand j'en sortis. Son regard glissa sur mon t-shirt et mon short et un léger sourire retroussa ses lèvres.

— Mes vêtements te vont bien, Claire.

Oh. Je m'empourprai à nouveau devant l'éclat sombre de son regard vert.

— Je, euh, merci ?

Je ne pus empêcher ma voix de partir dans les aigus en prononçant ce dernier mot et fus prise d'une autre bouffée de chaleur.

Je suis vraiment dans la merde, réalisai-je soudain, le souffle court. *Je les désire vraiment tous les deux.* C'était tellement mal. Je ne pouvais pas faire ça, je ne pouvais pas hésiter entre les deux comme ça. Mais chacun d'eux éveillait différentes parties de moi. Des parties de moi que je ne comprenais pas. *Mes éléments.*

Titus expira doucement en passant ses doigts dans ses cheveux épais.

— Écoute, je sais que j'ai merdé. Enfin, en quelque sorte, se corrigea-t-il en secouant la tête. Ignis est une garce. Elle a essayé de forcer un lien entre nous avec une potion de séduction. Et parce que son pouvoir correspond plus ou moins au mien, elle est parvenue à m'attirer dans son lit. Mais je ne la supporte pas. Jamais je ne voudrais être avec elle, Claire.

Je serrai mes mains devant moi sans savoir quoi dire. Ce ne serait pas juste de ma part de lui en vouloir, pas après la manière dont je venais de me comporter. Pourtant, entendre son explication me rassurait un peu. Jusqu'à ce que me revienne à l'esprit le reste de l'histoire.

— Et le pari alors ?

Il me regarda d'un œil sévère.

— Tu penses vraiment que je ferais tout ça juste pour remporter un pari à la con ?

Est-ce que c'était vraiment ce que je pensais ? Je me mordis la lèvre en réfléchissant à la question, ce qui eut pour effet de lui faire monter le rouge aux joues.

— Je suis conscient que tu ne me connais pas encore

très bien, mais tu devrais être capable de discerner mes intentions. Sérieusement, Claire ! Je me suis lié à toi volontairement. Certes, je suis compétitif, mais pas *à ce point*.

Il se leva pour se diriger vers la fenêtre, les épaules crispées. Il secoua la tête.

— Je pourrais tuer Ignis.

Cette dernière phrase me fit sourire. Je n'étais pas insensible à l'idée de l'étrangler moi-même.

— Oui, c'est bien une garce, approuvai-je en le rejoignant près de la fenêtre.

Un bouquet de fleurs violettes s'était formé, chacune d'entre elles libérant dans l'air des cristaux qui tournoyaient gracieusement autour des lianes mouvantes.

Nous restâmes ainsi en silence pendant un moment. Je ne m'étais pas rendue compte jusqu'à présent que j'avais besoin de cet instant de calme. De prendre quelques instants pour réfléchir à la situation et organiser mes pensées. À propos d'Exos. De Titus. De ce lieu. De *moi-même*.

Je fis jaillir une petite flamme de feu sur le bout de mes doigts et je souris de me sentir tellement différente de la personne que j'étais avant. Puissante et bien réelle.

Je n'avais pas arrêté de lutter contre cette nouvelle réalité depuis que j'étais arrivée ici, de me braquer contre Exos et de ne vouloir qu'une chose : me cacher. Je m'étais perdue dans mon chagrin la nuit dernière. Et m'étais réveillée avec un poids encore plus lourd sur le cœur. Mais Exos m'avait fait quelque chose. Il avait réveillé quelque chose en moi, quelque chose d'inconnu jusque-là.

Et à présent, tout me semblait normal, naturel.

Je regardai la flamme danser sur ma peau. Ce monde dans lequel j'étais entrée était réellement magnifique et unique. Je pouvais être qui je voulais ici. Quelqu'un d'important. On me donnait l'opportunité de prouver à tout le monde qu'ils avaient tort. C'était le défi ultime. Et il fallait juste que je sois assez forte pour l'accepter. Assez persévérante pour réussir à maîtriser ces éléments. Assez sage pour faire confiance aux bons mentors.

À commencer par l'homme qui se trouvait à côté de moi.

— Je crois qu'il n'y a jamais eu de pari, lui dis-je en pensant tout haut. Je pense qu'Ignis a tout inventé.

Il eut un petit rire empreint de mépris.

— J'en suis même certain. J'ai été voir une douzaine de faë qui seraient assez stupides pour tenir un pari pareil, mais aucun d'entre eux n'en avait même entendu parler. Elle ne raconte que des conneries.

— Je ne sais pas si je dois me sentir offensée ou flattée par ses tactiques. Elle a vraiment l'air de se donner à fond pour ruiner ma réputation. Alors qu'elle ne me connaît même pas.

— Ça fait des mois qu'elle s'est mise dans la tête qu'on allait se mettre ensemble. Elle et moi, je veux dire. Mais ça n'arrivera jamais, dit-il en frissonnant, clairement répugné par l'idée. Je ne suis pas un saint, Claire. Je suis sorti avec beaucoup de filles. Mais je suis loyal.

Il se tourna pour me regarder droit dans les yeux.

— Je suis complètement dévoué à notre lien. Et le resterai jusqu'à ce que tu me dises le contraire.

Mon cœur manqua un battement. *Oh, mon Dieu.*

— Mais j'ai embrassé Exos, lâchai-je maladroitement. Je veux dire, c'est… Eh bien, je…

Je secouai la tête, irritée par mon incapacité à formuler une phrase qui avait du sens.

Titus rit doucement.

— Il t'a embrassée, ma belle.

Il se rapprocha de moi et je sentis la chaleur de son

corps réchauffer le mien alors qu'il me coinçait contre la vitre.

— J'ai déjà accepté le fait qu'il ait initié une connexion avec toi, Claire.

Il posa une de ses paumes sur la vitre juste à côté de ma tête, avant de placer l'autre sur ma hanche.

— Tout comme il a accepté mon lien avec toi.

Je déglutis.

— Oh, fut tout ce que je parvins à dire, le seul mot qui semblait me rester de mon vocabulaire.

D'abord, Exos. Maintenant, Titus. Ces hommes allaient me déclencher une crise cardiaque s'ils continuaient à abuser de leurs pouvoirs de séduction.

Il sourit et se pencha vers moi, ses iris capturant les miens.

— Est-ce que tu pensais que le fait qu'il t'embrasse allait mettre à mal ma revendication, Claire ? Parce que je vais te prendre ici et maintenant pour te prouver que tu as tort. Ton feu est tout à moi, ma belle, et c'est une partie de toi que je ne partage pas.

J'eus soudain la bouche sèche alors que ses paroles me donnaient la chair de poule.

— Donc, euh, cela t'est égal que j'aie embrassé Exos ?

— Oh, non, ça ne m'est pas égal, dit-il doucement en se rapprochant davantage. Ce que je veux dire, c'est que je comprends et respecte ton besoin de sortir avec nous deux à la fois. Parce que ce que nous avons n'est pas comparable. Toi et moi, nous sommes le feu, ma belle. Et le feu n'est que passion.

Il lécha ma lèvre inférieure et de petites flammes suivirent le trajet de sa langue.

— Tu me pardonnes, ma belle ? Ou est-ce que tu veux que je rampe à tes pieds ?

Est-ce que ce ne serait pas plutôt à moi de le supplier

de me pardonner ? D'avoir failli les brûler vivants, lui et Ignis ? D'avoir embrassé Exos sous ses yeux après avoir passé la nuit ensemble ?

— Je suis tellement perdue, avouai-je.

— Est-ce que je peux te faire une suggestion ? me dit-il en plaquant ses hanches contre les miennes.

— O-oui, balbutiai-je. S'il te plaît.

J'aurais fait n'importe quoi pour résoudre le puzzle de mes pensées.

— Arrête de réfléchir, murmura-t-il alors que des braises crépitaient entre nos bouches. Laisse-toi aller à ressentir les choses.

Il posa ses lèvres sur les miennes. Son baiser était très différent de celui d'Exos. Je savais que je ne devais pas les comparer, mais c'était difficile de faire autrement étant donné le peu de temps qui s'était écoulé entre les deux baisers.

Malgré tout, j'oubliai toutes mes réticences quand Titus glissa sa langue dans ma bouche. Ses caresses habiles me consumèrent, sa chaleur absorba la mienne. Je m'arquai contre lui pour en avoir plus. Il grogna en resserrant sa prise sur ma hanche.

— Titus, lâchai-je dans un souffle alors que des flammes jaillissaient partout sur ma peau.

Il me souleva pour plaquer mon dos contre la vitre et enroula mes jambes autour de sa taille. Il empoigna mes cheveux et attira mon visage vers le sien pour dévorer ma bouche, volant tout l'air de mes poumons.

Tellement torride.

Mais alors que je menaçais de perdre le contrôle de mon feu, le sien apaisa le brasier qui bouillonnait en moi, envoyant les éléments autour de nous tournoyer dans une danse érotique. Il avait raison. Personne ne pouvait toucher à cette partie de nous, pas même Exos.

Mon feu appartenait à Titus.

Tout comme mon esprit appartenait à Exos.

J'acceptai enfin la situation, mon esprit trop épuisé pour lutter plus longtemps contre l'évidence. Je les voulais tous les deux, et je les aurais tous les deux, aussi longtemps qu'ils voudraient de moi. Titus avait raison. Je devais arrêter de réfléchir et vivre le moment présent.

Je passai mes bras autour de son cou et glissai mes doigts dans ses mèches auburn avant de m'y agripper. Il grogna contre ma bouche, approfondissant le baiser et attisant davantage le brasier dans mon bas-ventre.

Exos avait éveillé un besoin en moi.

Et Titus le poussait encore plus loin.

Ce baiser m'étourdissait et m'excitait terriblement. Ces deux hommes me touchaient de manières totalement différentes, et pourtant tout semblait comme interconnecté en moi en un réseau complexe d'éléments. J'avais besoin d'un exutoire, d'un moyen sûr de libérer une partie de ma puissance refoulée. Et Titus me le fournissait en appelant mon Feu à lui et en l'enveloppant dans le sien. La pièce tout entière brillait de lumière, *notre* lumière.

Je me sentais en sécurité ici.

Protégée.

Vivante.

— Encore, murmurai-je en faisant glisser ses mains sur la peau nue de son dos. J'en veux plus, Titus.

Il sourit contre ma bouche.

— Tu veux jouer avec le feu, ma belle ?

Je hochai la tête.

— Oui.

Il était mon exutoire et j'avais besoin de lui.

— S'il te plaît.

— Mmmh.

Il attrapa le bas de mon t-shirt pour le faire passer par-dessus ma tête. Mes seins durcirent à l'air libre malgré la chaleur qui régnait dans la pièce. Il me reposa au sol tout en m'embrassant, puis ses mains se posèrent sur l'élastique de mon short.

— Tu es sûre ?

Je ne savais pas si l'on parlait toujours de jouer avec le feu ou s'il me demandait ma permission de me déshabiller. Mais que ce soit l'un ou l'autre, ma réponse était la même.

— Oui.

La chaleur caressa mes jambes lorsqu'il fit glisser l'étoffe le long de mes jambes. Le short se retrouva à mes pieds, me laissant nue face à lui. Il fit glisser son regard sur moi et je vis ses pupilles se dilater.

— Oh, je sens que je vais adorer ça.

Il me souleva à nouveau avant que je n'aie le temps de répondre et m'allongea sur le lit.

Mon pouls tonnait dans mes oreilles et mes mamelons se dressèrent jusqu'à devenir des pointes douloureuses de désir. *Qu'est-ce qu'il va faire maintenant ? Qu'est-ce que je veux qu'il fasse ?*

Je me léchai les lèvres et me cambrai sur le lit, submergée par le désir. Puis je le vis se diriger au pied du lit et poser ses paumes sur la couverture à côté de mes chevilles.

Ce n'était pas du tout ce à quoi je m'attendais.

— Titus ?

— Chut, murmura-t-il en passant un doigt sur l'arche de mon pied. Laisse-toi aller.

Une traînée de flammes grésilla le long de mes chevilles, diffusant de la chaleur dans mes veines et invitant mon propre élément à participer.

— Tout est une question de danse.

Je sentis une sensation semblable à de la lave en fusion tourbillonner sur ma peau et grimper langoureusement le long de mes jambes. Chacun de ses baisers grésillait contre ma chair.

— Oh…

Je me tortillai sur le lit en serrant mes cuisses l'une contre l'autre alors que les flammes continuaient à remonter le long de mon corps.

— C'est…

— Amusant ? proposa-t-il en se penchant pour me lécher le côté du genou.

Il s'agenouilla sur le lit.

— Torride ? se hasarda-t-il encore alors que sa bouche suivait les braises qui montaient toujours plus haut le long de mes cuisses.

— Excitant ? dit-il enfin alors que la chaleur atteignait mon intimité moite, provoquant une série de tremblements dans tous mes membres.

C'était si *nouveau*. La plupart des mecs se contentaient de tâtonner et de me toucher comme bon leur semblait, mais les mouvements de Titus étaient délibérés. Habiles. Érotiques au possible.

Et le recours à notre élément commun ne faisait que magnifier le moment, suscitant en moi une passion qui ne demandait qu'à se déchaîner. Je m'entendis dire son nom, et cela sonnait comme une supplication, une vénération, une prière pour en avoir plus. Il intensifia la pression de son don, créant un brasier qui enveloppait mon corps, enflammait la pièce et incendiait mon âme.

— Tu es magnifique comme ça, trempée de mon pouvoir, chuchota-t-il en faisant glisser ses lèvres de ma hanche à mon bas-ventre. Je veux te goûter, Claire. Est-ce que je peux ?

Je déglutis, mon cœur battant à tout rompre et mon être débordant littéralement de feu et d'énergie.

— Oui, soufflai-je, fébrile. Oui !

Le besoin de laisser éclater mon désir se faisait de plus en plus pressant. Mon ventre n'était plus qu'un paquet de nerfs, désespéré de trouver un exutoire. Et oh, bon sang, qu'est-ce que c'était excitant ! Je pouvais à peine respirer, à peine penser.

Il n'y avait que Titus.

Il n'y avait que la sensation de sa chaleur sur ma peau et de ses lèvres qui me touchaient *juste là*.

Je me cambrai contre le lit et sa main se posa sur mon ventre pour me plaquer au matelas. Et soudain, tout se déchaîna autour de nous. Un tel feu. Une telle chaleur. C'était tellement... *Titus*.

Il fit glisser sa langue contre ma chair humide, sa bouche était un miracle entre mes cuisses. J'emmêlai mes doigts dans ses cheveux, le retenant contre mon intimité alors que des braises remontaient depuis mon abdomen jusqu'à mes seins. Au fond de moi, une petite voix me disait que cela aurait dû me faire mal, mais mes éléments la firent taire. Je n'avais jamais ressenti une sensation pareille.

Le chaud et le froid.

La lave et la glace.

L'euphorie se mêlait à l'excitation, réveillant en moi une force dévastatrice qui ne demandait qu'à être libérée. Il prit mon clitoris entre ses dents, le mordillant juste assez pour m'envoyer des frissons dans tout le corps et me forcer à plonger les yeux dans les siens. Le désir qui se reflétait dans ses iris vert forêt me fit perdre la tête et je poussai un cri bestial lorsque l'orgasme me frappa, un cri qui résonna probablement dans tout le monde des Faë.

Et je m'en fichais, trop consumée par le plaisir qui inondait mes veines. Je restai paralysée, sans pouvoir rien faire que d'essayer de me rappeler comment respirer. Des cendres semblaient recouvrir ma langue, des flammes envahir ma gorge. Et puis, il y eut la bouche de Titus sur moi, qui me possédait, m'apprenait à exister au-delà des éléments. Elle m'aidait à maîtriser le brasier, à le contrôler, à le ramener en moi et à l'apaiser par quelques caresses.

Extraordinaire était un mot insuffisant pour décrire ce qui venait de se passer.

Je clignai des yeux dans la pénombre, sous le choc. C'était comme si une bombe avait explosé en moi, faisant trembler les fondations de ce monde. Pourtant, sa chambre était telle qu'elle était avant et le jardin brillait toujours de l'autre côté des fenêtres.

— C'était..., commençai-je avant de m'éclaircir la gorge, la voix éraillée par mes cris de plaisir. C'était...

Non. Le bon mot ne me venait vraiment pas.

— Stupéfiant me paraît être une description trop fade.

— Je prends ça comme un compliment, gloussa-t-il en me prenant dans ses bras avant de déposer un baiser sur mon front. Fais-moi savoir quand tu seras prête pour rejouer.

— Encore ?!

Je sentais à peine mes bras et mes jambes. Oh, mais je ne lui avais pas rendu la pareille ! C'était sûrement ce qu'il voulait dire. Je roulai sur le côté et posai ma main sur son abdomen d'acier, explorant les creux et les monts de ses muscles jusqu'à atteindre la ceinture de son pantalon. Il m'attrapa le poignet et le porta à ses lèvres pour y déposer un baiser.

— Par « rejouer », je voulais dire avec toi, ma belle. Et après que tu auras dormi un peu.

Il plaça ma main sur son cœur.

— Il n'est que trois heures du matin. J'ai besoin d'un peu de repos.

Il embrassa délicatement le sommet de mon crâne, provoquant chez moi une vague de bien-être.

— Tu es sûr ? lui demandai-je en bâillant.

— Oui, ma belle, m'assura-t-il en riant. J'en suis sûr.

Il tira les couvertures sur nous, et je me blottis contre lui, me servant de son épaule comme d'un oreiller.

— D'accord. Je ne dirais pas non pour dormir un peu, admis-je.

— Je sais, répondit-il avec un autre baiser et en me serrant davantage contre lui. Bonne nuit, Claire.

— Bonne nuit, Titus, murmurai-je tout en fermant les yeux, plongeant très vite dans un état de béatitude.

Je pourrais toujours le réveiller plus tard pour lui renvoyer l'ascenseur. Mais pour l'instant, j'étais reconnaissante de ce répit et j'allais juste… me reposer.

CLAIRE

QUELQUE CHOSE de doux effleura mes lèvres, me tirant de mon cocon de chaleur. Une paire d'yeux bleus perçants me souriait, et je leur souris en retour. *Exos.*

Il inclina sa tête sur le côté d'un air attendrissant.

— Bonjour, me chuchota-t-il.

— Bonjour, lui répondis-je en étirant les jambes.

Ces mêmes jambes qui étaient entrelacées avec celles de Titus.

Qui était toujours endormi derrière moi, son torse pressé contre mon dos nu.

Merde.

Exos s'agenouilla près du lit, son regard à présent au même niveau que le mien. Il repoussa une boucle de cheveux de mon visage avant de poser sa main sur ma joue.

— Tout va bien, Claire, dit-il d'une voix si basse que je fus parcourue d'un frisson. Mais je dois avouer que je suis un peu jaloux que tu dormes nue avec lui, et toute habillée avec moi.

Son regard glissa sur le bras de Titus enroulé au-dessous de ma poitrine, mes seins complètement exposés à cause du drap fugitif.

Je me mordis la lèvre en grimaçant.

— Je…

Je voulais m'excuser, mais je ne savais pas comment. Parce que je ne ressentais aucun remords d'avoir passé la nuit avec Titus, mais je me sentais coupable de l'avoir fait si peu de temps après avoir embrassé Exos.

— Je… repris-je en m'éclaircissant la gorge, incertaine de la marche à suivre. Désolée.

Il se pencha plus près de moi, ses yeux bleus redoublant d'intensité lorsqu'ils se posèrent sur mon visage.

— Tu n'as pas à t'excuser, murmura-t-il en effleurant ma bouche de la sienne. Tu possèdes cinq éléments, Claire. Des éléments puissants. Tu dois trouver un équilibre.

Je fronçai les sourcils. Il n'était quand même pas en train d'insinuer que j'avais besoin de cinq faë pour maîtriser tous mes éléments ? Parce que ce serait complètement dingue. Je pouvais déjà difficilement gérer ces deux hommes, comment je pourrais en gérer *cinq* ?!

Il pressa à nouveau ses lèvres sur les miennes, un baiser doux et apaisant tandis que Titus sortait du sommeil derrière moi.

Oh oh…

— Comment ça s'est passé ? demanda-t-il contre mon oreille d'une voix encore endormie, mais sexy au possible.

— On a conclu un accord, lui répondit Exos, ses mots effleurant mes lèvres. Le Conseil a accepté ma requête.

Nous allons entraîner Claire dans le Quartier de l'Esprit et préparer ses pouvoirs pour l'Académie. Si on parvient à leur prouver qu'elle est stable, ils l'autoriseront à suivre les cours.

Il s'arrêta un instant pour m'embrasser avant de regarder par-dessus mon épaule.

— Tu es exempté de cours en raison de cette réaffectation temporaire, dit-il en s'adressant à Titus.

— Bien, répondit celui-ci en glissant sa main depuis mon estomac jusqu'à ma hanche sous les couvertures. Je suppose qu'on va être tous les trois transférés aujourd'hui ?

— Oui. Nos nouveaux quartiers sont en train d'être arrangés en ce moment même.

Exos pencha sa tête et frotta délicatement son nez contre le mien tandis qu'il me redonnait toute son attention.

— Le Quartier de l'Esprit est abandonné, mais ça nous donne toute la place dont nous avons besoin pour nous entraîner. D'accord ?

Je déglutis, un peu gênée d'être prise en sandwich entre ces deux hommes si incroyablement beaux. Et maintenant ils voulaient que je vive avec eux deux ?

— Je crois bien que tu lui as fait perdre sa langue, *Votre Altesse*, murmura Titus, ses lèvres tout contre mes cheveux. Tu devrais peut-être l'aider à retrouver la parole ?

— Hum, oui, c'est comme si le fait que je la surprenne, *encore une fois*, nue dans ton lit l'avait soudain rendue timide.

Ses yeux vagabondèrent sur ma poitrine, et sous le poids de son regard, la pointe de mes seins durcit. Mon corps, tiraillé entre émerveillement, confusion et sensations, s'embrasa.

— Des suggestions pour y remédier ?

— Oh oui. Plusieurs, même.

Titus fit glisser sa main sur mon bas-ventre pour m'attirer contre lui, ce contact laissant comme une marque au fer rouge sur ma peau.

—J'ai montré à Claire comment on joue avec le feu.

— Oh, vraiment ? dit Exos en se redressant, ses doigts agiles se mettant à danser le long de sa chemise pour en faire sauter un par un les boutons.

Oh non, ce n'est pas possible.

Je dois être en train de rêver.

— Vous… vous ne vous entendez même pas tous les deux, balbutiai-je avant de me maudire de ne pas avoir su me taire. *Tu essaies de tout gâcher ou quoi ?*

Exos esquissa un sourire.

— Peut-être pas, mais on t'aime tous les deux, Claire.

L'étoffe recouvrant son torse s'écarta, dévoilant un physique tonique. S'il était plus svelte que Titus, ses muscles étaient néanmoins tout aussi bien définis et lui donnaient une véritable allure princière. Et vu son titre, cela lui allait à merveille.

— Ce n'est pas tous les jours qu'une Faë de l'Esprit prend deux compagnons, même si c'est déjà arrivé. Notre affinité pour un élément secondaire est parfois si puissante qu'il nous faut trouver un exutoire pour la canaliser. Et visiblement, un feu immense brûle en toi.

Il termina de retirer sa chemise, puis la plia avant de la poser sur la table de nuit près du lit.

—Je pense que je pourrais me faire à cet arrangement, si cela vous convient aussi à tous les deux, ajouta Titus tout en traçant de son pouce un cercle hypnotique autour de mon nombril.

Je résistai à l'envie de me pincer, certaine que tout ceci n'était que l'œuvre de mon inconscient qui se repaissait de ce scénario indécent. Mais quand je sentis le matelas s'affaisser sous le poids d'Exos et que je vis ses yeux assombris de désir rivés sur mes seins, je pris soudain conscience que jamais je ne m'étais sentie aussi vivante.

— Tu as beaucoup de pouvoir en toi, princesse. Et c'est un moyen comme un autre de t'aider à te décharger de ton trop-plein d'énergie. On l'absorbera pour toi. Si c'est ce que tu veux, bien sûr, reprit Exos en s'allongeant près de moi et jouant avec une mèche de mes cheveux qui avait glissé sur ma joue. Je t'ai sentie jouir à travers notre lien, Claire. Et maintenant, je veux voir ça de mes propres yeux.

J'ouvris la bouche, hébétée, et mon sang se mit à bouillir.

— Je vais vraiment finir par croire que tout ça est réel, murmurai-je.

Titus et Exos gloussèrent, leur chaleur collective me consumant de tous les côtés. Titus glissa sa main plus bas, explorant l'apex entre mes cuisses.

— C'est bel et bien réel, ma belle, dit-il contre mon oreille.

Je frissonnai tout en me léchant les lèvres. Exos suivit ma langue du regard avant de se pencher et de tracer le même chemin avec la sienne. *Oh, merde…* Je pris ça comme une invitation que j'étais bien incapable de refuser.

En inclinant ma tête vers lui, j'acceptai son offre et gémis lorsque Titus plongea un doigt dans mon sexe trempé. Exos en profita pour glisser sa langue dans ma bouche et initier une danse qui me mit le feu au corps. Pas de la façon dont Titus l'avait fait la nuit précédente. D'une manière totalement différente. Sa caresse était empreinte d'esprit, me stimulant comme personne d'autre ne pouvait le faire.

L'association de ces éléments m'électrisait, me chauffait, me revigorait. Je me sentais invincible, protégée, adorée.

Comment est-ce possible que ce soit ma vie maintenant ?

Oh, on s'en fout ! Arrête de réfléchir !

Je n'avais aucune idée d'où provenait cette dernière petite voix, mais je l'écoutai et me laissai aller aux sensations qui naissaient entre nous trois. Je passai mes doigts dans les épais cheveux blond cendré d'Exos, le maintenant en place tout contre moi tandis qu'il dévorait ma bouche. Je posai mon autre main sur celle de Titus qui m'explorait intimement de ses doigts habiles et brûlants.

Le feu et l'esprit s'affrontaient en moi, stimulant différents nerfs et déclenchant un maelström de réactions dans tout mon corps. Je tremblais sous leur assaut, submergée et consumée par ces deux hommes et l'habileté de leurs caresses.

Exos prit un de mes seins dans sa main et effleura mon téton de son pouce. Un vif courant électrique me traversa. Puis il me mordilla la lèvre inférieure tout en relevant les yeux vers moi pour révéler une paire d'iris brillants.

— Ton excitation est tellement vivifiante, murmura-t-il. Je n'ai jamais rien ressenti de pareil.

Il m'embrassa à nouveau sans me laisser le temps de répondre, ses doigts pinçant mon téton. Je me cambrai contre Titus, haletant sous l'intensité de ses caresses. Ses lèvres vagabondèrent dans mon cou, embrassant et mordillant ma peau, tandis que sa main continuait son affaire sous la mienne, ses doigts alimentant un désir désespéré entre mes jambes.

— Est-ce que tu vas montrer à Exos à quel point tu es magnifique quand tu jouis, ma belle ? me demanda-t-il dans mon cou, sa voix rauque et sombre de désir. Je crois qu'il est jaloux parce que je l'ai vu avant lui.

Je fus prise d'un frisson, les flammes en moi ne demandant qu'à jaillir.

Exos bougea alors, et sa bouche quitta la mienne pour

m'embrasser le long de la mâchoire, puis descendit sur ma poitrine. Il posa sa main sur ma cuisse et la souleva pour la placer sur sa hanche.

Je poussai un cri de surprise en sentant ses lèvres se refermer sur mon téton, la chaleur de sa langue me brûlant la peau.

Merde.

Je me tortillai entre eux deux, les sensations doubles allumant en moi un volcan qui menaçait d'entrer en éruption.

— Exos, soufflai-je en m'agrippant encore davantage à ses cheveux.

Titus continuait à me mordiller le cou. Il plongea plus profondément son doigt en moi et je poussai un cri ressemblant vaguement à son prénom. Je gémissais leurs prénoms à tour de rôle, désorientée, excitée et désespérée comme jamais je ne l'avais été. Je ne savais plus où donner de la tête : la bouche d'Exos sur mon sein ou la main de Titus entre mes cuisses. Les deux étaient tellement bons. Tellement parfaits. Tellement *miens.*

Je cédai à cette petite voix qui me disait de ne pas réfléchir, de ne pas penser aux conséquences potentielles de ce moment. Et je lâchai totalement prise, savourant la manière dont ils me manipulaient et encourageaient mon pouvoir à s'épanouir entre nous.

Exos effleura de ses dents mon pic tendu, forçant mon regard à descendre vers le sien. Une lueur complice brillait dans ses iris et son âme séductrice entraîna la mienne dans une danse intime qui me transporta à un autre niveau d'existence.

Le désir qui montait en moi éclata enfin et je fus happée par la spirale d'éléments qui surgit dans la pièce, m'entraînant loin de tout. Des mots incompréhensibles s'échappèrent de ma bouche, mes membres se crispèrent de plaisir et des étoiles explosèrent devant mes yeux.

C'était intense.

Parfait.

Addictif.

J'en voulais plus. Je désirais une libération plus profonde, une compréhension plus passionnelle, un *accouplement*. Cette soudaine prise de conscience me fit frissonner et mon cœur s'arrêta de battre un instant. *Qu'est-ce qu'ils sont en train de me faire ?*

— On t'aide à trouver ton équilibre, murmura Exos en faisant glisser sa langue de mon sein jusqu'à mes lèvres.

J'avais dû parler à voix haute. Ou peut-être qu'il avait lu ma question dans mes yeux.

— Nous allons t'aider à voler de tes propres ailes, princesse, quand tu seras prête. Mais pour l'instant, on va te garder au sol avec les seuls moyens que nous connaissons.

— Je sens le lien, m'émerveillai-je en le ressentant réellement pour la première fois. Ça me donne envie de plus encore.

— Je sais.

Il m'embrassa doucement tandis que Titus retirait lentement sa main de mon entrejambe, l'humidité de mon excitation traçant un chemin moite sur ma peau. Cela me fit frémir, et je fus prise d'un désir intense de remettre ça. Je me sentais insatiable, en manque, et indéniablement sous le charme de ces deux hommes.

— On va y aller doucement, me dit Titus tout contre mon oreille. On va t'apprendre notre monde, nos coutumes et nos pouvoirs. On doit s'assurer que c'est vraiment ce que tu veux, Claire.

— Nous gérer tous les deux à la fois ne sera pas facile,

ajouta Exos, ses lèvres flottant au-dessus des miennes. C'est à ça que sert notre « période d'essai » : il s'agit d'apprendre à connaître l'autre, de prendre le temps de voir si l'accord convient aux deux parties. Pour cela, tu dois avoir une meilleure compréhension de tes capacités et de ce monde. Mais nous avons le temps. Et on va commencer l'entraînement dès maintenant.

Titus embrassa mon épaule.

— Par ça, il veut dire après une douche.

Exos esquissa un léger sourire.

— Non, je voulais dire maintenant, dit-il en m'embrassant à nouveau, son aura réclamant la mienne si intimement que je me mis à trembler contre lui. Crée quelque chose avec moi, princesse.

— Comme quoi ? murmurai-je, captivée par le bleu intense de ses iris.

— Ce que tu veux.

Il enleva sa main qui était posée sur ma jambe pour la placer entre nous.

Je pressai ma paume contre la sienne et m'émerveillai de la sensation stimulante qui naquit de ce simple geste.

— Des fleurs ?

— Si tu veux.

Une décharge électrique circula dans l'air et poussa Titus à s'écarter légèrement de moi pour me donner plus de place. Je me concentrai sur l'énergie qui insufflait de la vie en moi.

L'énergie d'Exos.

Son esprit qui séduisait le mien.

— Pense à quelque chose que tu aimerais, m'encouragea-t-il. Et montre-moi avec ta main.

— N'importe quoi ?

Il sourit.

— Dans la limite du raisonnable.

— D'accord.

Je plongeai dans l'océan de ses yeux, me noyant dans sa personne. Chacune de mes inspirations lui appartenait. Chaque battement de mon cœur. Chaque pensée. Il voulait que je crée la vie. Mais qu'est-ce qu'il aimerait ? Une lutine comme celles d'Elana ?

Ou peut-être quelque chose de mon monde ?

Comme un papillon.

J'imaginai une créature et la dotai d'ailes roses en pensée. Je sentis mon cœur se réchauffer à cette idée tandis que des picotements se propageaient au bout de mes doigts.

Exos me gratifia d'un sourire alors qu'un papillon se mettait à voleter juste au-dessus de nos mains jointes.

— Qu'est-ce que c'est ? demanda-t-il doucement. L'équivalent d'une fée dans le royaume des humains ?

— C'est un papillon, lui expliquai-je en poussant la délicate créature à voler à travers la pièce, ses ailes brillantes de vie. Ils aiment les fleurs.

— C'est magnifique, dit-il en me lâchant la main pour placer une mèche de mes cheveux derrière mon oreille. Tout comme toi.

Il pressa encore une fois ses lèvres contre les miennes. Son baiser était à la fois un signe de possession et une promesse.

— Essaie de voir combien de temps tu peux le faire voler. Mon record pour une créature créée avec l'esprit est de trois mois, si tu veux un objectif.

— Trois mois ? m'écriai-je avec surprise.

Il arqua un sourcil amusé.

— Considère ça comme ta première mission, princesse, conclut-il en frottant tendrement son nez contre le mien avant de jeter un œil à Titus par-dessus mon épaule. Je pense que je vais bien aimer jouer les professeurs pendant les quelques prochaines semaines.

— On va pouvoir lui apprendre plein de choses, approuva Titus en faisant glisser son doigt le long de ma colonne vertébrale. Mais avant tout, j'ai besoin de prendre une douche.

— Tu n'es pas le seul, lui répondit Exos.

Un message sembla passer entre eux, et je réprimai un cri de surprise en prenant conscience de la situation. *Ils sont encore excités.*

— Attendez un peu. Vous…

Exos me fit taire avec sa bouche et sa langue, désormais familière, fit s'envoler en éclat toutes mes pensées.

— Te donner du plaisir en présence d'un autre homme est une chose. Mais te regarder rendre la pareille à un homme qui n'est pas moi ? Hors de question.

— Je suis d'accord, renchérit Titus. Et je ne peux pas non plus juste sortir de la pièce en attendant que ça se passe.

Exos hocha la tête.

— On trouvera un moyen de s'arranger. Mais pour l'instant, je me contenterai d'une douche.

— Il n'y a qu'une salle de bains ici, leur fis-je remarquer.

— Titus ira en premier et pendant ce temps tu me montreras ce que ton papillon est capable de faire. Après quoi, j'irai me doucher.

— Et moi, alors ? demandai-je d'un air surpris. Quand est-ce que je me douche ?

Exos hocha à nouveau la tête.

— Tu as raison. Tu devrais te doucher en premier pendant qu'on te regarde, ensuite Titus et enfin moi.

Je le donnai une petite bourrade sur l'épaule.

— Ce n'est pas drôle.

—Je n'ai jamais dit que je plaisantais.

— Pour une fois, j'aime bien ton caractère autoritaire, approuva Titus. Vas-y, Claire.

Je le fusillai du regard par-dessus mon épaule.

— Non.

— Tu ne peux pas dire non à un membre de la famille royale, dit-il en souriant. Et il t'intime d'aller te doucher en premier.

—Je croyais que tu voulais te doucher ? me dit Exos en attrapant mon menton pour tourner à nouveau mon visage vers lui, ses yeux souriants. Ou tu faisais juste ta capricieuse ?

Il m'embrassa avant que je n'aie le temps de répondre quoi que ce soit. Titus rigola en se levant du lit.

— Je vous ferai signe quand j'aurai fini, dit-il en quittant la pièce.

Exos l'ignora et continua à m'embrasser, cet instant complice s'intensifiant à présent que nous n'étions plus que tous les deux. Il me repoussa contre le lit en plaçant ses hanches entre les miennes.

—Je vais t'embrasser jusqu'à son retour, Claire.

— D'accord, murmurai-je.

— Et je vais te faire jouir encore une fois, me promit-il d'un ton si intense que mon cœur se mit à battre à tout rompre dans ma poitrine. Avec ma langue.

Il me mordilla la mâchoire avant de descendre le long de mon corps. Je vis une lueur pécheresse briller dans son regard lorsqu'il releva les yeux vers moi.

— Considère ceci comme une introduction au lien préliminaire, princesse. Et on est deux à convoiter tes faveurs.

Oh, mon Dieu...

Je risquais de ne pas y survivre.

Pourtant, je ne pouvais pas me résoudre à m'inquiéter.

Pas avec la langue d'Exos qui traçait son chemin vers mes replis intimes.

C'était ça, ma nouvelle vie.

La meilleure chose à faire était de l'embrasser.

Et c'est ce que je fis.

Deux fois.

PARTIE II

TITUS

DEUX SEMAINES.

Deux… maudites… semaines *sans s'envoyer en l'air.*

J'étais sur le point de devenir fou.

Je vis Claire bouger derrière le mince voile des fenêtres opaques alors qu'elle s'habillait pour notre séance d'entraînement. J'attendais avec impatience nos leçons parce qu'elles nous permettaient de passer du temps seuls, juste nous et notre feu.

Le simple fait de la regarder enfiler les vêtements ignifugés qui lui moulaient le corps attisait les braises en moi et faisait monter ma température corporelle. Un exploit, considérant que j'étais un éternel brasier en sa présence.

Elle regarda dans ma direction, sentant probablement mes yeux sur elle qui cherchaient à mémoriser chaque centimètre carré de son corps. Puis elle disparut de ma vue et je serrai les poings alors que le désir primitif en moi réclamait un exutoire.

Comme par enchantement, Exos apparut à l'autre fenêtre qui donnait sur la cour d'entraînement du Quartier de l'Esprit. Il me lança un regard, comme pour me rappeler que je n'étais pas le seul à revendiquer le corps de Claire.

Ouais, ouais. Je sais.

Comme aucun de nous ne pouvait supporter l'idée que Claire s'envoie en l'air avec l'autre, nous avions convenu d'un accord douloureux. Et même si lui donner du plaisir atténuait notre besoin, ce n'était plus suffisant. Et je savais qu'il ressentait la même chose.

Exos plissa les yeux, comme s'il soupçonnait que je pourrais la prendre à tout moment dans la cour, juste là, sous ses yeux.

Ce ne serait pas une mauvaise idée, pensai-je sombrement.

Une partie de moi s'en fichait à présent, mais je savais aussi que ça créerait un clivage entre nous, qui se répercuterait dans tous les royaumes. Je ne pouvais pas avoir Claire tant qu'on n'aurait pas établi des règles pour que ça fonctionne entre nous.

Le sexe n'était pas forcément nécessaire pour approfondir un lien entre deux faë, mais quelque chose me disait que si l'un de nous couchait avec Claire, le lien prendrait une tournure bien plus permanente.

Ce qui signifiait que je ne pouvais pas la toucher. Pas comme ça. Pas encore. Pas avant que nous soyons tous parvenus à un accord mutuel, parce qu'il était évident que Claire allait avoir besoin de plus d'un compagnon. Peut-être même de cinq.

Elle entra dans la cour en faisant tourner un bâton que je lui avais donné la semaine dernière. La façon dont elle le maniait à présent témoignait bien des progrès qu'elle avait faits. De petites flammes jaillirent des extrémités du bâton alors qu'elle me décochait un sourire séducteur et malicieux.

— Si tu continues à fixer Exos comme ça, il va descendre ici et se joindre à notre joute d'entraînement. Et quelque chose me dit qu'il utilisera ton visage pour sa démonstration physique.

Je trouvai ses paroles un peu trop directes à mon goût.

Je redressai les épaules et fis craquer mon cou.

— Il ne me fait pas peur, le petit prince maigrichon, lui répondis-je d'un ton suffisant.

Je glissai mon bras autour de sa taille lorsqu'elle fut à ma portée et ramenai ses hanches contre les miennes pour qu'elle puisse sentir à quel point elle m'excitait juste en me montrant le feu qui nous reliait.

Je la vis écarquiller les yeux.

— Je croyais que tu, euh, que tu venais de prendre une douche.

Comme si une simple masturbation pouvait atténuer l'atroce besoin qui hurlait en moi. Je baissai le ton de ma voix, sans me soucier de savoir si mon timbre rauque pouvait lui sembler trop brusque.

— J'en ai ma claque des douches. De cet endroit. D'Exos qui nous espionne lors de nos entraînements.

Je lançai un regard mauvais dans sa direction, auquel il répondit avec un petit sourire arrogant. C'était censé être mon moment en tête à tête avec Claire, et l'enfoiré le savait très bien.

Mais il ne me faisait clairement pas confiance. Ce que je ne pouvais pas vraiment lui reprocher, puisque je ressentais la même chose à son égard.

Claire fit la moue et je vis son adorable lèvre inférieure se retrousser. Elle frappa son bâton contre ma jambe, faisant jaillir des flammes qui léchèrent mes flancs.

— Tu ne le penses pas vraiment, si ?

Ah. Elle ne comprenait pas ce que je voulais dire.

— Je ne te quitterai jamais, Claire. Mais c'est juste… *dur*.

J'enfouis mon visage dans le creux de son cou.

— Oh, souffla-t-elle.

Elle se cambra contre moi et pressa ses seins contre mon torse alors que je mordillais la peau qui recouvrait son pouls. Le gémissement qu'elle laissa échapper fit palpiter mon sexe entre nous.

— Merde, Claire, murmurai-je, le corps littéralement en feu.

Elle se tortilla dans mes bras pour regarder en direction d'Exos qui suivait chacun de nos faits et gestes.

— Exos nous regarde.

Je sais. Je sens sa présence.

— Ça n'avait pas l'air de te déranger hier soir, rétorquai-je avec un petit sourire alors que des flammes jaillissaient tout autour de nous.

Elle réprima un petit cri offensé tandis que le souvenir d'elle nue et criante de désir faisait monter le rouge à ses joues. C'était devenu notre routine du soir. Et parfois même, notre activité matinale aussi.

Claire laissa tomber le bâton et s'agrippa à mes épaules. La force dont elle fit preuve pour me repousser me surprit. Des flammes brûlaient dans ses yeux, faisant lentement disparaître le bleu caractéristique des Faë de l'Esprit.

C'est ça, donne-moi ton Feu, ma belle.

— Je sais ce que tu es en train de faire, dit-elle en me regardant d'un air sévère. Tu essaies de me distraire, mais je suis prête.

Elle récupéra son bâton et le fit tournoyer dans les airs avant de se mettre en position de combat comme je le lui avais appris.

— Je vais prouver à tous les faë que je ne suis pas ma mère.

Un sourire s'étira sur mon visage alors que je prenais une position défensive. Un puissant sentiment de fierté m'envahit. Oui, Claire était belle et bien prête à affronter l'Académie.

Mais étais-je prêt à la laisser le faire sans moi à ses côtés ? Son premier cours aurait lieu sur le Quartier de l'Air. Avec Exos.

Une boule de feu m'atteignit au menton. Je grognai avant de tomber à genoux et redressai la tête juste à temps pour voir le bâton de Claire m'arriver droit au visage. Elle m'avait pris par surprise, peu habitué que j'étais à ce qu'on utilise les éléments contre moi dans un combat. L'inconvénient majeur d'être habitué à être un Champion Sans Pouvoirs était que, dans la vraie vie, les faë se battaient avec leurs pouvoirs.

J'interceptai sans effort son bâton et souris en voyant l'expression de surprise de Claire.

— Bien joué, ma belle, mais tu vas devoir faire mieux que ça pour me battre.

Je comptais tirer Claire à moi pour la séduire à nouveau quand elle parvint à m'échapper par le biais d'une manœuvre que je ne lui avais pas apprise. Je levai les yeux vers Exos et son sourire suffisant me fit comprendre que je n'étais pas le seul derrière les progrès qu'elle avait réalisés.

Je ramenai mon regard vers Claire qui se tenait avec ses paumes jointes devant elle et une expression concentrée sur le visage. Elle appelait à elle une nouvelle boule de feu. Sauf que cela n'en était pas tout à fait une.

— Claire, l'avertis-je, espérant qu'elle n'était pas en train d'essayer de combiner ses éléments.

Elle n'était pas prête, même si Exos l'avait encouragée à le faire. Il ne comprenait pas à quel point ses émotions étaient intenses et explosives ni l'impact qu'elles pouvaient avoir sur ses pouvoirs.

Je vis sa mâchoire se contracter alors qu'elle travaillait sur la boule de pouvoir. Des flammes rouges éblouissantes se mirent à lécher l'extrémité de ses doigts, puis des couleurs criardes se mêlèrent à la danse lorsqu'elle convia les autres éléments à participer. Une brise magique se leva, l'ébouriffant. Ses cheveux lui retombèrent sur le visage, mais elle ne fit rien pour les repousser.

L'eau et les flammes s'affrontèrent dans un grésillement, puis l'eau sembla prendre le dessus, se métamorphosant en quelque chose de dangereux. Une sorte de vortex circulaire s'écrasa à ses pieds et s'enroula autour de son corps tel un tourbillon. Il semblait grimper le long d'un mur invisible, menaçant de la séparer de moi. De façon permanente.

— Claire, lui dis-je en essayant à nouveau d'attirer son attention, prêt à intervenir.

Sauf que des racines épaisses enroulées fermement autour de mes chevilles m'empêchaient de bouger.

Claire avait utilisé son esprit pour créer la vie, et le sol lui répondait, se transformant sous nos pieds pour protéger ses créations.

— Tout va bien, dit-elle, les dents serrées et sa voix rendue méconnaissable par la puissante magie qui remontait le long de ses bras. Je peux le contrôler.

Non. Tu ne peux pas.

Je lançai un regard noir en direction d'Exos qui se contenta de hausser les épaules, visiblement satisfait du spectacle.

Pauvre con, grondai-je dans ma tête. Non pas qu'il puisse m'entendre. Non pas qu'il en ait quelque chose à faire.

Je me concentrai à nouveau sur Claire. Je voulais lui hurler dessus, l'étrangler, écraser ma bouche contre la sienne et la distraire de toute cette absurdité, mais je savais qu'il valait mieux que je m'abstienne. Elle possédait un feu qui rivalisait avec le mien, et une ambition passionnée que personne ne pouvait lui enlever. Ç'aurait été hypocrite de ma part d'essayer.

Je serrai les poings tandis qu'elle continuait de travailler la boule de feu et essayait de maîtriser les éléments. Un petit sourire apparut sur ses lèvres pulpeuses.

— Je crois que je suis en train d'y arriver.

Exos nous rejoignit, ses yeux bleus brillaient de triomphe.

— C'est magnifique, Claire.

Bien sûr qu'il approuvait.

— C'est ça, encourageons-la à travailler avec des éléments sur lesquels on a aucun contrôle.

Si le feu de Claire était mien, le reste de ses pouvoirs ne m'appartenait pas. Si elle perdait le contrôle maintenant, je ne pourrais pas l'aider.

Et je n'aimais pas me sentir inutile.

— Qu'est-ce qui se passe ? demanda une voix à l'autre bout de la cour.

Exos se mit à froncer les sourcils en observant la monstruosité qui grandissait tout autour de Claire.

— Tiens-toi prêt, River. On pourrait bien avoir besoin de ton affinité pour l'eau dans un instant.

Je jetai un coup d'œil par-dessus mon épaule et découvris River qui se tenait là, bouche bée. J'avais oublié qu'Exos l'avait invité aujourd'hui. Claire gagnait progressivement le contrôle de ses pouvoirs, et s'il était vrai que River ne pouvait pas accéder à ses éléments de la même manière qu'Exos et moi le faisions grâce à nos liens avec elle, il pouvait néanmoins aider à la guider lorsqu'il s'agissait de l'eau.

Ce qui tombait bien, car fut le premier élément à s'échapper de la prise prudente de Claire.

Son sourire disparut lorsque le tourbillon d'eau autour d'elle s'intensifia, s'élevant en spirale vers le ciel tel un geyser en éruption.

— Claire ! criai-je en me débattant contre les lianes qui ne firent que se resserrer autour de moi.

Je grimaçai alors que leurs épines s'enfonçaient dans ma peau, augmentant le sentiment de frustration qui me dominait déjà.

Et évidemment, en bon fumier entêté que j'étais, je lançai mon feu sur les lianes au lieu d'obéir à la magie de Claire.

— Arrête, ordonna Exos.

Un seul mot. Un ordre. Et un ordre auquel je devais obéir.

Je serrai les dents en signe de défi, mais dissipai tout de même mes flammes. Parce quelque chose dans la voix d'Exos m'y poussait, que je n'avais pas l'habitude d'entendre : une note de panique.

Claire avait trébuché en arrière, son corps à peine visible derrière les trombes d'eau auxquelles se mêlaient désormais de violentes bourrasques. Tout cela menaçait de se transformer en véritable tornade et devait être maîtrisé le plus rapidement possible.

— Maintenant, River, dit Exos.

River grogna et tendit ses bras devant lui. Une force invisible se déplaça, tordant le geyser dans le sens opposé pour lui faire perdre de la vitesse. Un cri de douleur venu de l'intérieur du vortex me fit tirer sur mes entraves.

— Claire !

Le vortex se dissipa suffisamment pour que nous puissions enfin la voir, et je me sentis devenir livide. Sa peau brillait d'une teinte argentée tandis que des fleurs blanches à ses pieds naissaient et mouraient, encore et encore, dans un cycle effréné.

Exos brava le tourbillon de puissance et y pénétra pour prendre doucement Claire dans ses bras. Je n'entendis pas ce qu'il lui dit, mais je la vis lever ses yeux bleus éperdus vers lui. Il parvint à la calmer, et c'est alors qu'elle posa son regard sur moi. La boule de feu qu'elle tenait toujours dans sa main se mit soudain à grossir.

Elle laissa échapper une longue expiration avant de mettre le feu au vortex. Le spectacle était terrifiant à regarder, l'air autour d'elle s'embrasant instantanément, véritable fournaise impétueuse et tourbillonnante. Je compris immédiatement que c'était ce qu'Exos lui avait dit de faire. En laissant le feu, le pouvoir qu'elle contrôlait le mieux, engloutir les autres éléments, elle pouvait ramener l'énergie en elle.

Malin.

Ce fut avec un mélange de fierté et d'inquiétude que je la regardai faire, admirant sa force brute qui, malgré son peu d'entraînement, réussissait à calmer la tempête. Elle ferma les yeux et les éléments se dissipèrent lentement, absorbés par le sol, transformés en cendres, leur disparition laissant place à d'autres fleurs blanches.

Quand elle eut fini, toute la cour était jonchée de magnifiques fleurs.

River poussa un long soupir.

— Par tous les Éléments, j'ai cru que je n'arriverai pas à traverser son vortex.

Il regarda dans ma direction en me gratifiant d'un sourire hésitant, mais je vis l'inquiétude sur son visage.

— Je ne sais pas si je suis la meilleure personne pour

être son mentor, Titus. Je ne suis pas capable de l'aider comme tu le fais toi.

Il reporta son attention sur Claire, envoûté par sa personne, comme tous les faë devraient d'ailleurs l'être.

— Vos liens la renforcent bien plus que je ne pourrai jamais le faire, reprit-il.

C'est vrai, River n'était vraiment pas la meilleure personne à qui confier Claire. De surcroît, ils ne possédaient pas la même compatibilité que celle qui existait entre elle et moi ou entre elle et Exos. Ce qui, malheureusement, voulait dire qu'elle aurait éventuellement besoin d'un compagnon de l'eau.

Exos avait déjà émis l'hypothèse qu'il lui en faudrait un pour chaque élément.

Je n'aimais pas tellement l'idée qu'il puisse avoir raison.

Claire tomba à genoux, son sourire indiquant que c'était d'épuisement qu'elle s'écroulait, et non pas d'un trop-plein émotionnel. Son regard brillait de joie.

— J'ai réussi. Je l'ai maîtrisé et je n'ai pratiquement pas eu besoin d'aide.

De justesse, mais oui, elle y était arrivée.

— Je t'en supplie, n'essaie plus jamais ça, Claire. Pas tant qu'on n'aura pas trouvé d'autres mentors pour t'aider à affûter tes éléments.

— Oui, je dois admettre que je suis d'accord avec Titus. Il faut qu'on te trouve un mentor de l'air. Mais je pense avoir trouvé quelqu'un.

Exos fit un geste du poignet dans ma direction et les lianes qui me retenaient les jambes se délièrent aussitôt.

Je le regardai avec de grands yeux.

— Ne me dis pas que tu aurais pu faire ça depuis le départ ?

Son sourire en coin voulut tout dire.

Enfoiré de prince.

— River, dit Claire, ignorant mon échange avec Exos. Je suis vraiment désolée d'avoir perdu le contrôle. Merci de m'avoir aidée.

Il baissa la tête et rougit.

— Ce n'est rien, Claire. Je suis désolé de ne pas avoir pu faire plus. Je ne suis pas comme tes autres mentors, ajouta-t-il en me lançant un regard.

Le sourire de Claire s'élargit.

— Je suppose que non.

— Oui, et comme je le disais, on doit te trouver un mentor approprié pour l'air, reprit Exos en levant les yeux vers le ciel qui était il y a encore quelques instants vert et menaçant. On rencontrera le candidat que j'ai en tête demain quand on visitera le Quartier de l'Air. Il sera dans ton premier cours.

Claire s'empourpra.

— Il sera juste un mentor, n'est-ce pas ?

Exos sourit en déposant un bref baiser sur sa tempe.

— Ça, ce n'est pas à moi de le décider, princesse.

Elle se laissa aller contre lui, son aise en sa présence évidente. Je guettai la pointe de jalousie que je ressentais habituellement, mais elle ne vint pas, ce qui me surprit. Au cours des deux dernières semaines, j'avais en quelque sorte appris à accepter son lien avec Exos. Peut-être parce qu'il était différent, plus subtil et malicieux. Alors qu'avec moi, elle brûlait de passion et de désir.

Intéressant.

Exos croisa les mains derrière son dos et se redressa, prêt à revêtir son rôle de faë royal.

— Le candidat sera passé au crible, bien sûr, dit-il avant de poser son regard sur Claire. Tout comme toi. Te sens-tu vraiment prête à affronter les faë et l'Académie demain ?

Elle sourit et glissa son bras sous le sien, le forçant à s'appuyer contre elle.

— Tu seras là, avec moi.

Elle tourna son regard vers moi.

— J'aimerais juste que Titus aussi puisse venir, ajouta-t-elle.

— Il a cours, lui rappela Exos. N'est-ce pas, Titus ?

Je soupirai.

— Si.

Même si j'aurais voulu être aux côtés de Claire jour et nuit, Exos avait raison. Je devais assister à mes propres cours maintenant que j'étais autorisé à reprendre mon programme académique. J'enfouis au fond de moi mes sentiments et le besoin que je ressentais de la protéger, trouvant en moi la force de faire confiance à Exos pour qu'il le fasse à ma place.

Peu importaient les conflits qui existaient entre lui et moi, il ne laisserait rien lui arriver. Parce que ses sentiments pour Claire étaient aussi forts que les miens.

Il donnerait sa vie pour la protéger.

Tout comme je donnerais la mienne.

Donc, ce Faë de l'Air allait devoir se montrer à la hauteur. Et comme Exos prévoyait de le tester, je ne pus m'empêcher de penser : *Bonne chance, mon pote. Tu vas en avoir bien besoin.*

Vox

— C'est toi le chef, me rappelai-je, sans me soucier qu'on puisse m'entendre. Parfois, j'avais besoin de m'encourager moi-même avant d'approcher Sol le matin. Ce satané Faë Terrestre aimait bien oublier que j'étais son mentor et qu'il n'était autorisé dans la chambre d'amis qu'à titre gracieux. Il ne s'entendait pas avec ses semblables, ni même avec les autres faë d'ailleurs, mais c'était pour ça que j'étais son mentor. Il avait besoin de moi.

Mais là, il me mettait vraiment en rogne.

Je redressai les épaules et pris une longue inspiration que je retins un instant avant de la relâcher dans un grand souffle de vent qui fit trembler sa porte.

Enfin, qui aurait normalement dû faire trembler sa porte.

Ce foutu Faë Terrestre s'était construit un mur de pierre autour de lui. Je le sentais. Un poids dans l'air me donnait envie d'éternuer et mes narines se mirent à frémir.

— Sol ! criai-je avant d'en être réduit à frapper des poings sur la porte. Je vais être en retard en cours à cause de toi !

Je ne pouvais pas le laisser dans la résidence des Faë de l'Air sans supervision. Il fallait qu'il parte.

—Je n'irai nulle part ! répondit la voix étouffée de mon subalterne terrestre. Il y a une Halfeline sauvage en liberté sur le campus aujourd'hui !

Comme si je ne le savais pas. C'était *précisément* la raison pour laquelle je devais me rendre plus tôt en cours.

J'avais entendu une rumeur selon laquelle elle commencerait ses cours dans le Quartier de l'Air aujourd'hui, ce qui voulait dire que je n'avais pas de temps à perdre avec les conneries de Sol. Il était hors de question que je rate ça.

Je caressai ma courte barbe tout en réfléchissant à la meilleure façon de battre Sol à son petit jeu stupide. Il s'emmurait rarement comme ça, mais quand il le faisait, cela me coûtait toute ma magie de l'air pour le forcer à sortir et me laissait lessivé. Et je devais être en pleine possession de mes pouvoirs aujourd'hui.

En passant mes doigts à l'arrière de mon cou pour resserrer ma queue de cheval de guerrier, je décidai d'essayer une nouvelle tactique.

— Est-ce que t'es en train de me dire que tu as peur d'une fille ? lui demandai-je en me rapprochant de la porte, sachant pertinemment qu'il était juste de l'autre côté, suspendu à mes paroles. Ou est-ce que c'est le royal qui te fait peur ?

J'entendis un sifflement de mécontent, puis un bruit de pierres quand le mur se mit à bouger. Je souris.

— Je n'ai pas peur de cet enfoiré ! répondit-il.

J'émis un sifflement dubitatif et mon pouvoir de l'air fit résonner les notes perçantes à travers la pierre.

— Oh, vraiment ? Parce qu'on dirait que tu as utilisé la plus grande partie de ton pouvoir pour te créer un bunker afin d'éviter d'entrer en contact avec le royal. Et ça, c'est pas le Sol que je connais.

J'attendis, puis souris lorsque les pierres bougèrent à nouveau pour laisser passer un fin filet de lumière à travers la porte.

— Bien essayé, espèce de moulin à paroles. Mais je ne sortirai pas.

Je levai les yeux au ciel.

— Tu n'as pas mieux comme insulte ? Allez, Sol. Le Quartier de l'Air est sûrement le dernier endroit où tu voudrais être aujourd'hui. Apparemment, la Halfeline commence ses cours ici, donc si tu ne veux pas qu'on te voie, retourne au Quartier de la Terre. C'est le meilleur moyen pour toi de les éviter.

Le mur s'effondra, et la porte sortit de ses gonds. Je fis un bond en arrière, juste à temps pour la voir s'écraser au sol, exactement à l'endroit où je me tenais deux secondes auparavant. Sa chute révéla un Faë Terrestre très imposant et très énervé. Il portait son pantalon ordinaire de Faë Terrestre, froissé parce qu'il avait dormi dedans, ainsi qu'un débardeur ample couvrant à peine de larges épaules. Il intimidait la plupart des faë, mais je connaissais Sol. Il aboyait beaucoup, mais ne mordait pas.

— Tu sais pourquoi je ne peux pas retourner là-bas, dit-il, sa voix résonnant contre les dalles en marbre.

Oh non, pas encore ça.

Je levai les mains au ciel avant de les laisser retomber, provoquant une rafale de vent qui chassa la poussière causée par les caprices de Sol. Chaque fois que je me montrais indulgent envers lui et le laissais rester dans le Quartier de l'Air, il pensait pouvoir s'emmurer ici pour ne pas avoir à affronter le monde extérieur.

La plupart des faë auraient gardé leurs distances avec lui, mais mes pouvoirs me rendaient suffisamment rapide et agile pour éviter sa force brutale si le besoin s'en faisait sentir. Combattre un Faë Terrestre de front était l'erreur que beaucoup faisaient. Je savais comment esquiver, m'échapper et survivre. C'est ce qui me rendait plus fort que Sol.

Je m'approchai de lui et posai une main sur son épaule pour le débarrasser des cailloux qui s'étaient accumulés dans le creux de sa clavicule.

— Écoute, Sol. Voici ce que je te propose. Laisse-moi découvrir l'emploi du temps de la Halfeline, et je m'assurerai que tu ne te retrouves jamais près d'elle ou du royal qui la garde. Ça te va ?

Je resserrai ma main sur son épaule et le secouai un peu.

— Et une dernière chose. Utilise ce que je t'ai appris au lieu de t'emmurer s'ils viennent t'emmerder. Ne réponds pas quand ils essaient de te pousser à bout. Je sais que tu en es capable.

Je vis Sol serrer les dents, l'air d'être à deux doigts de me mettre son poing dans la figure. Je positionnai rapidement mes pieds à un angle favorisant la fuite, juste au cas où il lui prendrait l'envie de le faire. Mais un large sourire éclaira soudain son visage et il m'attira à lui pour me serrer fort dans ses bras.

— Tu as raison, Vox. Tu as raison.

— Trop… serré. Peux pas… respirer, parvins-je à faire sortir de ma trachée compressée.

Il rit avant de me relâcher. Si j'étais grand pour un faë, Sol était un titan.

En toussant, je lui tapotai le bras.

— Très bien. Allez, va-t'en maintenant.

Je savais que le Faë Terrestre ne voulait pas partir. La Chancelière nous avait obligés à collaborer, désireuse de voir naître des partenariats entre les éléments. Sol et moi avions eu notre lot de hauts et de bas. Cependant, je pouvais être un bon mentor pour lui et lui insuffler un peu d'air dans ses voiles têtues, mais j'étais aussi membre de cette Académie et j'avais besoin de temps pour moi.

— D'accord, Vox, dit Sol à contrecœur en passant devant moi.

Je sentis les murs trembler alors qu'il s'éloignait. Il avait énormément de mal à contrôler ses dons, et c'était ça qui effrayait les autres Faë Terrestres, au point de le harceler et de se moquer de lui.

Je comprenais ce qu'il vivait.

J'avais ma propre histoire, mais je réussissais mieux que certains à la garder secrète. Il faudrait une véritable tornade pour me faire dire ce qui m'avait poussé à rejoindre l'Académie.

Lorsque le silence béni régna enfin après le départ de Sol, je laissai échapper une autre longue expiration. J'aurais voulu pouvoir méditer un peu avant de commencer la journée, mais aujourd'hui, la contemplation et la réflexion allaient devoir attendre.

L'excitation flottait dans l'air, palpable et séduisante. Quelles que soient les énergies que cette Halfeline portait en elle, elles allaient changer le royaume. Et je voulais être aux premières loges.

MALGRÉ LE RETARD que me causa Sol, j'arrivai tout de même en avance à mon cours d'invocation des éléments.

Comme il était d'un niveau plus avancé, je ne m'attendais pas à y voir la Halfeline. Je résistai à l'envie d'aller me promener dehors pour voir si je pouvais l'apercevoir.

— Tu as entendu qu'on allait avoir une nouvelle étudiante ? me demanda Aerie, une des Faë de l'Air qui aimait bien colporter les derniers ragots.

— Arrête de brasser du vent, lui répondis-je.

Tout le monde sur le campus en avait entendu parler. Je ne vivais pas dans une cave non plus.

— Elle a déjà essayé de tuer Ignis deux fois. D'abord en voulant frimer avec son pouvoir du feu. *Et après*, en essayant de les noyer elle, Sickle et les autres faë des résidences du feu. Si Sickle n'avait pas été là, elle aurait tué Ignis. Je suis témoin. Enfin, pour le premier incident. J'étais dans le Quartier de l'Air pour le second.

Je réprimai mon envie de lever les yeux au ciel.

— Ça a dû être terrifiant, lui dis-je d'un ton conciliant.

La dernière chose que je voulais, c'était provoquer une faë bien connue pour causer des problèmes.

— Oh que oui !

Elle continua à jacasser, mais d'autres élèves se joignirent à nous pour écouter ses conneries, et j'en profitai pour m'éloigner discrètement.

Faisant semblant d'être absorbé par une peluche qui se trouvait sur mon costume, je l'époussetai avant de m'asseoir sur un siège flottant trois bureaux plus bas, siège qui me donnait une vue parfaite sur la porte. J'aimais pouvoir voir qui entrait et sortait. Les cours d'invocation des éléments avaient lieu dans une pièce close sphérique, de sorte que rien de ce que nous faisions apparaître, intentionnellement ou accidentellement, ne pouvait s'échapper. La porte était donc la seule entrée et sortie.

Alors que la sonnerie s'apprêtait à retentir pour annoncer le début du dernier cours de la matinée, les élèves commencèrent à affluer. Avec leurs cheveux noirs et leurs uniformes, tous les Faë de l'Air se ressemblaient, même si je repérais les détails qui les distinguaient les uns des autres. Ils aimaient porter les cheveux courts, et c'était la raison pour laquelle j'avais laissé les miens pousser. Être un Faë de l'Air comme les autres ne m'intéressait pas.

C'était alors que je la vis. J'avais renoncé à la possibilité de voir la Halfeline de plus près, mais voilà qu'elle était là, devant moi. Un halo de soleil, une apparition radieuse. Ses cheveux dorés semblèrent scintiller quand elle entra dans la pièce, les mains jointes devant elle. L'uniforme standard de l'Académie épousait ses courbes, bien plus sensuelles que celles d'une Faë de l'Air, et je laissai glisser mes yeux le long de son corps. Sa grâce, incontestablement innée à en juger par la légèreté des gestes de celle qui maniait l'air, aurait pu m'inspirer une chanson. Mais il y avait bien davantage en elle, qui me fascinait.

Une paire d'yeux bleu foncé menaçants rompit le charme. Exos, le célèbre Faë de l'Esprit royal, me remarqua immédiatement et me jeta un regard noir.

— Garde tes yeux pour toi.

Un ordre.

Je n'y étais pas habitué, mais je savais qu'il valait mieux ne pas défier le royal, surtout après ce qu'il avait fait à Sol. Le Faë de l'Esprit pouvait manipuler la volonté des gens, et je n'avais aucun désir de tester les limites de ses scrupules éthiques quant à savoir s'il serait prêt ou non à utiliser ses pouvoirs dans une salle de classe.

La Halfeline avait l'air de ne pas savoir où se mettre pendant que les Faë de l'Air prenaient place dans la salle. J'essayai de ne pas la regarder, mais c'était presque impossible. Elle était si fascinante avec ses oreilles rondes et ses magnifiques cheveux blonds.

Chacun prit sa place, laissant comme d'habitude les

sièges vides autour de moi. La Halfeline s'assit sur l'une des chaises les plus proches de moi avant de nous regarder à tour de rôle, Exos et moi. Elle murmura quelque chose que je ne pus entendre, ce qui était pour le moins impressionnant étant donné que les courants d'air m'obéissaient généralement et me laissaient entendre n'importe quel secret chuchoté à proximité.

— Oui, c'est lui, lui répondit le royal d'une voix douce en hochant la tête avant de s'asseoir derrière elle pour pouvoir toujours garder un œil sur la porte.

— Salut, dit la Halfeline.

Je sursautai quand je me rendis compte que c'était à moi qu'elle s'adressait.

— Oh, euh, salut, lui dis-je en m'empêchant de regarder en direction du puissant Faë de l'Esprit que je voyais du coin de l'œil.

Je n'aimais pas sa proximité, et d'après les légers tremblements de pouvoir que je sentais dans l'air, c'était exactement ce qu'il voulait. Qu'on se sente mal à l'aise en sa présence.

Pas de doute, c'est un guerrier.

La Halfeline me sourit timidement, et j'eus l'impression que la lumière du soleil explosait tout autour de moi. Une brise chaude tourbillonnait autour d'elle, appelant mon élément inné à se joindre à elle et me poussant à me rapprocher. Ce que je fis.

Le royal se racla la gorge.

— Garde tes distances, Faë de l'Air.

Avant que je n'aie eu le temps de répondre, et qu'aurais-je pu répondre de toute façon, le professeur entra et tapa sa canne contre le sol, envoyant de légères bourrasques d'air dans la pièce close.

Le professeur Helios, l'un des plus anciens Faë de l'Air, était considéré comme un maître dans sa discipline. Il avait des cheveux bruns et longs, un style plutôt habituel pour quelqu'un de son âge. Une brise invisible faisait s'envoler des mèches épaisses autour de son visage, lui donnant l'air de flotter. Les longues robes qu'il portait renforçaient cet effet tandis qu'il observait la classe de ses yeux noirs. La plupart des Faë de l'Air avaient des yeux sombres, mais pas au point qu'on ne puisse plus voir leurs pupilles. Le professeur Helios, cependant, était puissant et *vieux*. Son regard avait quelque chose de mystérieux, si bien qu'il était difficile de le regarder directement dans les yeux.

Il ne perdit pas de temps et fit apparaître un elfe des airs à ses côtés. La Halfeline laissa échapper un petit cri de surprise qui éveilla quelque chose en moi, mais je parvins à ne rien laisser paraître.

La petite créature se mit immédiatement à gazouiller et à tournoyer autour de la tête du Faë de l'Air.

— Bonjour à tous. Comme vous pouvez le voir, nous avons une nouvelle élève parmi nous aujourd'hui, dit le professeur Helios en ouvrant les bras.

Le vent était quelque chose d'habituellement invisible à l'œil nu, mais lorsqu'il était chargé de pouvoir, il pouvait se teinter de couleurs. Le pouvoir d'Helios était sombre et une ombre passa sur la Halfeline. Elle se raidit. Le royal tendit subtilement la main pour passer ses doigts dans ses cheveux, murmurant tout bas des mots que je ne pouvais pas entendre.

Curieux. Exos était un Faë de l'Esprit avec une affinité avec le feu, pas avec l'air. J'aurais dû être capable de l'entendre.

À moins que…

Oh.

Je compris alors. Lui et la Halfeline avaient instauré un lien préliminaire. Et c'était ce qui leur permettait de se parler sans que je puisse les entendre. Fascinant.

Un étrange accès de jalousie m'envahit, ce qui me fit froncer les sourcils. Je n'avais aucune envie d'instaurer un lien avec une faë, et encore moins avec la légendaire Halfeline. Mais il y avait quelque chose dans son air qui m'attirait.

— Vox, aboya le professeur Helios, son ton tranchant me déchirant les oreilles et me faisant grimacer. Tu feras équipe avec la Halfeline pour les exercices d'aujourd'hui.

Un halètement collectif, à la fois de choc et de soulagement, traversa le reste de la classe.

Je ne m'étais pas rendu compte que je la fixais, mais la Halfeline croisa mon regard et me fit un léger sourire. *Attends un peu. Elle sait déjà qui je suis ? Elle sait que c'est avec moi que le professeur vient de la mettre en binôme ?*

— Vox ? répéta le professeur Helios avec une touche d'impatience dans la voix. Tu penses pouvoir te charger de mettre à niveau notre nouvelle élève ?

— Oui, répondis-je d'un ton enroué.

Je déboutonnai le premier bouton de ma veste dans l'espoir d'avoir moins l'impression d'étouffer et repris :

— Bien sûr.

Le professeur Helios tapa deux coups par terre avec son bâton, signalant que les exercices d'aujourd'hui allaient commencer.

— On va reprendre là où on s'était arrêté l'autre fois. Faire apparaître des créatures issues de notre imagination est une belle démonstration de pouvoir, et cela peut être très utile, mais tout commence par notre élément. Aujourd'hui, vous allez faire apparaître des spirales d'air contrôlées sur votre bureau.

La créature protesta en voltigeant autour de son bâton, mais le professeur l'ignora.

— Gardez-les sous contrôle, ou bien cette petite

créature sortie de mon imagination se fera un plaisir de vous punir.

Le petit elfe des airs poussa un petit cri de joie à l'idée d'avoir un rôle à jouer.

La Halfeline ouvrit de grands yeux.

— Nous punir ?

J'eus un petit sourire.

— Ne l'écoute pas, lui dis-je en me tournant vers elle tout en essayant d'ignorer le royal au regard mauvais derrière elle. Le professeur Helios aime utiliser la peur pour asseoir son autorité. Il pense que c'est ce qui motivera les étudiants. Si tu fais une erreur, le pire que cet elfe puisse faire est de te piquer.

Elle eut l'air perplexe.

— Me piquer ? Comme un moustique ?

Je la regardai d'un air incertain.

— Je ne suis pas sûr de savoir ce que c'est, mais ouais, disons que c'est ça.

— Vox, me dit le royal, me prenant par surprise.

Je me déplaçai sur mon bureau flottant pour lui faire face. La lumière du soleil peinait à traverser la barrière translucide de la salle de classe, mais elle semblait s'incliner et vaciller de manière incertaine autour de lui, comme pour lui dire que son pouvoir n'était pas *adapté* pour cet endroit. Il frissonna, comme s'il pouvait sentir à quel point il n'avait pas sa place ici.

— J'ai demandé au professeur de te mettre avec Claire pour les exercices d'aujourd'hui. Considère ça comme une audition.

Claire. Jusqu'à présent, j'avais entendu tout le monde l'appeler « la Halfeline » sur le campus, mais j'aimais beaucoup ce prénom si singulier.

Par contre, ce que je n'aimais pas, c'était le reste des paroles d'Exos.

— Une audition ? dis-je en fronçant les sourcils. Pour quoi ?

Il ne répondit pas tout de suite, se contentant d'attraper le poignet de la Halfeline pour le caresser.

— L'air est un des premiers éléments qui s'est manifesté à elle. Après le feu, bien entendu. Nous nous sommes efforcés de l'aider à contrôler ses éléments, mais en raison de son accès aux cinq éléments…

Il haussa les épaules sans terminer sa phrase, me laissant imaginer le reste.

Par tous les dieux. Les cinq éléments contenus dans un si joli et si fragile paquet ? Je n'arrivais pas à imaginer comment elle avait réussi à rester en un seul morceau aussi longtemps.

Il ne voulait quand même pas que je sois son mentor sur le campus du Quartier de l'Air ? Non, j'avais dû mal interpréter ses paroles. Après avoir été le mentor de Sol pendant aussi longtemps, j'aurais dû me sentir capable de tout, mais ça ? Sûrement pas.

Mon hésitation ne passa pas inaperçue. Claire s'éloigna de moi, de manière presque imperceptible au point que la plupart des gens ne l'auraient pas remarqué, mais moi si.

— Exos, s'il n'est pas à l'aise à l'idée de faire équipe avec moi, on peut trouver quelqu'un d'autre, marmonna Claire. Ou je peux travailler seule.

Son incertitude et sa méfiance me firent réfléchir un instant. Je ne savais pas ce qu'elle avait traversé, mais je n'avais jamais vu un tel tourment dans les yeux de quelqu'un.

Bon. Je pouvais bien gérer un cours. Peut-être pas une audition pour le futur, mais pour aujourd'hui, d'accord. On discuterait du reste après.

— Claire, c'est bien ça ? lui demandai-je.

Je comblai la distance qu'elle avait mise entre nous et

retournai mes mains sur mes cuisses de façon qu'elles soient paumes ouvertes vers le ciel. Une posture rassurante pour l'aider à se sentir à l'aise.

— J'ai beaucoup entendu parler de toi.

Apparemment, ce n'était pas la meilleure chose à dire.

Une brise invisible et chaude s'éleva et rabattit ses cheveux dorés en arrière. Ses dangereux pouvoirs de l'esprit dansaient dans ses yeux bleus perçants, à l'unisson avec ceux du royal. Je sentis qu'elle ne pouvait pas manipuler la volonté des gens, ou peut-être que le royal faisait en sorte que cette partie de ses pouvoirs reste refoulée, mais la nausée m'envahit lorsque j'eus un aperçu de ses émotions dans le regard fragile qu'elle me lança.

De la douleur.

De la culpabilité.

Tellement de *culpabilité*.

Par tous les dieux, comment faisait-elle pour ne pas s'effondrer ?

— Je veux dire par là que j'avais hâte de faire ta connaissance, me corrigeai-je rapidement.

Cette pauvre fille avait sûrement dû être noyée sous les menaces et les commentaires blessants. Même si selon moi une fille ne devait pas être tenue responsable des crimes commis par sa mère, je savais que beaucoup ne partageaient pas mon opinion.

Elle me regarda en fronçant les sourcils, sa méfiance évidente sur chacun des traits de son beau visage.

— Et pourquoi ça ?

Je n'avais pas de bonne réponse à lui donner. Pendant plus de deux semaines, j'avais senti mes nerfs à vif, à tel point que j'avais cherché à connaître les dernières rumeurs qui couraient à l'Académie, jusqu'à découvrir qu'il y avait une Halfeline sur le campus. Depuis que j'avais entendu parler d'elle, j'avais eu envie de la trouver. Dans quel but, j'aurais été incapable de le dire. Tout ce que je savais, c'était que je devais en apprendre plus sur elle.

Mais cette réponse était pathétique. Comme je ne pouvais pas lui dire la vérité, j'optai pour ce que je savais faire de mieux dans ce genre de situations.

Diversion.

Fuite.

Esquive.

Le devoir qui nous avait été donné était d'invoquer des spirales d'air, et c'est ce que je fis. La tâche était assez facile pour un faë avec mon pouvoir et mon contrôle. Je laissai échapper un doux sifflement, et une spirale d'air imprégnée de mon don inné apparut et prit une teinte bleutée. Chaque Faë de l'Air privilégiait différentes teintes en se servant de ses pouvoirs, mais mes couleurs semblaient plutôt fluctuer selon mon humeur.

Cette nuance de bleu signifiait que j'étais intrigué. Et pas d'une manière platonique.

Mon pouvoir est attiré par Claire.

Merde.

Je jetai un œil en direction du royal pour voir s'il suspectait quelque chose. Peut-être même qu'il pouvait lire dans mes pensées. Après tout, qui connaissait vraiment l'étendue des pouvoirs d'un Faë de l'Esprit comme lui ?

Mais il n'eut aucune autre réaction que de regarder un instant la spirale qui tournait autour de ma main avant de reporter son attention sur Claire.

Elle fixait la spirale avec de grands yeux. Je m'attendais à ce qu'elle ait peur, mais au contraire, elle semblait fascinée.

Une sensation de chaleur non désirée se diffusa dans ma nuque. Je me sentis rougir et fus reconnaissant pour ma queue de cheval et ma barbe de guerrier. Lui montrer l'effet qu'elle avait sur moi, même si elle ne pouvait en saisir l'étendue, aurait été bien trop intime et déplacé pour deux étrangers comme nous.

— À ton tour d'en faire une, lui dis-je en faisant s'évanouir ma propre spirale.

Elle leva ses yeux vers moi, et j'en eus le souffle coupé. Ses pouvoirs flottaient juste sous la surface, comme s'ils pouvaient jaillir d'elle à tout moment. Tant d'éléments s'entremêlaient en elle, une danse effrénée de pouvoirs dans laquelle je distinguais le tourbillon aérien qui faisait écho au mien. Je sentis sa maîtrise hésitante de son élément air et, sans y réfléchir, je me mis à tirer sur les brins fragiles et sauvages de son élément.

Elle pencha sa poitrine en avant en réaction à mon geste, comme si j'avais tiré son cœur.

— Oh, fit-elle, un petit cri qui exprimait davantage la surprise et le plaisir que la douleur. C'est, euh, plaisant.

— Qu'est-ce que tu fais ? s'enquit le royal.

Maintenant que j'étais parvenu à m'emparer de son pouvoir sauvage, je n'osai pas le lâcher. Chaque brin était si effiloché à son extrémité que je me demandai comment c'était possible qu'elle ne soit pas brisée de douleur.

— Pourquoi est-ce que vous n'êtes pas venus plus tôt au Quartier de l'Air ? demandai-je avant de me rendre compte que j'étais en train de critiquer le Tout-Puissant Faë de l'Esprit.

Après tout, il était capable de me faire caqueter comme un poulet s'il le voulait.

— Elle a besoin qu'on la guide, m'expliquai-je.

Le royal se redressa et plissa les yeux d'un air menaçant, mais me surprit avec le mot qu'il prononça ensuite.

— Continue.

— Est-ce que c'est mieux comme ça ? demandai-je à Claire, espérant qu'elle puisse sentir ce que j'étais en train de faire.

Elle se rapprocha de moi jusqu'à ce que nos genoux se touchent. Sa jupe remonta sur ses cuisses, m'offrant l'opportunité de voir davantage de sa peau rayonnante de puissance.

Et pas seulement : l'électricité bleue imprégnée de ma magie balayait également son corps.

En imaginant sa jupe se soulever un peu plus, cette aura prit une teinte bleutée plus profonde, assortie à ses yeux. Elle soupira, et ce son m'étourdit légèrement.

— Oui. Oui, c'est carrément mieux.

Je me raclai la gorge, mon emprise sur son pouvoir se resserrant davantage. Si je lâchai maintenant, elle perdrait le contrôle et nous blesserait tous les deux. Cependant, le seul moyen de renforcer son emprise sur l'air était de lui fournir une ancre. Elle avait donc besoin d'un Faë de l'Air dans son entourage, peut-être même comme compagnon, pour réellement parvenir à maîtriser ses pouvoirs.

Quelqu'un de suffisamment puissant pour contrebalancer ses pouvoirs.

Quelqu'un comme moi.

Ouais, mais non. Ça n'allait pas arriver. L'idée de me lier à une faë ne m'avait jamais intéressé et je connaissais à peine cette fille. L'attirance était une chose. Un engagement entre compagnons en était une autre.

Elle avait besoin d'un autre faë. Quelqu'un qui désirait ce genre de connexion. Je devais en parler à Exos après le cours.

— Essaie de faire apparaître une spirale d'air comme je t'ai montré, lui dis-je d'un ton que j'espérais être encourageant.

Cela faisait plusieurs minutes qu'on essayait, mais elle n'y était pas encore parvenue.

Claire se mit à fredonner tout en fermant les yeux.

Mon pouvoir enveloppa le sien par instinct, le contact était intense.

Elle se pencha en avant, sa chemise plongeant avec elle et m'offrant une vue dangereusement tentatrice de son cou gracieux et de son décolleté. Un meilleur faë que moi aurait détourné le regard, mais j'étais faible lorsqu'il s'agissait d'une faë qui tirait sur mes ficelles de pouvoir comme celle-ci le faisait. Elle exigeait toute mon attention.

C'était à ce moment-là que je le remarquai. La marque du feu.

Merde. Je savais que j'avais senti quelque chose de suspect chez elle. Son feu était trop passionnel, trop exercé et perfectionné pour une Halfeline dont la rumeur disait qu'elle avait tué et blessé plusieurs faë.

Elle s'était donc également liée à un Faë du Feu.

Deux liens préliminaires, un pour chaque élément.

Ce n'était pas sans précédent chez les Faë de l'Esprit, mais cela restait néanmoins rare. Avec ce que j'avais vu de ses pouvoirs, cela semblait nécessaire pour préserver son équilibre et son contrôle. Mais je ne connaissais pas un seul Faë de l'Air prêt à affronter une telle compétition.

Pourtant, je savais qu'elle en avait vraiment besoin. Exos avait un sacré défi à relever.

— Concentre-toi sur cet endroit au fond de toi, se dit-elle à haute voix en gloussant à moitié. Je suis une faë. J'ai des pouvoirs magiques. Je peux faire apparaître des petites spirales d'air.

— C'est comme avec le chocolat chaud, lui rappela le royal en gardant sa main sur le bras de la Halfeline pour la rassurer. Tu t'en sors très bien, Claire.

Elle prit un air concentré et je sentis ses pouvoirs

fluctuer en elle. Quelque chose de nouveau apparut soudain, une force étrange et obscure qui semblait malfaisante et corrompue.

Qu'est-ce que c'est ? Ou plutôt, qui *est-ce ?* Je n'arrivais pas à reconnaître ce pouvoir, et il me laissait un goût amer sur la langue.

Attends un peu. Non. Je connais ce pouvoir. Ça me dit quelque chose.

Je fronçai les sourcils en m'efforçant de trouver le propriétaire, car ce n'était pas Claire.

— Attends…

Elle invoqua la spirale d'air avant que j'aie eu le temps de l'en empêcher. Je m'accrochai immédiatement, essayant d'étouffer l'apparition, mais le pouvoir furibond se braqua en sentant ma magie. C'était comme s'il se multipliait par mille, bien décidé à semer la mort et la destruction à quiconque oserait s'approcher trop près de la Halfeline.

Ce n'était pas normal. J'avais été le mentor d'autres faë auparavant, et j'étais doué pour ça, car j'étais capable de visualiser leur force intérieure et la contenir jusqu'à ce qu'ils puissent se maîtriser eux-mêmes. Mais lorsque je tendis la main pour saisir le brin de pouvoir bouillant de colère, il ne me laissa pas faire.

Cette magie n'appartient pas à Claire.

La spirale d'air dansait sur sa main et elle souriait, fière de sa réussite. Mais son expression innocente vira à l'horreur lorsque l'énergie s'échappa de sa main.

— Dissipe-la, lui ordonnai-je. Dissipe-la maintenant !

Claire écarquilla les yeux avant de lever son regard désorienté et terrifié vers moi, mais c'était trop tard.

La spirale explosa.

Des cris fusèrent et le pathétique elfe fut le premier à être avalé par le vortex incontrôlable qui tournoyait dans la salle de classe, détruisant tout sur son passage. Les délicats bureaux furent catapultés à travers la vitre épaisse, pourtant censée résister aux pires projectiles.

Le professeur Helios lança une vague de son propre pouvoir pour essayer de contenir le vortex, mais même l'ancien faë n'était pas de taille face à cette monstruosité.

— *Toi* ! cria-t-il en fixant Claire de son regard noir. Je ne tolérerai pas d'éléments violents dans ma classe !

Comme si Claire avait le choix. Ce n'était pas elle la responsable. J'en étais certain.

Mais même si elle n'était pas impliquée, j'avais pu voir le genre de pouvoir qu'elle possédait. Et elle pouvait faire disparaître le vortex, si seulement je pouvais la guider.

Le royal s'arc-bouta contre les vents violents, et son pouvoir scintilla tout autour de lui tandis qu'il s'ancrait au sol avec des fils de vie invisibles. Je restai bouche bée devant cette démonstration de pouvoir. Je savais qu'il était fort, mais pas qu'il était créatif.

— Claire ! cria-t-il par-dessus le grondement de la tornade qui semait le chaos dans la salle de classe.

La détermination était visible sur chacun de ses traits alors que le cyclone échappait à tout contrôle.

Le professeur Helios grognait et se démenait pour repousser les vents. Il évita de justesse un projectile qui lui arrivait en plein visage.

— Claire ! insista Exos.

Cette fois-ci, il réussit à capter son attention et elle tourna vers lui son regard terrifié. Il posa une main ferme sur son épaule.

— Souviens-toi de ce qu'on t'a appris.

À ce moment-là, un bureau fendit l'air et le frappa à l'épaule avec violence. Il fut projeté au sol et réduit au silence.

Et merde…

CLAIRE

Exos !

J'avais été tellement prudente, bien décidée cette fois à maîtriser mes éléments. Mais évidemment, j'avais encore merdé.

Et cette fois j'avais blessé Exos.

Je fis mine de m'agenouiller à ses côtés pour m'assurer qu'il allait bien quand l'autre faë, Vox, m'attrapa par l'épaule.

— On peut dissiper la tornade. Mais j'ai besoin que tu te concentres.

Exos m'avait dit que ce Faë de l'Air pourrait être un bon mentor. Ses capacités à contrôler les éléments et à venir en aide aux autres figuraient même dans son dossier académique.

La rafale tournoya autour de nous et emporta Exos

dans son tunnel, le traînant par terre. *Non !* Je m'accrochai vivement à lui et le tirai en arrière avec un lasso de feu qui fit reculer Vox.

Le professeur criait des mots que je ne parvenais pas à entendre, mais qui eurent pour effet de faire changer la tornade de cap. Celle-ci se dirigea droit sur lui, comme si ses hurlements l'avaient vexée.

Mais qu'est-ce que je vais faire, bon sang ?

— Exos ! criai-je en le secouant.

Tout à coup, Vox était là, agenouillé à mes côtés. *Quand est-ce que je suis tombée par terre ?!* Dieu sait comment, j'avais atterri à côté d'Exos, mes bras serrés autour de son cou pour l'empêcher de se faire emporter par la tornade destructrice qui grondait dans la pièce.

Oh, mon Dieu…

On va mourir ici.

L'Air était le seul élément que je semblais ne pas réussir à maîtriser. Cet élément me déstabilisait toujours, et…

— Prends ma main, m'ordonna Vox en tendant la sienne vers moi. Il faut qu'on arrête la tornade avant qu'elle ne détruise tout le bâtiment.

— Mais comment ? lui demandai-je en élevant la voix pour me faire entendre par-dessus le vortex mugissant.

Le professeur avait l'air d'avoir réussi à le contenir en partie, mais il continuait à cracher des projectiles dans tous les sens.

Et si l'un de ces projectiles frappait le professeur…

— Claire ! cria Vox. J'ai besoin que tu me fasses confiance. Tu as le pouvoir de tuer cette chose, et je peux t'aider à la contenir.

Bien sûr que je pouvais. Vu que c'était moi qui l'avais créée, cette maudite tornade.

Merde !

J'avais fait tellement de progrès avec Titus et Exos, et voilà que maintenant…

Vox m'attrapa le poignet.

— *Claire.*

Je le regardai en clignant des yeux.

— Qu'est-ce… ? balbutiai-je avant de déglutir avec peine. Qu'est-ce que je peux faire ?

— Est-ce que tu sens la noirceur ? me demanda-t-il d'une voix bien trop calme étant donné le chaos qui régnait autour de nous. Le pouvoir ? Est-ce que tu peux sentir d'où il vient et l'isoler ?

D'autres cris se firent entendre, puis des hurlements, suivis d'un grand fracas. Je grimaçai.

— Claire, insista Vox, m'invitant à me concentrer sur sa voix. Essaie de t'accrocher à ce pouvoir. Je ne suis pas assez puissant pour le faire tout seul, mais on peut le détruire ensemble. J'ai besoin que tu l'attrapes avec moi, comme si tu te servais d'un lasso.

Attraper une tornade avec un lasso.

Bien sûr.

Une vraie promenade de santé !

— La tornade prend de la vitesse ! cria une voix dans la salle.

— Merde !

— Courez !

— Le bâtiment va s'écrouler !

Mon sang se glaça. La monstruosité se mit à tourbillonner de plus belle, essayant d'arracher Exos de mes bras.

— Non ! criai-je, mais le mot se perdit dans les vents rugissants.

Mes cheveux s'emmêlaient devant mes yeux alors que le tunnel mortel de la tornade aspirait tout dans son abysse obscur.

Comme un véritable trou noir, réalisai-je soudain. *Oh, mon Dieu...*

Vox cria quelque chose, mais je ne pouvais pas l'entendre.

Il faut que je me concentre.

Il faut que j'arrête cette chose.

En faisant venir les éléments à moi.

Comme Exos et Titus me l'ont appris.

Je peux le faire.

Il le faut.

Ou je risque de perdre mon Esprit, mon Exos...

Je fermai les yeux et cherchai en moi comme Titus et Exos me l'avaient montré, puis j'appelai ma connexion à l'air. Seulement, je ne reconnaissais pas le tourbillon de pouvoir qui dansait devant moi. Il m'était étranger, mauvais, comme s'il ne venait pas du tout de moi. Ce n'était pas comme dans la cour hier, quand Exos m'avait aidée à reprendre le contrôle de mes éléments indisciplinés.

Cette chose n'était pas *moi.*

Mais mon pouvoir localisa cette force destructrice et se mit à la caresser, à l'explorer pour trouver un moyen de la pénétrer ou une faiblesse à exploiter.

Là, me murmura mon instinct. *Perce un trou juste là.*

En me servant d'une rafale de vent en forme de flèche, je lançai de toutes mes forces le bout pointu et acéré dans l'œil de la tornade, le logeant en plein cœur de ces ténèbres, et je tirai dessus.

Mon front était trempé de sueur à cause de l'effort et ma respiration hachée, mais mes dons prenaient le dessus, guidant chacun de mes mouvements. Je perçai un autre trou avec une deuxième flèche, puis une troisième, tout en gardant une corde mentale attachée à chacune d'entre elles.

Puis je les tirai à moi simultanément avec toute la force de mon pouvoir, déchirant le vortex de l'intérieur.

Je m'écroulai sous l'intensité de ce que je venais d'accomplir, l'arrière de ma tête atterrissant sur la poitrine d'Exos. La force de la tornade nous avait propulsés de l'autre côté de la pièce.

Cependant, ce n'étaient pas mes bras autour de lui, mais plutôt les siens autour de moi.

Un soupir lui échappa, et je crus entendre mon prénom dans son souffle, mais la voix sonnait faux.

Je jetai un coup d'œil par-dessus mon épaule et découvris un sublime visage, des yeux d'ébène et une longue chevelure sombre. Les iris bordés d'argent m'étaient complètement inconnus. *Non, ce n'est pas Exos, pour sûr.* Les bras qui m'entouraient étaient aussi plus sveltes, bien que tout aussi puissants.

C'est quoi ce bordel ?

J'essayai de bouger et de m'éloigner de Vox pour trouver Exos, mais quelque chose de lourd me retenait. Je passai mes mains sur ce qui se révéla être un muscle ferme, et fus soulagée de reconnaître là mon faë royal. Il ne bougea pas, toujours inconscient, mais au moins il respirait.

Je soupirai tout en laissant retomber ma tête en arrière, ce qui eut pour effet de faire inspirer brusquement Vox.

Merde.

Comment parvenais-je toujours à me retrouver dans cette position, prise en sandwich entre deux hommes sexy ?

— Exos, balbutiai-je en le secouant.

Il ne bougeait toujours pas.

Vox relâcha ses bras qui me tenaient juste sous les seins, et son geste provoqua en moi une vague de chaleur.

— Tu vas bien, Claire ? me demanda-t-il, sa voix grave et rocailleuse me parvenant de dessous moi.

— Je, euh, ouais, ça va. Mais Exos…

— Souffre d'un horrible mal de crâne, dit Exos en terminant ma phrase d'une voix faible. Même si je dois dire que j'aime beaucoup cette position entre tes jambes, princesse. Je pense que je vais rester ici encore un peu.

Vox émit un petit rire sous moi.

— Je pense qu'il va bien.

— Très bien, même, murmura Exos en se redressant doucement et en faisant craquer son cou.

Cela me laissa assez de place pour me dégager d'entre les deux hommes, même si, au vu de leurs sourires respectifs, aucun d'eux ne semblait vraiment pressé de bouger.

Des sourires qui se transformèrent rapidement en froncements de sourcils quand des cris retentirent dans la pièce.

Vox fut sur ses pieds en une seconde, ses longs cheveux épais flottant sur ses épaules. La tornade lui avait fait perdre l'attache qu'il avait utilisée pour nouer ses belles mèches brunes. Celle-ci flottait à présent, suspendue dans la brise lancée par le professeur Helios, une brise dirigée vers moi et chargée de mots d'accusation.

— Votre Altesse, dit-il calmement. Je suggère que vous fassiez sortir Claire d'ici.

Exos le rejoignit, évaluant les dégâts dans la pièce avant de me tendre la main pour m'aider à me relever. Mes membres tremblèrent sous l'effort, et je grimaçai. Détruire ce vortex m'avait coûté plus d'énergie que je ne le pensais. Je me sentais même un peu étourdie et nauséeuse maintenant que l'adrénaline était retombée.

La nausée ne fit qu'empirer à mesure que je découvrais l'étendue du massacre.

— Oh, mon Dieu…, murmurai-je, *voyant* enfin la destruction autour de moi.

Des corps jonchaient le sol. Certains bougeaient encore. Mais la plupart étaient immobiles.

Et le cri provenait de l'amie d'Ignis. Celle aux cheveux blond-filasse qui l'avait rejointe dans la cour quand j'avais provoqué l'incendie.

Ses yeux violets trouvèrent les miens et s'écarquillèrent d'horreur.

— *Toi* !

Super…

— Elle n'a rien fait, Aerie, dit Vox. Ce n'était pas sa magie.

Exos l'interrogea du regard alors que je haussais les sourcils. *Vox aussi l'a senti ?*

La Faë de l'Air, Aerie, se mit à crier. Le son était si intense que je flanchai et que mes genoux se dérobèrent sous moi. Exos m'attrapa par la taille et je couvris mes oreilles sanglantes.

C'est quoi ça ? Le cri strident m'avait prise par surprise, me déchirant le crâne en deux et aggravant mes nausées. J'en étais étourdie, déséquilibrée, et seul le bras d'Exos m'empêchait de tomber par terre. La pièce semblait tourner autour de moi.

Je grimaçai alors que le cri s'intensifiait, s'insinuant dans mon esprit. Je n'en arrivais plus à respirer et il me semblait flotter dans une nuée brumeuse de surdité et de confusion.

Je laissai retomber mes mains, n'arrivant plus à les distinguer.

Pourquoi est-ce que tout est aussi flou ?

Je clignai des yeux en essayant de me concentrer sur un point précis.

— Ça suffit ! rugit Vox en lançant une bourrasque qui projeta Aerie dans le mur.

Enfin, c'était ce qu'il me sembla. Je ne pouvais pas en être sûre, ma vision ayant été réduite à un point minuscule.

— Je vais parler au professeur Helios, mais il faut que tu fasses sortir Claire d'ici.

Je compris que c'était Vox qui venait de parler, mais l'autorité que j'entendis dans sa voix me surprit. Il avait l'air d'être un faë tellement gentil. Pas autoritaire. Pas comme mon Exos.

— Toi et moi devons avoir une conversation, lui répondit Exos d'un ton qui me fit sourire.

Je le reconnaissais bien là, mon faë autoritaire. Mais pourquoi est-ce que je trouvais ça aussi amusant ?

Vox soupira.

— Oh, on parlera, ne t'en fais pas. Mais pour l'instant, occupe-toi de Claire. Elle est sur le point de s'évanouir.

Ah oui ?

Oh.

Exos n'avait pas seulement passé son bras autour de moi, il m'avait aussi soulevée. Pas étonnant que j'avais l'impression de flotter.

Mais je suis bourrée, en fait, réalisai-je. C'était comme si le monde entier tournait sur lui-même dans une brume de vapeurs alcoolisées. Quand est-ce que c'était arrivé ? Et comment ?

— Détends-toi, Claire. Je m'occupe de toi, m'assura Exos.

— Oh, oui, lui répondis-je en souriant. Occupe-toi de moi.

— C'est le tunnel de vent, expliqua Vox.

Sa voix était chaude, mais lointaine. Euh, non, toute proche. Attendez un peu, il se tenait où déjà ?

— Ça embrouille les pensées et perturbe le sens de l'équilibre. Elle ira mieux dans une heure. Fais-lui juste boire de l'eau.

Une autre bourrasque suivit ses paroles.

— Reste où tu es, Aerie.

J'aurais parié avoir entendu la faë grogner en réponse. Ou peut-être que c'était quelqu'un d'autre. D'autres cris me parvinrent aux oreilles, mais je ne voyais rien du tout. Le carnage laissé par la tornade était assoupi, inaccessible à mon champ de ma vision. Ou peut-être pas si assoupi que ça. Un sentiment de panique imprégnait l'air, accompagné de mots et de chants que je ne comprenais pas.

Je me recroquevillai contre Exos, avide de sa présence familière et du sentiment de sécurité qu'il me procurait. Je ne voulais plus être ivre, mais je ne parvenais pas à voir au-delà du brouillard qui embrumait mon esprit. Tout se mêlait dans ma tête dans des nuances de noirs entrecoupées de sons.

Je gémis.

Puis je sentis des lèvres tout contre ma tempe.

— Ça va aller.

Exos ?

Oui, c'était bien lui. Je me blottis plus encore, me repaissant de sa chaleur, de son odeur, de sa force.

— Qu'est-ce qui s'est passé ? demanda une voix que je reconnus immédiatement comme étant celle de mon Titus.

Je ne savais pas quand j'avais commencé à penser à eux comme étant miens, mais c'était bel et bien le cas. Ils étaient à moi et je comptais bien les garder aussi longtemps qu'ils me laisseraient faire.

Leurs langues et leurs mains, mmmh…

— Est-ce qu'elle est soûle ? demanda Titus.

— Oui, je l'ai amenée au bar pour célébrer le fait qu'elle a détruit le Quartier de l'Air aujourd'hui. Désolé de ne pas t'avoir invité.

Exos me posa sur un petit nuage merveilleux, tout

doux et tellement confortable. Mais pas assez chaud. Je tendis la main vers lui, désespérée de retrouver sa chaleur, mais trouvai Titus à la place. Je souris, mon feu s'embrasant instantanément, et l'attirai à moi.

— Merde, Claire, grommela-t-il en tombant sur moi.

Ou à côté de moi. Je ne pouvais vraiment pas dire à cause de cette brume confuse qui faussait mes perceptions.

— C'est ça, divertis-la un peu pendant que je vais chercher de l'eau. Selon Vox, ça l'aidera à dissiper le tunnel de vent qui lui embrouille l'esprit.

Exos avait l'air amusé, ce qui me fit glousser. J'aimais bien quand il était comme ça. Il avait le plus beau des sourires. Un sourire solaire. Sauf qu'il ne le montrait pas souvent. Peut-être qu'il vivait dans un nuage lui aussi. Comme moi. Parce que je ne voyais rien du tout. Mais je pouvais certainement *ressentir*. Et j'aimais beaucoup la chaleur qui se dégageait de Titus. Il était tellement musclé. Dur. *Sexy*.

— Il va vraiment falloir qu'on parle de ta façon de communiquer avec les autres, Royal, grommela Titus. Claire, ma belle, est-ce que tu peux arrêter…? Non. Arrête ça.

Il m'attrapa les poignets et je fis la moue. Je voulais le toucher. Me régaler de son *feu*.

Terminées ces conneries de baisers et d'orgasmes ! Je voulais plus que ça. J'avais besoin de le *sentir* pour de vrai.

De m'envoyer en l'air… Oh que oui !

— Claire, me mit-il en garde.

Sa voix se transforma en un sifflement alors que je me cambrai contre lui pour lui faire comprendre avec mon corps ce que je désirais, puisqu'apparemment ma bouche ne fonctionnait plus. Et mes yeux non plus.

Qu'est-ce qui lui prend, à ma tête ?

Tout est tellement flou.

Oh, mais cette chaleur…

— *Claire.*

Je me figeai contre Titus en entendant sa voix douloureuse. L'avais-je blessé sans le vouloir ? Tout ce que je voulais, c'était me rouler dans ses flammes, les laisser recouvrir ma peau et éclairer mon chemin hors de cette obscurité insupportable.

— Tiens.

Exos était de retour. Mon faë royal. Ma moitié spirituelle.

Ces hommes étaient mes faë. Mon Titus et mon Exos. Mes compagnons éternels. Mes amants. Oh, mais sans le sexe. J'eus un petit ricanement de mépris. Je fronçai les sourcils : il fallait vraiment qu'ils trouvent une solution à ça…

Oh.

Un liquide frais glissa sur ma langue, réveillant mes nerfs tout en m'apaisant. Bizarre. Je soupirai, ma tête reposant sur le torse de Titus et mes mains dans celles d'Exos.

Une fois encore prise en sandwich entre deux hommes.

Comment ma vie avait-elle pu autant changer ?

— Peut-être qu'on devrait inviter Vox, songeai-je.

Attendez, est-ce que j'ai dit ça à voix haute ?

— Il nous rejoindra plus tard, dit doucement Exos.

Ouais, pas de doute, j'ai dit ça tout haut.

Oh ! J'ai retrouvé ma voix !

Je n'y vois toujours rien par contre.

— C'est quoi ce bordel ? demanda Titus alors qu'on me versait un peu plus d'eau dans la bouche. Explique, Exos.

— Au cas où ça ne se verrait pas, j'ai eu une après-midi plutôt difficile et je ne suis pas d'humeur à supporter tes questions désobligeantes.

— Oh ? Tu m'en vois vraiment désolé. Mais tu viens de ramener une Claire complètement soûle qui n'a qu'une idée en tête : me sauter dessus. Et tu voudrais que j'accepte ça sans poser de questions ? Très bien. Tu veux bien te barrer alors, pendant que j'accède à ses demandes ?

— Va te faire voir.

— Non, toi, *va te faire voir*. Dis-moi tout de suite ce qu'il s'est passé, merde !

Je pouffai de rire, trouvant leur façon de se chamailler hilarante. Et ils n'arrêtaient pas de dire que je voulais du sexe, et ils avaient bien raison. Mais ils avaient établi cette règle stupide qui me rendait *folle*. Genre, combien de nuits une fille pouvait-elle passer à dormir nue entre deux hommes aussi canons *sans jamais* s'envoyer en l'air ?

— Ouais, eh bien, essaie de te mettre à la place d'un de ces hommes et de n'avoir que ta main pour te soulager pendant des semaines, grommela Titus.

Oh, j'ai parlé tout haut… Je fronçai les sourcils un instant. Mais non. Je ne regrettai pas mes paroles.

— Je veux du sexe.

— Par tous les Éléments, on ne va pas avoir cette conversation maintenant, vu l'état dans lequel tu es, rétorqua Exos d'un ton sec.

— Dans ce cas, divertis-nous en me racontant ce qu'il s'est passé, suggéra Titus d'une voix profonde, sexy et même un peu autoritaire, voix qui titillait délicieusement mes parties intimes. Claire, arrête ça de suite !

Exos soupira.

— Viens ici.

Il commença à masser doucement mes tempes. Je pus entrapercevoir de brefs éclats de lumière à travers l'obscurité dans laquelle j'étais plongée, mais ça ne soulageait en rien le désir entre mes cuisses. J'eus préféré qu'il masse une autre partie de mon anatomie et j'ouvris ma bouche pour le lui dire quand je sentis une langue se glisser entre mes lèvres. Je ne pus retenir un gémissement profond.

Lequel des deux était en train de m'embrasser ?

Exos, me chuchota mon esprit.

Oui... Je reconnus son côté dominateur, son goût mentholé, son autorité.

Mais au lieu de m'exciter et de soulager le désir qui montait en moi, son baiser m'assoupit. Oh, il me vida même, m'épuisa. Un homme si viril, si puissant. Je me blottis contre lui, acceptant son cadeau, sa présence, son être... et je sentis mon corps se détendre.

Transportée dans un monde doux, moelleux.

Chaud.

Bienveillant.

Mmmh.

Oui, j'allais dormir. Pas longtemps. Juste un peu. Et quand je me réveillerais, avec un peu de chance, je verrais à nouveau.

VOX

J'ÉTAIS ÉPUISÉ. M'occuper d'Aerie avait pourtant été un jeu d'enfant.

Mais avec le professeur Helios, ç'avait été une tout autre histoire. Quand il avait repris connaissance, il s'était acharné à obtenir justice pour sa classe. Et Claire avait été la cible de sa fureur. Heureusement, Exos l'avait emmenée en sécurité dans le Quartier de l'Esprit avant qu'il ne se réveille.

Le faë royal allait bien sûr devoir faire face aux conséquences de cet incident et affronter le Conseil. Et cela voulait dire qu'il fallait que j'intervienne.

Cette tornade ne venait pas de Claire. Je l'avais ressenti dans toutes les fibres de mon être, et pas seulement parce que mon air la considérait comme une compagne potentielle.

Ce qui n'arrivera pas, me dis-je pour la millième fois. L'aider, oui, je pouvais faire ça. Mais tomber sous le charme d'une femme qui avait déjà deux compagnons ? Hors de question.

Sauf que mes pensées ne cessaient de me ramener à la sensation de son essence qui m'appelait à elle.

Merde.

Merde.

Merde.

Je devais être fou de même penser à elle alors que l'Académie tout entière était en émoi après cette nouvelle série de décès impliquant la Halfeline.

Sauf que ce n'était pas sa faute.

— Par tous les Éléments, dit Sol à bout de souffle en déboulant dans la résidence de la Terre, un sac à la main. Vox, qu'est-ce que tu fais ici ?

À propos de ça…

Je me tortillai sur la chose qui lui servait de canapé et regardai d'un air sévère les couches épaisses de poussière recouvrant la fenêtre. On aurait dû avoir une vue magnifique sur les jardins changeants, mais faire le ménage n'était pas le fort de Sol.

— Il faut vraiment que tu te trouves un canapé plus confortable, me plaignis-je en ignorant sa question. C'est pas du tout convivial.

Sol leva les yeux au ciel et laissa tomber son sac en toile sur la table avant de l'ouvrir. Une tourte à la viande enrobée de feuilles végétales encore fumante me mit l'eau à la bouche. Sol déchira une des feuilles et m'en tendit un gros morceau en me jetant un regard compatissant.

— Ça ne te ressemble pas de te morfondre, Vox. Tu n'as pas vu la Halfeline comme tu l'espérais, c'est ça ?

Je fixai un instant la tarte avant d'en prendre une petite bouchée. L'appétit me manquait malgré mon estomac qui criait famine, réclamant à cor et à cri de la nourriture pour compenser l'énergie dépensée à botter le cul d'Aerie.

— Plutôt le contraire, admis-je la bouche pleine.

Les yeux marron de Sol me balayèrent de haut en bas, comme s'il venait juste de remarquer que mon costume, habituellement toujours soigné, était en lambeaux.

— Ne me dis pas que tu te trouvais là-bas durant le maelström ?

Mon absence de réponse lui fit écarquiller les yeux.

— Par tous les Éléments, Vox, tu aurais pu te faire tuer !

Il se pencha vers moi et baissa la voix, regardant autour de lui au cas où quelqu'un nous entendrait malgré les solides murs de pierre qui s'élevaient autour de nous.

— Est-ce que le royal était là, lui aussi ? me demanda-t-il en remuant ses doigts devant moi. Est-ce qu'il lui a manipulé l'Esprit pour qu'elle fasse ça ?

Je faillis m'étouffer avec mon morceau de tourte.

— Bon sang, Sol. Non !

Sol se méfiait de tous les Faë de l'Esprit, mais plus particulièrement d'Exos. Je ne savais toujours pas pourquoi, mais ce soir n'était pas le bon soir pour lui poser la question. Je n'avais pas non plus l'énergie de lui prouver qu'il avait tort. Parce qu'il aurait fallu que je lui parle de ce qu'il s'était passé avec Claire, et je n'étais pas encore prêt à le faire.

Mon meilleur ami émit un bruit de mépris avant d'enrouler une feuille autour d'un gros morceau de viande et de mordre dedans à pleines dents. Son regard se tourna machinalement vers la fenêtre sale, comme pour observer ce qu'il se passait dehors, alors qu'on n'y voyait rien.

— Ça n'a pas vraiment d'importance de toute façon, dit-il.

— Pourquoi ça ?

Il mâcha pensivement avant de répondre.

— J'ai entendu dire que s'il y avait un autre décès à l'Académie, la Halfeline serait expulsée et exilée au Royaume de l'Esprit, dit-il d'un air nonchalant. Et ce ne serait pas une mauvaise chose, parce que ce salaud de royal partirait avec elle et je n'aurais plus besoin de raser les murs dans mon propre campus. Elle a accès aux cinq éléments, tu sais, donc si elle reste elle finira par assister à des cours de la terre.

Il frissonna comme si l'idée l'horrifiait.

Mon cœur manqua un battement. *Exilée ? Dans le Royaume de l'Esprit ?*

Hors de question, putain.

Elle est innocente !

Ils se mettaient le doigt dans l'œil s'ils pensaient que j'allais les laisser envoyer une fille innocente dans un foutu terrain vague.

Je cognai mon poing sur la table, faisant voler la poussière.

— De un, *Sol*, tu n'es pas du genre à raser les murs. Du tout. Le sol tremble sous tes pas comme sous ceux d'un monstre furieux, lui dis-je avant de lever un deuxième doigt. Et de deux, ne juge pas quelqu'un que tu n'as jamais rencontré. La Halfeline est innocente.

Je ne lui laissai pas le temps de réagir à mon coup de gueule. Je le vis un bref instant écarquiller les yeux, dans lesquels je crus voir une expression blessée, avant de défoncer la porte d'entrée d'un coup de vent et de sortir de la résidence de la Terre.

J'aurais dû retourner dans mes propres quartiers, mais me retrouvai emporté par une brise qui semblait me guider tout droit vers la Halfeline qui, j'en étais persuadé, était incapable de faire du mal à une autre âme et ne méritait pas la colère des faë.

Tout le monde sur le campus savait qu'elle vivait, ou plutôt qu'elle avait été *exilée*, dans la résidence de l'Esprit. Il ne me restait plus qu'à trouver quelle chambre elle avait choisie dans cet endroit à l'abandon.

PERSONNE NE S'AVENTURAIT jamais dans le Quartier de l'Esprit, et ce, pour une bonne raison. Cette terre désolée ressemblait à une balafre sur un terrain autrement magnifique.

Une ligne austère sillonnait le sol là où les barrières séparant les énergies majestueuses se rejoignaient. La pierre vivante et animée du Quartier de la Terre gardait ses distances avec la poussière froide, grise et sans vie qui recouvrait le campus de l'Esprit. J'inspirai profondément, comme pour rassembler en moi mon air à la façon d'une bulle protectrice, avant de faire un pas en avant.

Et voilà.

Aïe.

Bon, d'accord, ça faisait mal. C'était un peu comme de passer de la vie à la mort, parce que je n'étais pas censé me trouver dans le Quartier de l'Esprit. Je n'avais pas été invité à pénétrer les lieux et il n'y avait pas la moindre brise dans l'air pour me faire me sentir le bienvenu.

Des bâtiments ternes et sans vie recouverts de lianes mortes avaient abrité autrefois des salles de classe remplies d'étudiants à l'esprit vif. Une touche de couleur attira mon regard au milieu de cette poussière funèbre.

Une fleur blanche.

Je me penchai pour l'examiner de plus près et la caressai du bout des doigts.

Claire.

Une autre fleur m'indiqua le chemin à suivre à quelques pas de là. Je m'avançai vers elle et scrutai attentivement le sol jusqu'à ce que j'en repère une autre. Puis une autre encore, et encore une autre… jusqu'à me retrouver si profondément enfoncé dans le Quartier de l'Esprit que j'aurais juré pouvoir entendre les voix des morts qui avaient autrefois foulé ce sol.

Oh, non, ce n'est pas une voix d'outre-tombe. C'est celle d'un faë.

Je penchai la tête sur le côté et relâchai un tout petit peu de mon pouvoir sous forme de brise pour déterminer d'où venaient ces sons.

Là-bas, la résidence.

J'y entrai sans frapper, non pas parce que je voulais m'imposer, mais parce que je mourais d'envie de découvrir quel faë se trouvait là en dehors d'Exos et de Claire.

— Il faut que tu fasses *quelque chose*, putain, exigea un faë à la carrure musclée.

De légères flammes brûlaient au bout de ses boucles auburn et des braises crépitaient dans ses yeux alors qu'il défiait le royal, lui-même lourdement appuyé contre le mur. Il était torse nu et ses cheveux étaient mouillés, comme s'il sortait de la douche.

— Et *toi*, il faut que tu te calmes, lui ordonna Exos.

Il se redressa du mur et posa brusquement ses yeux sur moi, me faisant sursauter.

— Ah, Vox. Te voilà enfin, me dit-il en me faisant signe de m'approcher comme c'était lui qui m'avait convoqué ici. Viens et fais comme chez toi.

J'écarquillai les yeux. J'étais un Faë de l'Air, féru de l'art de la furtivité. Je m'étais discerné à chaque examen de dissimulation et de camouflage, obtenant les honneurs et les félicitations du jury, ce qui me positionnait en tête de liste pour une carrière d'espion dans le Royaume de l'Air, si jamais je le souhaitais. Et pourtant, le royal avait remarqué ma présence en moins d'une demi-seconde.

Le Faë du Feu me regarda d'un air si mauvais que je regrettai presque d'être venu ici. Je le reconnus tout de suite. Comme tout le monde sur le campus l'aurait fait. Il était un combattant célèbre. Un champion. Redoutable et meurtrier.

— Eh bien, tu as entendu Exos, me dit Titus. Ne reste pas planté là, Vox. Entre.

En ravalant ma peur, j'entrai et ajustai maladroitement mon costume abîmé. J'aurais probablement dû mettre quelque chose de plus présentable avant de m'aventurer ici.

— Euh, Claire va bien ? demandai-je.

Bien joué, Vox.

— Oui, elle fait une sieste, me répondit en Exos en lançant un coup d'œil appuyé à Titus. Et elle ne devrait pas être laissée seule, Titus.

— Est-ce que je dois m'attendre à ce qu'elle se réveille encore enivrée ? Ou est-ce que ton petit lavage de cerveau a arrangé ça ?

Exos le regarda d'un air mauvais.

— Tu préférais l'autre option peut-être ?

— Ça ne fonctionne plus, gronda Titus.

— Je sais.

— Alors, fais quelque chose, *Votre Altesse* !

Exos soupira tout en passant ses doigts dans ses cheveux blonds.

— Désolé, Vox. Tu arrives en plein milieu d'une discussion plutôt *intense* que Titus ne semble pas vouloir laisser tomber.

Ces deux derniers mots étaient adressés au Faë du Feu.

Titus lui fit un doigt d'honneur en guise de réponse.

Bon, je vois. J'avais clairement interrompu quelque chose.

— Je peux revenir plus tard…

— Non, répondirent-ils en chœur.

— Il faut qu'on parle de ce qu'il s'est passé, ajouta Exos. De ce qui a mal tourné.

— Elle n'a tué personne, laissai-je échapper sous la pression de leurs regards posés sur moi. Je l'ai senti, je veux dire. Je suis un mentor et je suis habitué à ressentir les énergies. Et l'énergie responsable de ce vortex n'était pas celle de Claire.

Exos sourit.

— Je sais. Mais merci de confirmer mes soupçons.

— Tu te souviens de ce que je t'ai dit à propos de la communication entre nous ? intervint Titus en faisant un geste entre lui et Exos. Eh bien, ça craint toujours. Alors maintenant, parle-moi de ces *soupçons*.

— Si tu m'avais laissé deux minutes tout à l'heure au lieu de faire une scène, je t'en aurais parlé.

— Ah ouais ? Eh bien, dis-moi maintenant, bordel.

— C'est qui le Prince ici, Titus ? lui demanda Exos en penchant sa tête sur le côté. Toi ou moi ?

— Oh, pas encore ça, putain, gémit Titus en levant les mains au ciel. Claire est ivre morte, tu ne m'as toujours pas expliqué pourquoi, et pourtant tu veux m'envoyer ta supériorité en plein visage au lieu de m'expliquer ce qui se passe ? Typique.

— Ce qui est « typique », c'est ta manie de t'énerver pour un rien.

— *Pour un rien ?* répéta-t-il en pointant son doigt en direction de la porte qui se trouvait au fond de la pièce. *Ça* n'est pas rien.

— Aerie a lancé un cri d'air dans l'esprit de Claire. Plus spécifiquement dans le lobe frontal, ce qui cause généralement une… incapacité temporaire, expliquai-je en espérant dissiper une partie de la tension. C'est un mécanisme d'attaque classique chez les Faë de l'Air, qui rend tout adversaire incohérent pendant une heure ou deux. En gros, ça donne à la victime l'impression d'être complètement soûle.

Titus me regarda bouche bée tandis qu'Exos se frottait le menton d'un air pensif.

— Ça va aller pour elle, ajoutai-je. Elle a juste besoin de dormir.

— D'après toi, qui a manipulé sa spirale ? s'enquit Exos, changeant de sujet.

— Je ne sais pas. Mais je peux vous aider à trouver le responsable.

Il eut l'air surpris.

— Comment ?

— En traquant la source de l'énergie.

Ce qui ne devrait pas être trop difficile. Mes propres tentatives au démantèlement du maelström m'avaient donné une bonne idée de l'énergie qui l'animait.

— Comme je l'ai dit, je suis doué pour sentir les énergies.

C'était d'ailleurs ce qui me permettait d'aider Sol avec son élément de la Terre.

— Tu es en train de dire que tu souhaites aider, traduisit Exos.

— Je suis en train de dire que je peux aider, si vous en avez besoin.

Je n'étais pas bête au point de sous-entendre qu'un Faë de l'Esprit aussi puissant que lui nécessitait mon aide. Comme il l'avait dit, il se doutait déjà que Claire n'était pas la source de ce pouvoir.

Il hocha la tête avant d'échanger un regard avec Titus.

— Je pense qu'on a trouvé notre Faë de l'Air.

— En supposant qu'il soit à la hauteur, rétorqua Titus en croisant ses bras sur son torse et en me dévisageant. Tu penses en être capable ?

— De quoi ? Traquer la source de l'énergie ? Oui.

— Non, dit Titus avec un petit sourire arrogant. Je veux dire, est-ce que tu te sens capable de gérer Claire ?

— Oh, euh… balbutiai-je. Pour l'aider à gérer son air ?

Titus hocha la tête.

Exos ne dit rien, m'évaluant du regard.

— Je suis juste venu vous dire que ce n'était pas elle la responsable, et vous proposer mon aide pour traquer le coupable.

Bon, ce n'était pas entièrement vrai. Une partie de moi mourait juste d'envie de savoir comment elle allait. Mais c'était mon côté mentor : je me devais de m'assurer que l'étudiante auprès de qui je ne m'étais pas montré à la hauteur plus tôt dans la journée se portait bien.

— Mais oui, je suis d'accord, elle a besoin d'un mentor.

J'avais prévu de dire ça à Exos tout le long, mais les commentaires de Sol sur l'exil potentiel de Claire m'avaient détourné de mon discours premier. Rien ne m'avait alors plus importé que de clamer son innocence afin qu'ils ne la bannissent pas.

Mais pourquoi je m'en soucie autant ?

Parce qu'elle est innocente.

Bien sûr.

— Elle a besoin de *toi* comme mentor, répondit Exos. Tu es un bon candidat pour elle. Je l'ai senti durant le cours. Et donc tu seras son mentor.

Il dit ça comme si l'affaire était conclue.

— Je vous aiderai à en trouver un, proposai-je. Un mentor, je veux dire.

— Pas besoin, dit-il en se retournant avant de s'éloigner vers le couloir. Elle en a déjà un, Vox. Toi.

Il s'arrêta sur le seuil de la porte et son regard bleu croisa le mien.

— Reste ici. Je vais juste me mettre des vêtements plus appropriés pour la traque.

— Mais…

— Et je dois réveiller Claire. Donne-moi vingt minutes, Vox.

Je restai bouche bée alors que le faë royal disparaissait dans une pièce sans me laisser le temps de répondre.

Titus ricana.

— Ouais, il fait ça assez souvent. Mais tu t'y habitueras.

— Je ne peux pas être son mentor, balbutiai-je.

— Et pourquoi pas ? me demanda Titus en me regardant d'un air curieux.

— Je… C'est juste que… J'ai Sol et les cours et…

Il eut l'air peu convaincu.

— Je ne sais pas ce qu'est un Sol, mais tout ce que j'entends là, ce sont des excuses bidon. Franchement, je suis un peu déçu. Exos s'est clairement planté. Claire a besoin de quelqu'un de plus fort que ça. Mais t'en fais pas, je vais lui parler. Bon, bien sûr, il ne m'écoutera pas, mais si tu ne te sens pas capable de le faire, il n'aura pas le choix. Si ?

— Non, ce n'est pas ce que je voulais dire.

Merde. Il a raison. Mes excuses sont pathétiques. Je secouai la tête et me pinçai l'arête du nez.

— Son pouvoir réclame le mien.

La vérité s'échappa de ma bouche. Mais qu'est-ce que je pouvais dire d'autre ? Lui donner une autre excuse bidon ? Non. Elle méritait mieux que ça. Et moi aussi.

Titus sourit.

— Eh bien dans ce cas, bienvenue dans l'équipe, Vox. J'espère que tu aimes les douches froides.

EXOS

Je passai mes doigts dans les cheveux épais de Claire, me délectant de leur texture soyeuse tandis que je retirais lentement mon emprise sur ses éléments. Pouvoir manipuler les autres était la face cachée et obscure de mon pouvoir, et cela incluait de pouvoir endormir quelqu'un comme bon me semblait.

Pour Claire, je n'avais pas eu le choix. Ses yeux, devenus comme *fous*, ne voyaient plus et ses pouvoirs agissaient de leur propre volonté. Elle ne s'était probablement pas rendu compte de la force avec laquelle elle avait attiré Titus sur le lit ou de la façon dont son feu avait englouti le pauvre faë dans un torrent de désir brûlant.

Visiblement, nous avions tous les trois quelques passions refoulées qui nous trottaient dans la tête.

Je soupirai et m'installai sur le lit à côté d'elle, l'enveloppant de mes bras. Je la sentis qui commençait à s'éveiller. Avec un peu de chance, sa sieste l'aurait guérie du sort d'ivresse qu'Aerie avait jeté dans son esprit.

Je pourrais la tuer, cette Faë de l'Air, pensai-je, toujours furieux. Elle s'en était prise à Claire dans un moment de faiblesse, après que celle-ci avait détruit ce maelström.

Que Claire n'avait absolument pas créé.

J'avais senti une présence inconnue juste avant que la tornade n'éclate et ne sème le chaos dans la salle de classe. Elle avait une touche d'obscur, une note d'esprit que je ne reconnaissais pas.

Mais je savais avec certitude qu'elle n'appartenait pas à Claire. Mon pouvoir s'était accordé au sien au cours de ces dernières semaines, entrelaçant nos essences et combinant nos esprits. Je la *connaissais* à présent. Et cette énergie destructrice qui avait traversé la pièce possédait un schéma élémentaire tout à fait différent de celui de Claire.

— Exos ? murmura-t-elle les yeux toujours fermés.

— Je suis là, princesse, lui dis-je en déposant un baiser sur son front et la serrant un peu plus fort contre moi. Comment tu te sens ?

Elle sembla y réfléchir un instant avant de répondre.

— J'ai la gueule de bois. Genre, la gueule de bois du siècle.

Je rigolai doucement et tendis le bras vers le verre d'eau que je lui avais laissé sur la table de nuit.

— Tiens, bois ça.

J'approchai le verre de ses lèvres et l'aidai à en prendre quelques gorgées en laissant mon esprit caresser le sien. Ces dernières semaines passées ensemble avaient rendu l'exercice très naturel.

Elle s'étira à côté de moi, gémissant doucement de contentement.

— Merci, murmura-t-elle en se blottissant un peu plus contre moi.

Je reposai le verre sur la table de nuit et passai à nouveau mes bras autour d'elle.

— Tu as vraiment fait du bon boulot aujourd'hui, Claire.

Malheureusement, même si je pensais vraiment ce que je disais, je doutais que le Conseil soit du même avis que moi. L'incident dans le Quartier de l'Air désignait Claire comme responsable, et ils ne manqueraient pas de s'en servir pour la bannir de l'Académie.

— Aujourd'hui ? répéta-t-elle d'une voix encore endormie… avant de se figer tout à coup. Oh non…

— Chut, ça va aller, la rassurai-je.

Parce que je vais trouver qui est vraiment à l'origine de cette spirale et lui briser le cou.

Il me vint alors à l'esprit que Claire n'était peut-être pas responsable des autres incidents non plus, et qu'il pouvait s'agir de la même personne qu'aujourd'hui. Il était difficile d'en être sûr puisque l'incendie et le raz-de-marée avaient eu lieu avant que je comprenne vraiment l'étendue de ses pouvoirs. Mais vu ce qui s'était passé au Quartier de l'Air, c'était tout à fait possible.

— Ce n'était pas moi, balbutia-t-elle en se tortillant pour se tourner vers moi. Je veux dire, je pensais que c'était moi au début parce que j'ai créé la spirale. Mais je ne sais pas ce qu'il s'est passé, elle est devenue complètement incontrôlable. Et quand j'ai essayé de l'arrêter, je n'arrivais pas à trouver mon essence à l'intérieur. Comme… comme… tu te souviens, hier ? Avec la boule d'énergie dans la cour ? Quand tu m'as dit de l'absorber avec mon Feu ? Et j'ai pu le faire parce que je reconnaissais mon propre pouvoir. Mais aujourd'hui…

Elle s'interrompit, une expression peinée sur son visage.

— Je sais que ce que je dis n'a pas de sens, mais je te jure, Exos, ce n'était pas moi.

Je lui pris gentiment le menton pour la forcer à me regarder dans les yeux.

— Je sais, princesse. Je l'ai senti moi aussi.

Elle devait avoir oublié le moment où Vox avait dit lui aussi que ce n'était pas elle. C'était fascinant de voir qu'il avait pu le sentir sans avoir initié de lien avec elle. Soit cela faisait de lui un compagnon potentiel pour Claire, soit cela lui venait de ses dons exceptionnels.

Dans tous les cas, cela faisait de lui un membre idéal pour cette équipe.

Et c'était pour cette raison qu'il se joindrait à nous. Qu'il le veuille ou non.

— Ah oui, toi aussi tu l'as senti ? chuchota-t-elle.

Je l'embrassai tendrement avant de poser mon front contre le sien.

— Mon esprit reconnaît le tien, Claire.

— À cause du lien, dit-elle pour elle-même.

— Et de ces dernières semaines d'entraînement. Mais oui, surtout à cause de notre connexion.

Je léchai sa lèvre inférieure et continuai à caresser son esprit avec le mien, la faisant à nouveau gémir de satisfaction.

— Notre connexion s'approfondit lui dis-je tout bas. Est-ce que tu le sens aussi ?

Il existait différents niveaux dans les liens entre compagnons, et le nôtre n'était pas loin de devenir plus permanent.

— Je ne comprends pas vraiment comment ça marche, admit-elle doucement. Mais oui, je peux le sentir. Est-ce que c'est le sexe qui scelle le lien ?

Ses joues prirent une adorable teinte rosée et une lueur vive passa dans ses yeux bleus.

— Désolée, je me suis mal exprimée. C'est juste que… je me demandais si c'était pour ça que Titus et toi vous reteniez de le faire, pour ne pas intensifier le lien par accident.

Son aveu me surprit.

— Tu penses qu'on ne veut pas aller plus loin ?

Et ça concernait aussi bien le sexe que le lien.

— Je, eh bien, oui, bafouilla-t-elle. Mais je comprends. Vous êtes deux donc ça rend tout ça encore plus bizarre, non ? Et tu n'as pas vraiment eu le choix pour notre lien, puisque je t'ai embrassé sans ta permission. Même si je ne savais pas à ce moment-là que tout ça arriverait. Ne le prends pas mal, hein ? Je ne le regrette pas. Ce que je veux dire, c'est que…

Je la fis taire en l'embrassant. Même si son petit monologue était adorable, je ne voulais pas l'entendre douter de la nature de notre lien.

Est-ce que j'avais eu le choix ? Non.

Est-ce que ça m'avait dérangé ? Au début, oui. Mais maintenant ? Non.

Non, maintenant je ne voudrais pas qu'il en soit autrement. Son don pour l'Esprit égalait le mien, faisant d'elle une princesse idéale pour ma cour. Si on oubliait un instant les autres éléments concurrents, ce que nous avions était si unique, si différent, et d'une telle puissance ! Personne ne pourrait jamais comprendre ce qui nous unissait.

Et c'était avec cette idée en tête que je la fis rouler sur le dos et que je me mis à la vénérer avec ma bouche. Je me libérai de toutes les émotions que je cachais au reste du monde, y compris mes sentiments pour elle. Oh, bien sûr, Titus devait avoir une idée de mon désir pour elle. Mais ce qu'il en savait ne faisait qu'effleurer la surface des sentiments profonds que je gardais enfouis en moi.

Un guerrier ne pouvait se permettre aucune faiblesse.

Et pourtant, Claire était devenue la mienne.

Elle avait donné un nouveau sens à mon cœur.

Je plaçai mes hanches entre ses cuisses, mon membre palpitant contre son intimité brûlante.

— Le sexe est la fusion de deux corps, lui murmurai-je en parsemant sa joue de baisers. La connexion, elle, se fait entre les éléments. Et la nôtre est comme une danse entre nos âmes.

J'appuyai mon membre engorgé contre le sanctuaire qui se trouvait entre ses cuisses, lui faisant ressentir un avant-goût de mon besoin lubrique. Je souris en l'entendant gémir. Si seulement nous étions nus… j'aurais alors pu lui montrer toute l'intensité de mes désirs ardents.

Malheureusement, j'avais une tâche à accomplir, qui, je l'espérais, lui garantirait une place à l'Académie et apaiserait le Conseil.

Trouver celui qui essayait de faire accuser ma Claire.

J'effleurai de mes lèvres la peau sensible de son cou en remontant jusqu'à son oreille.

— Tu peux renforcer un lien sans sexe, Claire. Il faut juste que deux faë acceptent mutuellement de continuer à explorer les opportunités offertes par ce lien. Je pense que l'équivalent dans ton monde serait de passer de quelques rendez-vous à une relation plus sérieuse, ou même à des fiançailles. Une fois que nos éléments passent à l'étape suivante du lien, il s'agit d'une promesse pour le futur et d'une intention sérieuse de se lier pour l'éternité.

— Combien y a-t-il d'étapes ? me demanda-t-elle en se cambrant contre moi, ses ongles me griffant le dos.

Je ne pus m'empêcher de sourire contre son cou.

— Quatre.

— Et on en est à la première, c'est ça ?

— Oui.

— Mais on est proche de la deuxième étape ?

— Oui.

Je capturai à nouveau sa bouche, juste parce que je le pouvais, et y glissai ma langue, la possédant dans les moindres recoins. Elle gémit, son corps tremblant de désir contre le mien. Je mourrais d'envie de céder, juste pour un instant, et c'est ce que je fis.

Je lui donnai tout.

Ma frustration.

Mon désir.

Mon adoration.

Mes inquiétudes.

Le Conseil allait se rassembler plus tard dans la journée et si je ne leur donnais pas un argument valide pour ne pas l'expulser…

Non.

Je refusais que cela arrive.

Je ne les laisserais pas faire.

Claire enroula ses bras autour de mon cou, me serrant fort contre elle et me donnant autant que je lui en donnais. Ses sentiments explosaient sur sa langue et je ressentis toute sa confusion, sa force et, plus important encore, son désir non seulement d'une connexion physique, mais aussi d'une connexion émotionnelle.

Avec moi.

Un signe d'affection mutuelle.

Elle ne pouvait pas savoir que c'était ce que cela signifiait, mais mon pouvoir lui répondit, dansant avec le sien sur un plan accessible uniquement à l'esprit.

— C'est ça, n'est-ce pas ? murmura-t-elle avec de l'émerveillement dans la voix.

— Oui.

Apparemment, c'était le seul mot que j'étais capable de dire ce soir. Et non seulement je n'arrêtais pas de le dire à voix haute, mais il résonnait dans mon âme aussi.

L'énergie de Claire s'enroula autour de la mienne, faisant se dresser les cheveux sur ma nuque. C'était pour cette raison que nous n'avions pas besoin de coucher ensemble pour passer à l'étape suivante. Le lien exigeait une compatibilité élémentaire, couplée avec une passion et un désir d'approfondir cette compatibilité.

Et je n'avais jamais rencontré d'autres faë plus compatibles que Claire.

— Tu es sûre de toi ? lui demandai-je doucement en frottant mon nez contre le sien. Parce que si on fait ne serait-ce qu'un pas de plus, on aura franchi la deuxième étape, Claire.

— Tu veux dire qu'on sera exclusifs, c'est ça ? demanda-t-elle avec une expression rêveuse sur le visage.

Puis elle eut l'air de prendre conscience de ce qu'elle disait et se figea.

— Ça voudra dire que je ne pourrais plus voir Titus…

— Non, lui répondis-je en prenant sa joue dans ma main et la ramenant à moi avant que la panique ne s'empare d'elle. Ça voudra dire que tu ne pourrais pas voir d'autres Faë de l'Esprit. Il s'agit là d'un lien élémentaire, Claire. Autrement dit, tu déclarerais ton esprit comme étant engagé avec le mien.

— Comme un mariage.

— C'est similaire, mais différent. Vois ça plutôt comme un engagement à long terme qui nous permettra de nous assurer que notre couple correspond à ce que nous désirons vraiment. En passant à la phase suivante du lien, tu auras un plus grand accès à *moi*. À mon esprit. Cela demande de la confiance, Claire. Puis, à partir de là, on passe à la troisième étape. C'est à cette étape que nos éléments se mêleront et s'aideront mutuellement à s'épanouir. Tu pourras m'emprunter de l'énergie tout comme moi je pourrai t'en emprunter. Et la dernière étape est l'éternité.

Elle déglutit et je pus voir ses préoccupations se transformer en curiosité.

— Ma mère et Mortus, ils en étaient à la troisième ou la quatrième étape ?

— À la troisième, murmurai-je. Quand tu atteins cette étape, il n'y a pas de retour en arrière possible. Les éléments sont imbriqués l'un dans l'autre. Indéfiniment.

— Pourquoi l'étape quatre alors ?

— C'est surtout une formalité, un gage de fidélité qui lie les âmes. Lier nos éléments, mais pas nos âmes, peut être assez douloureux.

Ce qui expliquait la colère de Mortus. Mais je gardai ce commentaire pour moi. Même si je voyais à son expression qu'elle en était arrivée à la même conclusion.

— La troisième étape est officielle et contraignante pour les deux parties, un peu comme des fiançailles, mais sans échappatoire si tu te dégonfles, résuma-t-elle. Et la deuxième est un peu plus sérieuse que de sortir simplement avec quelqu'un, comme… comme emménager ensemble. Alors que la première étape est temporaire et sert à voir si la personne que ton pouvoir a choisie est aussi quelqu'un tu pourrais aimer.

Je l'embrassai tendrement, conquis par la manière dont elle s'était détendue et radoucie sous moi.

— Très bon résumé, princesse.

— Et on vit déjà ensemble, continua-t-elle en faisant bouger sa bouche contre la mienne. Donc on devrait passer à l'étape suivante.

Elle fit glisser sa langue sur ma lèvre inférieure.

— Non ?

— Si tel est ton désir.

— Est-ce que c'est le tien aussi ?

Je m'écartai pour la regarder dans les yeux, la paume de ma main toujours posée sur sa joue.

— Oui.

Encore et toujours ce mot.

Ses yeux bleus s'illuminèrent.

— Vraiment ?

J'appuyai à nouveau mon excitation contre son centre chaud et penchai ma tête sur le côté.

— Tu sens bien à quel point j'ai envie de toi, non ?

Elle me frappa l'épaule.

— Tu as dit que c'était une question d'émotions !

— C'est une question de tout, Claire, lui répondis-je en riant. Est-ce que je veux renforcer notre lien ? Oui. Absolument. Mais j'ai aussi très envie de te sauter. Les deux ne sont pas mutuellement exclusifs, mais encore une fois, la connexion n'est pas liée au sexe. C'est une question de pouvoir. Et ça augmenterait les sensations, du moins c'est ce que j'ai entendu.

— Tu ne t'es jamais lié avec une autre ?

— Seulement toi, Claire. À tous les niveaux.

Je m'appuyai sur mes coudes de chaque côté de sa tête, car je voulais qu'elle voie la sincérité de mon expression alors que je lui confiais la vérité ultime.

— Je n'ai jamais voulu me lier avec personne. Et pour tout te dire, je ne pensais pas trouver un jour quelqu'un qui conviendrait à mon pouvoir. Je suis l'un des Faë de l'Esprit les plus puissants au monde. Je ne dis pas ça pour me vanter, c'est juste un fait. Et trouver une partenaire qui soit capable de gérer mon don, une par qui mon esprit serait vraiment attiré, était une notion inconcevable. Jusqu'à ce que je te rencontre.

Je vis des larmes au coin de ses yeux, et je la regardai, perplexe.

Ce n'était *pas* la réponse à laquelle je m'attendais. Loin de là.

Mais elle m'attira à elle pour un baiser et je fus envahi par toutes les sensations qui se déversèrent depuis sa bouche jusqu'à la mienne.

Elle ne venait pas seulement d'accepter le lien. Elle venait de fracasser la porte pour nous amener tous les deux à la deuxième étape. Je le sentis à la manière dont nos pouvoirs s'entrechoquèrent, comme si un verrou venait de fixer son esprit au mien, assurant sa place dans mon cœur, et la mienne dans le sien.

— Claire, murmurai-je en répondant à son étreinte et en la vénérant avec ma langue.

Elle s'agrippa à moi comme si elle avait besoin de moi pour respirer, ses jambes s'enroulant autour de mes hanches et ses doigts tiraillant mes cheveux.

Ce baiser marquait un nouveau départ.

Elle avait gravé son nom dans mon être. Mon élément était maintenant sien, et son élément mien. Des fleurs s'épanouirent tout autour de nous, et cette création de vie embauma la pièce du parfum de notre connexion qui venait de s'approfondir, faisant trembler les fondations mêmes du bâtiment.

Le fait que cela se soit produit au Quartier de l'Esprit ne fit qu'intensifier cet instant et ramena à la vie toute la nature sur le campus désertique.

Les arbres se réjouirent.

Les terres crièrent leur plaisir.

Et les prairies fleurirent.

C'était le pouvoir que nous possédions ensemble, une énergie vitale à laquelle personne ne pourrait jamais toucher. Elle était *à nous*.

Claire frissonna sous mes doigts, ses yeux bleus brillant de vitalité.

— C'est…

— Incroyable, complétai-je doucement. Et quelque chose qu'on va certainement explorer encore plus à l'avenir.

Je caressai sa lèvre pulpeuse avant de déposer un baiser sur sa joue. Plus que jamais, je ressentis le devoir de la protéger, et pour cela, il fallait que je la quitte pour trouver celui qui essayait de lui faire du mal.

— Vox est ici, lui murmurai-je.

— Pourquoi ? demanda-t-elle d'une voix un peu rauque, mais avec une expression de douceur sur son visage.

— Il sait que tu n'as pas créé la tornade aujourd'hui, et il pense qu'il peut retrouver la personne à qui appartient l'énergie.

Je passai mon pouce sous son œil et essuyai la larme qui avait coulé il y a seulement quelques instants.

Des larmes de joie, réalisai-je. J'aimais bien cette idée. Je décidai de lécher la petite goutte parfumée de ses émotions qu'elle venait de m'offrir. *Miennes. Tout comme Claire.*

Elle écarquilla les yeux.

— Il pense que quelqu'un a créé cette horrible chose intentionnellement ?

— Oui, pour te faire accuser. Et je pense que l'incident dans la cour et le raz-de-marée dans la résidence n'étaient peut-être pas de ta faute non plus. Je vais aller avec lui et voir si on arrive à retrouver la personne qui a créé cette tornade.

— Je viens avec vous, dit-elle en posant ses mains sur mes épaules comme pour me repousser.

Je refusai de bouger.

— Non. Tu dois rester ici avec Titus.

Je posai mon doigt sur ses lèvres pour l'empêcher de protester.

— Claire. Il a besoin de toi.

Il ne s'agissait pas là pour moi d'essayer de la protéger. Au contraire, cela aurait pu être pour elle une bonne occasion d'apprendre à identifier l'essence des autres, leçon qui aurait pu être très bénéfique puisqu'elle était amenée un jour à pouvoir les contrôler.

Mais non.

Il s'agissait de Titus.

— Il est sur les nerfs, expliquai-je. Et pour te protéger correctement, j'ai besoin qu'il reste concentré. Et il n'y a qu'un moyen d'y remédier.

Je m'en étais rendu compte cet après-midi après avoir vu son expression de pure douleur, son feu tout juste dissimulé.

Même si je ressentais moi aussi le désir ardent de revendiquer Claire comme mienne, mon contrôle élémentaire était bien supérieur au sien. Et puis, je n'avais pas tendance à mettre le feu à tout ce qui me tombait sous la main quand j'étais en colère.

Puisqu'il semblait que nous nous apprêtions à affronter quelqu'un de suffisamment puissant pour manifester des pouvoirs sous couvert de ceux de Claire, j'allais avoir besoin que tout le monde soit vraiment concentré. Sans parler du fait qu'il fallait aussi assurer la sécurité et la protection quotidienne de notre petite princesse faë. Il y avait bien trop de gens qui voulaient sa mort.

J'aimais presque l'idée qu'elle ait besoin de plus d'un compagnon. *Presque*. Parce que je ne pouvais pas nier que ça m'arrangeait pas mal qu'ils deviennent ses gardes du corps.

— Est-ce que tu es en train de me dire de… ?

Elle laissa sa question en suspens, le front plissé.

Je me penchai pour l'embrasser entre les sourcils avant de glisser mes lèvres jusqu'à sa bouche.

— Oui, Claire. Je te dis de le satisfaire pendant mon absence. Je ne veux pas connaître les détails. Même si je le sentirais probablement à travers notre lien.

Cette idée me fit grimacer un instant, mais je réprimai rapidement ma réaction instinctive.

Personne ne pouvait altérer notre lien de l'esprit.

Pas même Titus.

— Je trouve ça… mal… alors qu'on vient juste…

Je la fis taire avec un autre baiser, celui-ci enjôleur et porteur d'une promesse.

— Tu es toujours mienne, Claire. Mais tu es aussi à lui. Et je respecte ça, tout comme je sais qu'il respectera notre lien. C'est la vie.

Je penchai la tête sur le côté, une pointe d'amusement dans le cœur.

— Tu n'es plus dans le monde humain, ma princesse chérie. Nous sommes des faë. Nos règles sont différentes.

Elle me regarda droit dans les yeux sans rien dire pendant un moment avant de m'attirer à elle et de me gratifier d'un autre de ses délicieux baisers.

— Ne fais rien sans moi, me dit-elle doucement. Si vous trouvez la personne responsable de tout ça, je veux le savoir. Et je veux être là.

— Bien sûr.

Je frottai mon nez contre le sien.

— Ce n'est qu'une mission de reconnaissance.

— Tu promets ?

— Je t'en fais le serment.

Je lui bécotai les lèvres une fois de plus et me remis à genoux lorsque je sentis une nouvelle présence entrer dans la pièce. Je l'ignorai et décidai de m'amuser un peu.

— Maintenant que nous avons laissé Titus et Vox faire

connaissance, je pense qu'il est temps de les rejoindre pour nous assurer qu'ils ne se sont pas entretués.

Elle écarquilla les yeux de surprise, et à ses traits innocents, je sus qu'elle n'avait pas encore senti la présence de Titus. Sans doute parce que je l'avais distraite par le renforcement de notre lien et d'autres activités plus... excitantes.

— Ils ne s'entendent pas bien ? demanda-t-elle.

Je haussai les épaules.

— Comme je disais, Titus a du mal à gérer sa colère refoulée. Mais Vox me semble être du genre calme et posé. Ils parviendront peut-être à être amis, qui sait.

— Tant qu'il ne se met pas à me donner des ordres, je suis sûr qu'on s'entendra très bien, rétorqua Titus, l'air impassible.

Claire se figea et je rigolai.

— Au fait, notre Claire est réveillée.

— Je vois ça, répondit-il.

Le grognement possessif dans sa voix ne s'était pas amélioré. Le Faë du Feu semblait sur le point d'exploser, et bien que je lui fisse confiance pour ne pas faire de mal à Claire, je m'inquiétai un peu pour ma propre personne.

Je me penchai pour embrasser Claire une dernière fois, puis je roulai hors du lit et attrapai une chemise dans le placard. Elle n'avait pas bougé, fixant de ses grands yeux un Titus renfrogné. Il avait clairement senti notre lien désormais renforcé, et la façon dont il serrait les poings reflétait bien ce qu'il en pensait.

Je posai ma main sur sa poitrine pour le faire reculer de quelques pas jusqu'à ce qu'il soit dos au mur et j'attrapai vivement son poing avant qu'il ne m'atteigne au visage.

— Je pars avec Vox traquer l'énergie responsable de tout ça. Claire voulait venir, mais je lui ai suggéré de passer un peu de temps ici avec toi. *Rien que tous les deux.*

J'insistai sur cette dernière phrase en m'assurant qu'il comprenne bien ce que j'étais en train d'insinuer.

— Est-ce que ça te convient ?

Des flammes dansaient dans son regard tandis qu'il étudiait attentivement mes traits. Puis ses épaules semblèrent se détendre et il me fit un bref signe de tête.

— J'ai promis à Claire qu'on n'agirait pas sans elle. Et je pense qu'on ne sera de retour que dans quelques heures.

Un autre signe de tête.

— D'accord.

— Bien.

Je le relâchai et j'allai récupérer mes chaussures. Claire s'était redressée pendant que nous parlions, et était maintenant assise sur le lit, à nous regarder en se mordillant la lèvre inférieure. Je m'approchai pour la lui prendre entre mes dents et la mordiller gentiment.

— Essaie de ne pas mettre le feu à la résidence, princesse.

Ses joues prirent une adorable teinte rose et cela me fit rire gentiment. C'était physiquement douloureux pour moi de la laisser entre les mains d'un autre homme, mais même si Titus n'était pas mon faë préféré, je ne pouvais nier sa compatibilité avec Claire.

Et donc, je lui faisais implicitement confiance pour la protéger et la garder en vie.

Il m'arrêta un instant en posant sa main sur mon avant-bras, un éclat subtil de gratitude brillant dans son regard vert.

Aucun mot, aucune parole.

Pas même un autre signe de tête.

Juste un bref regard reconnaissant avant de me relâcher.

— Sois prudent, me dit Claire, ce qui me fit m'arrêter sur mes pas.

Je me tournai vers elle, amusé.

— Je suis un faë royal, princesse. Personne sur ce campus ne peut me toucher. À part toi.

Et sur ces paroles, j'allai retrouver Vox dans le couloir.

— Allons-y, Faë de l'Air. Montre-moi ce dont tu es capable.

CLAIRE

DEUX HOMMES.

Deux faë.

Deux compagnons.

Assister à leur échange était… *carrément torride.*

Principalement parce que Titus n'avait pas quitté son regard sexy et dangereux alors qu'Exos lui faisait le coup de l'alpha en le plaquant contre le mur. Cela provoqua en moi toutes sortes de pensées inappropriées, qui ne devenaient que plus explicites sous le regard de Titus qui se tenait de l'autre côté de la pièce.

— Tu as faim, Claire ? demanda-t-il à voix basse.

Je ne savais pas s'il me demandait si j'avais faim de nourriture ou de lui. Mais peu importait la question, la réponse était « oui ». Même si mon appétit penchait plutôt vers le sexe, étant donné qu'Exos venait de passer je ne sais combien de minutes à me chauffer avant de me laisser en plan.

Son essence semblait nager dans mes veines, son odeur m'imprégnant à jamais. Et tout ça à cause de notre lien. C'était vrai ce qu'il avait dit sur le fait que cela l'avait renforcé. Je pouvais presque le sentir dans mon esprit, sentir son malin plaisir à m'avoir laissée aussi excitée.

Ou peut-être que c'était seulement mon imagination. Mais ça ne me paressait pas si improbable que ça.

Titus s'appuya contre le mur.

— Est-ce que tu vas encore me sauter dessus si je m'approche ?

— Encore ? lui demandai-je, l'air confus.

— Tu ne te souviens pas de m'avoir attiré sur le lit et d'avoir frotté ton corps sublime contre le mien en miaulant ?

Je restai bouche bée.

— *Quoi* ?

Il ricana.

— Je vois. Exos a dû oublier de te parler de ton ivresse passagère.

Il se redressa.

— Tu devrais manger quelque chose.

Je fronçai les sourcils tandis qu'il quittait la pièce.

— D'accord…

Est-ce qu'il est en colère contre moi ? À cause du lien avec Exos ?
Merde.

Je me glissai hors du lit et le suivis jusqu'à la cuisine. Il se tenait près du réfrigérateur, ses fesses sublimes dans son jean moulant. Il avait troqué son uniforme pour ses vêtements habituels, alors que je portais toujours ma jupe et mon pull, tous deux dans un sale état après l'incident dans le Quartier de l'Air.

Je grimaçai. Je me souvenais d'avoir fait disparaître

l'horrible tornade, et que ce n'était pas moi qui l'avais créée. Mais après ça, je ne me souvenais de rien. *Comment je m'étais retrouvée évanouie dans le lit ? Et je lui avais sauté dessus ? Qu'est-ce que Titus voulait dire par là ?*

— Est-ce que j'ai fait quelque chose qui t'a mis en colère ? lâchai-je alors qu'il semblait m'ignorer.

Il regarda par-dessus son épaule, les sourcils levés.

— Est-ce que j'ai l'air en colère ? me demanda-t-il avec dans sa voix une once de curiosité non dissimulée.

— Eh bien, non, mais tu es un peu… *raide.*

Je ne trouvais pas d'autres mots.

Il sourit.

— Oui, ça, c'est certain.

Il recommença ce qu'il était en train de faire et plaça des ingrédients étranges sur le comptoir. La nourriture de ce monde m'était vraiment inconnue et tout avait l'air vert et feuillu. Mais même si rien de tout ça n'avait l'air particulièrement appétissant, c'était mystérieusement délicieux.

Je me hissai sur le comptoir à côté de ce qu'il était en train de préparer pour mieux voir son expression pendant qu'on parlait.

— Qu'est-ce que j'ai fait ? Je ne me souviens de rien après la, euh, tornade.

Il leva brièvement ses yeux vert émeraude avant d'attraper un couteau dans un bloc derrière mon dos.

— Aerie a lancé une bourrasque dans ton esprit. C'est une technique qui sert à neutraliser un adversaire.

— Oh.

Je l'avais remarquée dans la salle un peu plus tôt, mais je ne m'étais pas rendu compte de ce qu'elle avait fait. Je faillis lui demander pourquoi elle m'avait attaquée, mais je connaissais déjà la réponse.

— Elle pensait que c'était moi qui avais créé la tornade.

— Oui, et aussi parce que c'est une pétasse. Elle a de la chance qu'Exos ait été présent, et pas moi. Je l'aurais brûlée vive.

Le sérieux et la détermination dans sa voix me firent sourire.

— Vox a dit qu'elle a visé ton esprit. Quelque chose en rapport avec ton lobe frontal. En gros, ça t'a totalement rendue soûle.

— Et ça m'a poussé à te sauter dessus ? demandai-je, vraiment curieuse de savoir qu'il entendait par ça.

Je vis brièvement ses fossettes apparaître sur son visage alors qu'il finissait de couper les ingrédients sur la planche.

— Tu m'as pratiquement forcé à te rejoindre au lit.

Il me tapota doucement le nez avec la lame du couteau avant de le poser dans l'évier.

— Et c'est pourquoi, Claire…, dit-il en se tournant vers moi et en m'attrapant par les hanches, je suis *raide* comme tu dis.

Il m'attira plus près du rebord du comptoir, me forçant à enrouler les jambes autour de sa taille pour garder l'équilibre.

Je gémis au contact de son excitation brûlante contre mon intimité et m'accrochai à ses épaules tandis qu'il se balançait contre moi.

— Je pensais que tu m'en voulais, admis-je en me cambrant contre lui.

— Oh, oui, je t'en veux, dit-il en effleurant ma bouche de la sienne. Tu me rends fou, ma belle. À te frotter contre moi, à me demander de te sauter alors que tu sais parfaitement que je ne peux pas… Tu me rends complètement fou. Fou de toi.

— Je… je t'ai demandé de me sauter ? m'écriai-je d'une voix stridente.

— C'était plus un ordre qu'une demande.

Il mordilla ma lèvre inférieure avant de glisser sa langue dans ma bouche pour séduire la mienne et l'emporter dans une valse qui me fit me tortiller d'impatience contre lui.

— Mmmh, je vais te rendre folle, Claire. Te titiller jusqu'à ce que tu me supplies de me glisser dans ton antre fébrile et de te revendiquer comme aucun autre faë ne l'a jamais fait.

Des flammes se mirent à me lécher les bras, consumant mon uniforme de l'Académie et le réduisant en cendres. Je poussai un cri de surprise quand les flammes atteignirent mes seins, détruisant le reste du vêtement. Même mon soutien-gorge y passa. Je me retrouvai les seins à l'air sur le comptoir devant le regard satisfait de Titus.

— Et si on commençait, ma belle ? demanda-t-il doucement.

— Parce qu'on n'a pas encore commencé ?

— Oh non. Loin de là, murmura-t-il.

Des braises tournoyèrent sur mes mamelons qui durcirent malgré la chaleur. Une partie de moi me disait que cela aurait dû me faire mal, mais mon feu intérieur caressait celui que Titus venait de créer et se délectait de cette légère brûlure.

Comme avec Exos, je sentis notre lien s'approcher dangereusement de quelque chose de plus profond. Je ne pouvais pas l'expliquer. C'était juste là. Une présence tangible entre nous. Un contrat tacite du destin qui n'attendait que mon sceau mental pour être conclu.

— Titus…

Je m'agrippai à ses épaules, et ma peau se mit à picoter d'énergie en réponse aux volutes de fumée qui s'en dégageaient. Ses mains restaient posées sur mes hanches pour me maintenir fermement contre son aine.

Il sourit.

— Tu en veux plus ?

Il ne me laissa pas le temps de répondre.

Ma jupe et ma culotte disparurent en un éclair dans un tourbillon de chaleur.

Je restai bouche bée. Il m'avait déjà déshabillée auparavant, mais jamais comme ça. Jamais avec son pouvoir qui me parcourait le corps, titillant mes nerfs, me caressant avec sensualité et détruisant tous mes vêtements. Même mes chaussettes avaient disparu.

— Mmmh, c'est bien mieux comme ça.

Il me fit reculer plus loin sur le comptoir.

— Ne bouge pas.

Il effleura mon genou avec son index en reculant d'entre mes jambes. Je frissonnai à la sensation du courant électrique sur mes cuisses provoqué par cette simple caresse. Je remarquai alors l'énergie scintillante qui remontait le long de ma peau.

Je ne pouvais détourner mon regard, c'était comme si cette énergie me retenait captive.

Qu'est-ce qu'il est en train de faire ?

Il n'est pas…

Non.

Il ne va pas…

Oh, mon Dieu…

L'énergie glissa à l'intérieur de ma cuisse, son intention évidente. Puis, elle se mit à caresser ma chair moite et sensible, embrasant tout mon être.

— Titus…

— Ne bouge pas, répéta-t-il en se remettant à cuisiner.

— Mais…

Merde, c'est tellement intense !

Je m'accrochai au comptoir pour ne pas tomber, ou m'enfuir, ou sauter, je ne sais pas trop. Mais cette petite flamme se mit à lécher mon clitoris pour y déposer un baiser des plus dangereux, appelant mon feu à jouer avec elle. Un brasier se forma au dernier endroit où j'aurais pensé le désirer.

— Magnifique, se félicita Titus, ses yeux verts brûlant d'un désir non contenu. Mais il t'en faut plus, ma belle. Je te veux chaude, brûlante. Excitée au point de ne plus y voir clair.

J'ouvris la bouche pour protester quand les braises caressant mes seins se transformèrent en pinces brûlantes sur mes tétons. Un cri m'échappa, témoin de mon plaisir féroce. La main de Titus contre mon bas-ventre était tout ce qui m'empêchait de ne pas m'effondrer et mes yeux se voilaient sous l'effet du plaisir que son feu avait déchaîné sur moi.

— Ne va pas te consumer tout de suite, Claire. J'ai encore d'autres projets pour toi.

Il me poussa en arrière pour me caler contre le mur, puis retourna à ses préparatifs tandis que les flammes crépitaient sur ma peau, titillant tous les endroits où mon désir était le plus fort sans y apporter aucune sorte de soulagement.

— Tu es en train de me tuer, Titus.

— Bien, se contenta-t-il de dire en plaçant tous les ingrédients dans un bol avant d'y verser une sorte de vinaigrette. Tu dois d'abord manger.

— On s'en tape de la nourriture.

Il eut un petit sourire vicieux.

— C'est toi que je vais me taper après le repas, ma belle. Tu peux me faire confiance là-dessus.

Le désir crépitait entre mes jambes, me caressant d'une manière qui me rappelait sa langue et je vis des étoiles danser devant mes yeux.

Cela n'avait rien à voir avec les autres jeux du feu que j'avais expérimentés jusqu'à présent. C'était *chaud* et plein de promesses. Des promesses que l'érection massive à peine dissimulée par la fermeture éclair de son pantalon rendait encore plus alléchantes.

Ce qui me donna une idée.

Moi aussi je pouvais jouer à ce petit jeu.

Je me connectai à mes éléments, ce qui était devenu presque une seconde nature à présent, et fis venir à moi mon affinité pour les flammes.

Doucement, chuchotai-je à l'énergie qui tourbillonnait en moi. *Enlevons-lui ce jean et faisons-le disparaître d'une vague incendiaire.*

Titus se figea lorsqu'il sentit mon pouvoir l'enlacer, consumant son pantalon d'un coup sec et le réduisant en cendres. Son caleçon connut le même sort, révélant sa splendide érection.

Il plissa les yeux.

— Claire…

— Quoi ? lui demandai-je innocemment.

Mes flammes dansaient sur sa peau soyeuse jusqu'à s'enrouler à la base. Il manqua de faire tomber le bol quand je la fis remonter par la pensée.

— *Putain.*

Mon désir monta en flèche alors qu'il me rendait la pareille et reprenait son assaut sensuel contre mon sexe. Je m'agrippai au comptoir pour ne pas perdre l'équilibre. Ma vision s'obscurcit un instant, puis je sentis ses lèvres sur les miennes.

Affamées.

Punitives.

Dévorantes.

Je lui répondis avec autant de férocité, mordillant et

suçant ses lèvres, gémissant contre lui. Je passai mes bras autour de son cou, mes jambes autour de sa taille. Il me souleva avant de me plaquer contre le mur à côté du réfrigérateur, plaçant son érection exactement là où je la voulais.

— Espèce de petite faë coquine, m'accusa-t-il d'une voix rauque. Tu vas regretter de ne pas m'avoir laissé te donner à manger.

Je frottai mon intimité contre son membre érigé et soupirai.

— J'en doute.

Ces dernières semaines m'avaient semblé être des préliminaires sans fin. Alors oui, bien sûr, Exos et Titus m'avaient fait jouir, *à d'innombrables reprises,* mais ne pas pouvoir leur rendre la pareille avait été une véritable torture.

C'était la première fois que je le voyais ou le touchais à cet endroit.

Et bon sang, je n'étais pas déçue.

J'arrachai son t-shirt et le laissai tomber par terre, voulant le voir complètement nu.

Ses muscles fermes vinrent se presser contre les courbes de mon corps. Il était tellement chaud. Tellement puissant. Tellement *mien.*

La connexion entre nous se fit sans hésitation. Je ressentis un sentiment de finalité quand le feu de Titus accueillit le mien à bras ouverts.

Un frisson lui parcourut le corps.

Puis le mien.

Puis s'immisça entre nos deux corps, à l'endroit où ils se rejoignaient presque.

Et puis tout à coup, il était là, se glissant en moi sans prévenir. Nous nous complétions enfin à un niveau qu'aucun de nous n'avait encore jamais connu.

Son nom roula sur ma langue pour voyager sur la sienne, et il me rendit la pareille en me murmurant des mots d'adoration, à haute voix et directement dans mon esprit.

Ce que j'avais ressenti avec Exos était complètement différent de ce que je ressentais à présent. Aussi incroyable bien sûr, aussi absolument parfait.

Mais cet acte avec Titus était empreint d'une note de finalité, d'une promesse à jamais débridée. Et je l'acceptai avec enthousiasme. Ça me semblait tellement naturel. Parfait. Absolu.

Oh, et la façon dont il bougeait en moi… *Mmmh*. Je laissai tomber ma tête en arrière en gémissant alors qu'un sentiment de satisfaction absolue se répandait dans mes veines.

Titus posa ses lèvres dans mon cou alors que ses mains erraient sur mon corps, tripotant mes seins et mémorisant chaque recoin de ma peau. Je griffai son dos avant de m'agripper aux boucles épaisses de ses cheveux.

Tout ça était bien plus que du sexe.

Notre passion embrasait l'air et nos respirations se mêlaient dans des souffles brûlants alors qu'un véritable brasier nous consumait tous les deux. Mais merde, jamais je n'y aurais mis fin. Je le laissai me submerger, me projeter au septième ciel empli d'étoiles, de lumière et de *félicité*. Un endroit où seuls Titus et moi existions. Une étreinte débordante de notre énergie enflammée.

— Claire…

Sa bouche retrouva la mienne, sa langue était une bénédiction contre la mienne et ses caresses le lien vital dont j'avais besoin.

Le désir qui montait en moi semblait lié à lui d'une manière inconcevable, comme si je ne pouvais pas exploser sans lui. Mais ses coups de reins continus, ses caresses et ses attentions combinées provoquèrent malgré tout un déferlement de puissance sulfureuse qui fit vibrer tout mon corps.

— Je t'en supplie, l'implorai-je.

J'étais désespérée d'atteindre la jouissance. Il avait créé cette folie, ce brasier d'extase qui menaçait de ne jamais s'éteindre.

Ses dents s'enfoncèrent dans ma lèvre inférieure tandis que ses hanches claquaient contre les miennes.

Oh, pas de doute, j'allais avoir des bleus.

Mon dos subissait tout le poids de sa force.

Mais mes jambes l'enserrèrent encore plus fort contre moi, le suppliant d'aller plus vite et de me prendre encore plus profondément.

Et c'est ce qu'il fit.

Oh, il le fit si bien !

J'agrippai ses épaules, mon corps criant mon besoin de s'enflammer.

Un. Deux. Trois de plus…

— Titus, soufflai-je avant d'imploser de l'intérieur.

C'était l'orgasme le plus torride de toute ma vie.

Du feu. Partout.

Une mer de rouge et d'orange, parsemée de bleu.

C'était incroyable.

Bouleversant.

Dévorant.

Titus me rejoignit dans la jouissance et la force de son éruption m'envoya sur une autre planète. Un ravissement tel que je n'en avais jamais ressenti se déversa en moi. Mon rythme cardiaque s'affola, ma vision s'obscurcit et je sombrai dans un trou noir.

Quelque chose de doux me toucha le dos quelques secondes, quelques minutes, ou peut-être même quelques heures plus tard.

Une voix chaude me susurrait à l'oreille.

Mon cœur battait en rythme avec celui d'un autre.

Je me sentais complète. Il était mien. Mon compagnon de feu.

L'air frais envahit mes poumons. Des lèvres chaudes caressèrent ma joue. Et une larme s'échappa de mon œil. Je suis *chez moi*, réalisai-je alors. *Je suis enfin chez moi.*

Mais ce n'était pas le foyer que j'avais cru désirer.

Pas l'Ohio.

Pas chez les humains.

Non. J'étais avec mon feu. Avec mon Titus.

— Je t'aime aussi, Claire, chuchota-t-il, ses lèvres tout contre mon oreille.

Je ne savais pas si j'avais déclaré l'aimer à voix haute ou s'il l'avait compris en lisant dans mon esprit. Quoi qu'il en soit, ses mots d'affection me firent sourire.

— Repose-toi, ma belle. Je vais t'apporter quelque chose à manger et après, on remettra ça.

Oui, m'adressai-je à lui en pensée. *Oh oui, s'il te plaît.*

EXOS

Je souris.

— Mmmh. Claire est heureuse.

Je pouvais presque goûter sur ma langue la joie qu'elle ressentait, et cette sensation me réchauffait de l'intérieur.

Vox me jeta un coup d'œil surpris. Il laissait ses bras se balancer alors que nous marchions.

— Elle est heureuse ?

— Oui.

— Tu peux ressentir ses émotions ? Même d'ici ?

Nous errions dans le Quartier de l'Air à la recherche d'une trace de l'énergie familière.

— Je peux toujours la sentir, oui, admis-je. Nos esprits sont liés l'un à l'autre.

— Et ça ne t'embête pas qu'un autre faë la, euh, rende *heureuse* ?

— Peut-être au début, oui. Mais elle a cinq éléments et je ne peux pas tous les satisfaire. Et son feu est attiré par celui de Titus.

Comme le prouvait le fait que je venais de sentir leur lien se renforcer et devenir bien plus permanent. Ils avaient carrément sauté la deuxième étape pour passer directement à la troisième.

— Je suppose que ce n'est pas si rare que ça pour un Faë de l'Esprit de prendre plusieurs compagnons, dit Vox. C'est juste que c'est quelque chose que je n'avais jamais envisagé. Et puis, tu es un faë royal. On attend de toi que tu, enfin, tu sais bien.

— Que je procrée ? proposai-je avec un petit sourire narquois. Claire peut toujours avoir des enfants, Vox.

Même si sa remarque était pertinente. Et j'avais bien l'intention d'en discuter longuement avec Claire, de ça et de toutes les autres complexités qui allaient de pair avec un accouplement royal. Heureusement, j'avais l'expérience de ma mère sur laquelle m'appuyer lorsqu'il s'agissait de gérer des accouplements multiples au sein de la famille royale. Bien qu'elle soit décédée il y a des années maintenant, je me souvenais de la difficulté que ça avait été pour elle, surtout après la naissance de Cyrus.

— Oui, bien sûr. Je sais, mais c'est juste que…

— Si elle devenait ma promise, cela n'affecterait pas qu'elle, terminai-je pour lui. Oui, je sais. Et c'est exactement pour ça qu'on ne passera pas à cette étape de sitôt.

J'enviais Titus et le fait que ce soit tellement plus simple pour eux. Elle n'aurait pas de souci à se faire concernant leur relation, alors qu'elle aurait tout à redouter au sujet de la nôtre.

— Et Titus ? insista Vox.

— Est officiellement fiancé au feu de Claire, lui répondis-je en souriant.

En présence de n'importe qui d'autre, j'aurais gardé ce détail pour moi. Mais comme je pressentais que Vox serait l'un des futurs compagnons de Claire, je lui confiai la nouvelle.

— Tu veux dire, maintenant ?

Je tournai à un angle du Quartier de l'Air et hochai la tête.

— Oui.

— Tu peux sentir ça aussi ?

— Oui. Son esprit est lié au mien, ce qui signifie que je peux sentir tous ses liens potentiels avec les autres faë, lui dis-je avant de le regarder droit dans les yeux. Comme son lien avec toi, Vox.

Je vis ses yeux clairs s'écarquiller.

— Oh, non. Pas moi. Je veux dire, oui, son air est compatible avec le mien, mais je ne veux pas être impliqué dans cette histoire. Je n'ai jamais… C'est juste que ce n'est pas… Écoute…

— Aussi, je me sens le devoir d'approuver tous les compagnons potentiels pour ses autres éléments. Car seuls ceux qui sont suffisamment forts pour être en mesure de la protéger devraient être admis au sein de notre garde rapprochée. Je pense que tu comprends, n'est-ce pas ?

Je ne lui laissai pas l'occasion de répondre, ayant déjà pris ma décision à son sujet. Il pouvait essayer de lutter autant qu'il le voulait, nous savions tous les deux que son pouvoir avait flirté avec celui de Claire tout à l'heure. Et le Faë de l'Air avait aimé ce qu'il avait ressenti.

— Maintenant, parle-moi plutôt de cette signature énergétique.

Cela faisait presque une heure que nous la traquions, mais sa trace était instable et n'arrêtait pas de nous échapper. Vox avait fait remarquer que ce n'était pas normal.

Et d'après ce que j'avais senti plus tôt, j'étais de son avis. Il y avait quelque chose dans cette essence qui semblait manipulé ou faussé, mais étrangement familier. Quelque chose sur lequel je n'arrivais pas à mettre le doigt.

Il se racla la gorge avant de pointer du doigt une résidence toute proche de nous.

— Franchement, ça me fait vraiment penser à l'affinité de l'air d'Aerie. Mais pas tout à fait non plus. Comme je t'ai dit…

— Elle a été manipulée d'une manière ou d'une autre, le coupai-je. Je sais.

— Mais ce n'est pas possible, si ? Je veux dire, je devrais être capable de la suivre jusqu'à sa source.

— Est-ce que tu as pu l'identifier tout à l'heure ?

Il secoua la tête, faisant glisser légèrement l'attache qui retenait ses cheveux longs.

— C'était juste sombre et menaçant.

— Et pas du tout comme celle de Claire.

— Exactement.

— Mais tu ne pouvais vraiment pas en déterminer la source ? insistai-je.

— Non, pas vraiment. Mais je l'ai mémorisée.

— Parce que tu comptais la traquer ?

Si c'était ce qu'il avait prévu de faire, il aurait eu tout mon respect, car cela était prometteur quant à ses intentions envers Claire.

Il se mordit l'intérieur de la joue.

— Non, plutôt parce que j'ai l'habitude de constamment identifier et mémoriser les signatures des essences.

Ah. Dommage. Mais ça peut toujours servir.

— Et c'est pourquoi ça te fait penser à Aerie.

LEXI C. FOSS & J.R. THORN

— C'est ça. Elle a cette espèce de vague d'air qui tournoie autour d'elle et que j'ai aussi sentie dans le vortex, mais elle n'est pas assez puissante pour l'avoir créée. Et son aura n'est pas non plus aussi *noire*.

Je m'appuyai contre le mur de la résidence qu'il avait pointée du doigt quelques instants plus tôt en me grattant le menton.

— Peut-être qu'elle est de mèche avec quelqu'un d'autre ?

— C'est possible, oui, mais elle avait l'air aussi terrifiée par la tornade que les autres.

— Elle aurait pu faire semblant, lui fis-je remarquer. Cela lui donnait la parfaite excuse d'attaquer Claire.

— C'est vrai, mais...

Il secoua à nouveau sa tête.

— Il y a quelque chose qui cloche.

Je comprenais ce qu'il voulait dire par là. Mon instinct me disait que quelque chose d'important nous échappait, qu'il nous manquait un élément clef pour réussir à assembler les pièces du puzzle.

— Il faut qu'on lui tende un piège, décidai-je en réfléchissant tout haut. Maintenant qu'on sait que quelqu'un manipule les éléments de Claire pour la faire accuser, on a besoin de créer une situation qui le forcerait à sortir de l'ombre et à agir. Et nous, on observera.

— Tu veux l'utiliser comme appât.

— Elle aura des gardes du corps, répondis-je en le regardant avec insistance. N'est-ce pas ?

— Tu ne vas pas me laisser le choix, si ?

— Je te laisserais le choix si celui-ci était fondé. Mais *non* n'est pas une réponse acceptable.

Il détacha ses cheveux et secoua sa longue crinière de mèches sombres avant de les rattacher. Cela semblait être un tic nerveux qu'il utilisait pour gagner du temps pendant qu'il réfléchissait à une réponse. Mais on savait tous les deux qu'il avait déjà pris sa décision. Sinon, pourquoi aurait-il été aussi curieux de connaître notre dynamique, entre Claire, Titus et moi ?

Oh, ils n'avaient peut-être pas encore de lien, mais leurs pouvoirs avaient déjà commencé à se tourner autour.

— Tu es intéressé, lui dis-je, amusé. Tu dois juste l'accepter.

— C'est compliqué.

— Oui. Et génial.

Je m'éloignai du mur et regardai le ciel étoilé.

— Ce sont nos éléments qui nous guident, Vox. Écoute ton air, fais le point sur ce que tu ressens et laisse les choses se faire. Mais en attendant, j'ai besoin de ton aide pour mettre en place ce piège.

— Tu penses à quel genre de piège ? me demanda-t-il d'un ton méfiant.

— Un qui incite le coupable à venir jouer. Et une fois qu'il est là, on lui tombe dessus. T'es partant ?

Je vis ses pupilles se dilater.

— Encore une fois, est-ce que tu me laisses vraiment le choix ?

— Non, je veux juste savoir si je dois t'ordonner de m'aider ou non.

Il allait apporter son aide, quoi qu'il arrive. Mais je préférerais qu'il m'aide volontairement. Parce que s'il avait un intérêt particulier dans cette cause, il prendrait ça beaucoup plus au sérieux. Et j'avais besoin que Claire soit entourée de gens qui *voulaient vraiment* la protéger.

Vox me fixa pendant un long moment, l'air pensif. Un mélange d'incertitude et d'inquiétude voilait son expression. Mais il finit par soupirer, et je pus lire sa détermination sur son visage.

— Très bien, faë royal. Qu'est-ce que tu veux que je fasse ?

— Tu es partant alors ?

Il me lança un regard goguenard.

— Je crois qu'on sait très bien tous les deux que j'étais dans le coup à l'instant où je suis venu vous retrouver au Quartier de l'Esprit.

Je souris.

— Je savais que je t'aimais bien.

— C'est ça, c'est ça. Dis-moi ce dont tu as besoin.

— Je veux que tu colportes une rumeur, lui répondis-je simplement.

Puis, je lui expliquai ce que je voulais qu'il répète.

— Dis ça à tout le monde. Ou mieux encore, parles-en devant Aerie et laisse-la faire le travail à ta place.

— C'est une sacrée histoire à faire courir.

— C'est bien ça qui t'a convaincu de t'aventurer dans le Quartier de l'Esprit, non ? La rumeur que Claire allait bientôt se faire expulser ?

Ce n'était pas moi qui avais répandu celle-ci, les étudiants s'en étaient chargés pour moi. Mais quand j'avais entendu la rumeur, je m'étais demandé comment Vox allait réagir. Et il était venu me trouver, exactement comme je l'espérais, me prouvant qu'il tenait à Claire et qu'il voulait la protéger.

— C'est toi qui as fait ça ?

— Non, j'étais trop occupé à me soucier de Claire. Mais je savais que la nouvelle circulait et j'ai vu ton air paniqué quand tu es arrivé nous voir. Tu pensais que le Conseil avait voté en faveur de son expulsion.

Ce qui n'était pas du tout le cas, le Conseil ne s'étant pas encore rassemblé, même si certains de ses membres ne se gênaient pas pour envoyer des mémos emplis de colère et de menaces.

— C'est ce que j'ai entendu, oui.

— Et tu t'es précipité pour clamer son innocence.

Ce n'était pas une question, juste un constat. Parce que c'était clairement ce qu'il avait fait.

Il me fixa à nouveau pendant un long moment avant d'éclater d'un rire sans joie.

— Tu es doué, Exos. Même si je ne sais pas si j'aime ça ou si ça me fait un peu peur.

— Continue à rester dans mes petits papiers et tu n'auras rien à craindre.

Mais s'il faisait quelque chose pour me déplaire en revanche… eh bien, on n'aurait pas du tout la même conversation.

— Tu vas propager la rumeur alors ?

Un air d'inquiétude passa sur son visage.

— Ouais. Je vais en parler aux bonnes personnes et je te retrouverai demain à la salle de sport.

— Parfait, lui dis-je en lui donnant une tape sur l'épaule. Je suis content que tu te joignes à nous, Vox. Je pense que tu feras un très bon compagnon de l'air pour Claire.

— Ce n'est pas…

— Épargne-moi ça, Vox. On sait tous les deux comment ça va se finir. Mais bonne chance si tu choisis la voie de la lutte intérieure. Je te donne une semaine, maxi, avant que tu ne craques.

Il se redressa.

— Tu ne sais rien de moi, ni de ma détermination ou de mes désirs dans la vie.

— Je n'ai pas besoin de les connaître, Faë de l'Air, lui dis-je à voix basse en me penchant vers lui. Mais je connais Claire, et crois-moi, tu n'as aucune chance. Tout comme nous autres.

∼

LES SEINS nus de Claire dépassaient des draps lorsque j'entrai dans la chambre. Ses yeux étaient fermés et elle semblait flotter dans un état d'inconscience béate. Titus était allongé contre elle, nonchalamment alerte. Il me regardait.

— Vous avez trouvé quelque chose ? demanda-t-il à voix basse.

Je me débarrassai de ma chemise et la jetai sur une chaise dans le coin de la pièce.

— Pas vraiment, non. On en parlera demain matin. Est-ce qu'elle a mangé ?

Il l'embrassa dans le cou avant de hocher la tête.

— Oui.

— Bien.

Je défis mon pantalon et retirai mes chaussures.

— Félicitations, au fait.

Il posa son regard vert sur le mien.

— Tu l'as senti ?

— Oui.

Ses traits ne trahirent aucune trace de culpabilité ou de regret, juste de la fierté masculine à l'état pur.

— Elle est incroyable, Exos.

— Je sais.

Je retirai mes chaussettes et finis d'enlever mon pantalon quand elle ouvrit les yeux.

— Bonjour, princesse.

Ses narines s'évasèrent lorsqu'elle aperçut mon caleçon noir. Ses lèvres s'entrouvrirent même légèrement en signe d'appréciation.

— Exos.

Je souris en me glissant à côté d'elle dans le lit avant de poser ma main sur sa joue.

— Il y a des traces de brûlures dans la cuisine.

Je les avais immédiatement remarquées en entrant.

— Mais bravo d'avoir réussi à ne pas mettre le feu à la résidence.

Claire s'empourpra, sa peau prenant une délicieuse teinte rosée.

— Merci… Enfin je crois.

Pressant ma bouche contre la sienne, je lui donnai un baiser intense destiné à l'exciter. Elle y répondit avec sa langue, plaçant sa main autour de ma nuque pour m'attirer à elle.

Titus rit doucement en faisant glisser sa main le long de son corps.

— Je te l'avais dit. Elle est… incroyable.

— Mmmh, approuvai-je contre ses lèvres.

Avant de l'embrasser à nouveau, cette fois avec encore plus de ferveur qu'avant. Je voulais lui faire ressentir que j'approuvais son lien avec Titus, et aussi à quel point je la désirais. Elle avait besoin de savoir que cet arrangement me convenait, et qu'elle serait pour moi ma Claire, en dépit des autres.

Son esprit était à moi.

Et seulement à moi.

Tout comme mon esprit lui appartenait.

— Comment ça s'est passé ? souffla-t-elle dans ma bouche.

Je passais mes doigts dans ses cheveux pour la retenir contre moi.

— Vox fera un excellent compagnon pour toi, lorsque tu te sentiras prête, lui dis-je. Mais je ne suis pas venu au lit pour parler. On fera ça demain matin.

Je croisai le regard de Titus par-dessus l'épaule de Claire.

— Si tu veux rester, tu es le bienvenu, mais je te

préviens, je compte l'embrasser jusqu'à ce qu'elle s'endorme.

Il traça une ligne de feu sur son bras nu, faisant scintiller sa peau.

— Ça ne me dérange pas. Je peux trouver d'autres moyens de la faire se détendre pendant ce temps-là.

— Attention, Titus. Je vais commencer à croire qu'on forme une bonne équipe tous les deux.

Il rit à nouveau avant de l'embrasser dans le cou.

— En ce qui concerne Claire, je crois bien que oui.

Je souris, satisfait de sa réponse. Mes soupçons de tout à l'heure étaient donc fondés. Tout ce dont il avait eu besoin pour se calmer, c'était de passer un peu de temps seul avec notre Claire. Maintenant qu'il s'était recentré et qu'il avait revendiqué l'objet de sa convoitise, il allait être un allié formidable pour protéger notre cœur. J'approuvai.

— J'aime quand vous vous entendez bien tous les deux, dit Claire avec un sourire dans la voix.

— Oh vraiment ? lui dis-je en l'embrassant une nouvelle fois, longuement et profondément. Est-ce qu'on devrait te montrer à quel point on est capable de s'entendre en ce qui te concerne ?

Elle frissonna et ses iris bleus brillèrent de désir et d'adoration.

— Uniquement si vous me laissez jouer avec vous.

— Peut-être, murmurai-je.

Je savais que le moment n'était pas encore venu pour elle et moi. Pas tant qu'elle n'aurait pas pleinement compris ce que cela signifiait de devenir la compagne d'un faë royal.

— Mais je te préviens, Claire. J'ai l'intention de te faire jouir si fort que tu ne pourras rien faire d'autre que dormir après ça. Et comme Titus t'a déjà bien échauffée, ça ne devrait pas être difficile.

Les flammes de ce dernier s'intensifièrent, glissant lentement jusqu'à l'apex entre ses cuisses.

— J'approuve, Votre Altesse.

Je mordillai sa lèvre avant de faire glisser ma langue jusqu'à ses seins.

— C'est parti, Titus. Travail d'équipe. Faisons hurler notre princesse.

CLAIRE

— Vous voulez que j'assiste au cours de sport ? demandai-je d'un ton incrédule.

Titus et Exos étaient assis à la table du petit-déjeuner et arboraient tous deux une expression sévère qui n'avait rien à voir avec celle qu'ils avaient habituellement dans la chambre à coucher.

Mes séducteurs avaient disparu, remplacés par deux guerriers faë sexy au possible.

Ils causaient de sérieux ravages sur mes hormones, me rendant folle à un point qui dépassait même mes désirs les plus fous. Je n'avais qu'à penser à tous les orgasmes que ces deux-là m'avaient donnés pour que mon visage s'enflamme littéralement.

Titus me regarda en fronçant les sourcils.

— Est-ce que c'est l'idée de trouver le coupable qui

t'excite autant ? Ou es-tu en train de repenser à la nuit dernière ?

— Ou à ce matin, ajouta Exos.

Et voilà. Tout mon corps était maintenant en feu.

— Taisez-vous.

— Mais on aime ça, quand tu es mouillée, Claire, riposta Titus.

— Oui. Et quand tu cries aussi.

Je m'agrippai au comptoir et les foudroyai du regard.

— Vous étiez en train de parler d'un cours de sport, leur rappelai-je entre mes dents serrées.

— Oui, mais tu t'es mise à penser à la chambre, répondit Titus d'un air narquois. Tu ne peux pas nous en vouloir de suivre ta pensée.

— Bon sang, vous êtes impossibles tous les deux !

Je me pinçai l'arête du nez pendant qu'ils gloussaient bêtement. Il ne s'était passé que quelques secondes entre le moment où je les trouvais trop sévères et regrettais mes compagnons espiègles et maintenant, où je voulais juste reprendre la discussion en cours.

— Rappelez-moi encore une fois. Pourquoi est-ce que c'est une bonne idée ?

— De te sauter ? Ou le piège ? plaisanta Titus.

Exos eut pitié de moi et répondit plus sérieusement.

— Parce que maintenant, on sait ce qu'on cherche. En attirant le coupable dans une arène, là où il peut t'acculer, on pourra le prendre sur le fait et l'arrêter.

— Et si tout part en vrille et que ça me retombe encore une fois dessus ? insistai-je.

— Ça n'arrivera pas. Pas avec ça, dit Titus en agitant un bracelet devant lui. Tu le garderas tout le temps sur toi. Personne ne sera capable de t'accuser de quoi que ce soit.

— Et qu'est-ce que c'est ? demandai-je en regardant d'un air méfiant l'objet en métal argenté.

— C'est ce que tous les combattants du tournoi du Champion Sans Pouvoirs portent sur le ring, expliqua-t-il en le faisant glisser sur la table. Le métal agit sur le même principe que les menottes dans les prisons des faë : il inhibe ton pouvoir.

— Ce qui veut dire que tu seras incapable de créer une tornade ou un incendie, résuma Exos. Donc si quelque chose comme ça arrivait dans le gymnase, ce qui est fort probable, personne ne pourra te faire porter le chapeau.

— D'accord, mais est-ce que ça ne veut pas aussi dire que je ne pourrais rien faire pour l'arrêter ? leur fis-je remarquer.

— Si. Et c'est pour ça que tu seras entourée d'une équipe de faë. Certains passeront moins inaperçus que d'autres, bien sûr, dit-il avec un petit sourire. Mais River et Vox seront là incognito.

— Et s'il le faut vraiment, on pourra toujours te retirer ton bracelet, ajouta Titus. Fais-nous confiance, il ne t'arrivera rien.

Exos croisa les bras sur sa poitrine, ses yeux brillant d'un éclat menaçant.

— En revanche, on ne peut pas en dire autant de la personne qui te veut du mal.

Titus eut un rire de mépris.

— Sans déconner.

— Donc vous voulez que j'assiste à ce cours de sport et…

— Techniquement, c'est une activité sportive intra murale, me corrigea Titus. C'est l'un des seuls cours où tous les faë se mélangent.

— D'accord. Donc cours de sport, répétai-je en l'ignorant. Et je suis juste censée y participer ? Et faire tout ce qu'on me dira de faire ?

— Oui, mais je veux aussi que tu sois vigilante. Ce sera une bonne leçon de magie défensive.

Exos se leva de table.

— Tu es prête ?

J'ouvris grand les yeux.

— On y va maintenant ?

On venait de finir de manger une sorte de pancake frit et je pensais qu'on avait au moins quelques heures devant nous pour discuter de l'exécution du plan. Pas juste quelques minutes.

— On a dormi trop longtemps, murmura Titus.

— Est-ce le terme approprié sachant qu'on ne dormait pas ? demanda Exos.

— Exact. On s'est envoyé en l'air trop longtemps ? proposa-t-il.

— Oh, mon Dieu…

Mon visage était de nouveau en feu.

— Est-ce qu'on peut arrêter ça ? les implorai-je.

— C'est ça que tu veux ? Dormir toute seule ce soir ? demanda Exos, l'air bien trop sérieux à mon goût.

— Argh ! m'écriai-je en levant les mains au ciel. Vous savez quoi ? Vous avez raison. Allons à ce cours de sport.

— Tu vois, je savais qu'elle serait excitée à l'idée d'aller à ce cours, dit Exos sur le ton de la conversation.

Titus se mit à hocher la tête avec enthousiasme.

— C'est vrai. Tu l'avais bien dit.

— Elle va très bien s'en sortir.

— Parce qu'elle est géniale, ajouta Titus.

— La meilleure, oui.

— Vous avez fini, tous les deux, de faire comme si je n'étais pas là ? leur demandai-je les mains sur les hanches. Ou est-ce que vous essayez de me donner une bonne raison de dormir seule ce soir ?

Exos me jeta un regard arrogant qui me donna envie de lui donner un coup de poing dans la figure.

— Oh, princesse, tu sais aussi bien que moi que ça n'arrivera pas. Si l'on se fie à nos aventures de ce matin, tu nous supplieras de te faire jouir avant minuit.

— Je m'en vais.

Je me dirigeai jusqu'à la porte du bâtiment, leurs rires moqueurs résonnant derrière moi.

Ces hommes. Non, *ces faë.*

Mes compagnons.

Pourquoi est-ce que j'avais accepté de m'embarquer dans toute cette folie déjà ?

Ah, oui. Pour le plaisir. Leur énergie sexy. Cette manière qu'ils avaient de me toucher parfaitement là où il faut. Leurs yeux hypnotiques. Leurs magnifiques sourires. Leurs aptitudes à m'apprendre tout ce que j'ai besoin de savoir. Leurs corps irrésistibles. Et leurs grosses…

Je secouai la tête pour chasser ces pensées de mon esprit avant de risquer de changer d'avis et de les ramener dans notre chambre.

Trouver l'enfoiré qui essayait de me faire expulser était bien plus important.

C'est ça. Oui. On se concentre, Claire.

Il était temps de faire payer ce faë pour ses actes.

DU BASEBALL DE FAË, pensai-je avec mépris. Voilà en gros ce qu'ils voulaient qu'on fasse aujourd'hui en cours de sport. Sauf que personne ne voulait de moi dans son équipe.

Ça me rappelait les concours de popularité au collège.

En jetant un regard furieux à Exos et Titus qui se tenaient en retrait et me regardaient à nouveau avec leurs airs sérieux, je rejoignis l'équipe des bleus avec Vox et

River. Ces derniers ne laissèrent rien paraître du fait qu'ils me connaissaient, ce qui devait sans doute faire partie du plan.

En tout cas, je l'espérais.

J'eus beaucoup de mal à ne pas prendre Vox à part pour m'excuser à propos des événements de la veille. Même si ce n'était pas ma faute, je me sentais obligée de dire quelque chose. Peut-être aurais-je dû tout simplement le remercier d'avoir eu suffisamment foi en moi pour venir à notre rencontre hier et être parti avec Exos à la recherche du coupable.

Ouais, ce serait bien.

Je pourrais lui exprimer ma gratitude pour ce qu'il avait fait, pour son aide aujourd'hui et pour avoir apparemment rejoint mon équipe de mentors.

Que des choses normales quoi. Rien de trop émotionnel ou bizarre, juste une conversation banale.

Pourquoi suis-je si nerveuse à l'idée de parler à Vox ?

Je jetai un coup d'œil à son profil. Ses traits fins attiraient certainement le regard des femmes, et bien que les cheveux longs sur un homme ne soient pas mon truc habituellement, cela lui allait bien. Il avait un corps fin aux lignes athlétiques. Beau gosse. Bon, d'accord, je le trouvais peut-être un peu attirant, mais ça n'aurait pas dû être suffisant pour me déstabiliser. J'avais déjà deux hommes sexy qui me regardaient depuis la ligne de touche. Clairement, mon agenda était déjà bien rempli.

Mais il y avait quelque chose dans l'énergie de Vox qui attirait la mienne. Un peu comme s'il m'apaisait d'une manière qui lui était propre, une manière unique. Était-ce parce qu'il comprenait mon affinité chaotique pour l'air ? Cela semblait être le seul élément que je ne pouvais pas maîtriser. Il était toujours changeant, évasif et indiscipliné entre mes mains, se rebellant contre moi à chaque fois.

Et pourtant, j'étais parvenue à maîtriser cette énergie avec son aide hier.

Ça ne pouvait être que ça. Je ressentais une étrange connexion avec lui, comme s'il était un antidote à la folie qui montait…

Une balle m'atterrit sur le côté de la tête, me forçant à reculer de quelques pas sous la force de l'impact.

— Aïe ! m'écriai-je en lançant un regard furieux à la pétasse aux cheveux bleus, Sickle si je me souvenais bien, qui s'approchait à ma gauche. C'est quoi ton problème ?

— Reviens sur terre, Halfeline.

Elle est sérieuse ?

— Quoi ? lui demandai-je, à demi tentée de ramasser la balle et la jeter sur sa petite face de garce.

Elle me fit un sourire menaçant.

— Je t'ai demandé si tu étais prête à retourner dans le Royaume de l'Esprit, là où est ta place.

Je la regardai d'un air incrédule.

— Waouh. C'est ça, ta vanne ?

Je regardai autour de moi pour voir les expressions de mes *coéquipiers*. Ils avaient tous l'air aussi bien disposés qu'elle à mon égard. Génial. Je secouai la tête en riant et décidai de ne pas la laisser m'atteindre.

— Désolée, c'est juste que je m'attendais à quelque chose de plus original dans le monde des Faë. Finalement, c'est pas bien différent du lycée.

— Tu dépériras et mourras là-bas, continua-t-elle.

Je levai les yeux au ciel.

— Si tu le dis.

— Et tu disparaîtras à tout jamais.

— Je vois, répondis-je en refusant de laisser cette garce m'énerver. Je suis toujours pas impressionnée, mais je t'en prie, continue. Au moins, tu me distrais.

Ses yeux se voilèrent de givre.

— Tu as essayé de tuer mes amies et tu trouves ça drôle ?

— J'ai essayé de tuer personne, lui dis-je en croisant mes bras sur ma poitrine d'un air exaspéré. J'essaie juste d'en savoir plus sur mon héritage faë. C'est tout.

Elle ricana.

— Ta mère était une catin qui a couché avec un humain et provoqué une catastrophe entraînant la disparition de pratiquement tous les Faë de l'Esprit. C'était une abomination. Et tu es le produit de tout ça. Un rappel ambulant des atrocités d'Ophelia.

Bon, ses paroles m'atteignirent un peu. Essentiellement parce qu'elles étaient vraies. Mais…

— Je ne suis pas ma mère.

Elle cracha à mes pieds.

— C'est vrai. Tu es encore pire. T'accaparer comme ça un Faë de l'Esprit royal ! Dans quel but, dis-moi ? Tu veux le détruire, lui aussi ? Et Titus ? Tu comptes en prendre combien comme ça ? Tu es une pire catin que ta mère !

J'avais la main qui me démangeait et je mourrais d'envie de la lui mettre en pleine face, mais je me contrôlai et me forçai à sourire.

— Autre chose ?

Cela faisait longtemps que je savais que la meilleure façon de gérer ce genre de teigne était de ne pas réagir.

— Oui. J'espère qu'ils vont te bannir, fulmina-t-elle.

De la glace se formait tout autour de nous et ma peau se mit à me picoter, se recouvrant de chair de poule. Quelques étudiants firent un pas en arrière, les yeux écarquillés. Seul River restait là où il était, l'air concentré.

Ça ne pouvait pas être Sickle.

Ce serait trop évident.

Et elle ne contrôlait ni l'air ni le feu.

En revanche, les deux filles qui me fusillaient du regard à l'autre bout du gymnase avaient accès à ces éléments.

Non.

Ce n'était pas possible.

Je ne leur avais rien fait, à part à Ignis apparemment, en lui volant Titus. Mais celui-ci m'avait juré qu'ils n'avaient jamais été ensemble.

Ouais, enfin, elle est quand même allée jusqu'à le droguer pour tenter d'imposer un lien préliminaire. Clairement, elle en pince pour mon compagnon.

Le coup de sifflet retentit bruyamment, appelant tous les joueurs à se mettre en position. Notre équipe était la première sur le terrain. Ou devrais-je appeler ça un champ ? À chacun de nos pas, l'herbe se mettait à pousser, donnant à la salle l'apparence d'un jardin, comme si on se trouvait à l'extérieur.

Des bases à l'allure de nénuphars démarquaient le terrain en forme de diamant et indiquaient nos positions. Un autre coup de sifflet retentit.

Sickle garda ses distances, heureusement, et me laissa protéger la troisième base. Mon esprit de compétition s'éveilla lorsqu'une balle passa au-dessus de ma tête. Je sautai pour l'attraper, puis la lançai au joueur de première base.

Il l'attrapa, l'air un instant surpris avant de sourire au faë adverse mécontent dont j'avais interrompu la course.

— Bien joué, me complimenta Vox qui s'était déplacé près de moi en prévision du coup d'envoi.

— Merci.

Ce jeu serait peut-être amusant après tout.

Quelques rounds eurent lieu. J'attrapai plusieurs fois la balle, réussis plusieurs lancers, et de manière générale, j'énervais l'équipe adverse et enchantais la mienne.

Plusieurs faë allèrent même jusqu'à me sourire.

Je pris ça comme un signe que malgré mes antécédents dans ce monde, quelques faë commençaient peut-être à m'apprécier.

Enfin, jusqu'à ce qu'Ignis me percute lors d'un retour de la balle. Elle rejeta ses longs cheveux roux par-dessus son épaule en reniflant.

— Tu pues. Je sens l'odeur de Titus partout sur toi.

— Merci, lui répondis-je en souriant.

Je le vis à l'autre bout de la salle me faire un clin d'œil.

— Comme je connais très bien son odeur, je prends ça pour un compliment, continuai-je. Maintenant, si tu veux bien m'excuser…

Elle me poussa sur l'épaule, me faisant trébucher.

— Tu es peut-être arrivée à le berner, mais je vois clair dans ton jeu. C'est le même sang que celui de ta mère qui coule dans tes veines. Et bientôt, tu finiras comme elle. *Morte* dans le Royaume de l'Esprit.

Je m'apprêtai à lui répondre quand je sentis de la glace se former sur ma peau et se transformer en boule dans la paume de ma main.

Je baissai les yeux et la regardai, l'air confus.

Ce n'est pas à moi, ça.

Je regardai tout autour de moi à la recherche du coupable et vis plusieurs personnes reculer. Y compris Ignis.

— Qu'est-ce que tu fais ? demanda-t-elle, l'air affolé. Arrête ça.

— Je ne…

— Tu es complètement folle ! s'écria-t-elle en faisant un bond en arrière, les mains levées. Vous le voyez tous, hein ? C'est une abomination ! Elle doit être bannie d'ici !

— Qu'est-ce que t'es en train de faire, Claire ? me demanda une fille que je ne connaissais pas.

— Rien…

— Ça a commencé comme ça hier !

— Et dans la cour aussi.

— Elle est instable.

— C'est un monstre !

L'énergie, inconnue et glacée, rampait sur ma peau, et commençait à tournoyer sous la forme d'une boule d'énergie vorace dans ma main.

— River…

Je le cherchai du regard et le trouvai bien trop loin de moi à mon goût.

La brigade des pimbêches tenta de se rapprocher de leur cheffe, toutes affichant la même expression alarmée, quand une plaque de glace leur barra la route. Ignis fit un bond sur le côté en poussant un cri strident, me lançant un regard terrifié par-dessus son épaule. Je ne pouvais rien faire d'autre que d'observer la scène tandis que des lames acérées et gelées surgissaient du sol.

Des faë crièrent.

L'instructeur, dont le nom m'échappait, cria quelque chose.

Mon nom résonnait dans l'air.

Les accusations et les menaces me parvenaient de toutes parts.

Reste calme, me dis-je à moi-même. *Exos et Titus sont là. Tout va bien.* Je pris une grande inspiration et forçai mon corps à maintenir une température élevée malgré le froid arctique qui s'installait dans la pièce.

Tout à coup, Vox était à mes côtés, sa main sur mon épaule.

— Tu la sens ? me demanda-t-il doucement. La présence négative ?

Je déglutis en essayant de sentir la chose dont il me parlait, mais je secouai la tête.

—Je ne sens rien du tout.

Il posa ses yeux sur le bracelet en métal à mon poignet et hocha la tête.

— Alors ça veut dire que le bracelet fonctionne.

— Est-ce que c'est une bonne chose ? lui demandai-je en frissonnant alors qu'une plaque de givre recouvrait peu à peu le plafond du gymnase.

— Oui.

Il fit un signe de tête en direction d'Elana qui se tenait près de la porte aux côtés d'un homme aux cheveux d'un blanc éclatant.

— On dirait qu'Exos a invité certains membres du Conseil à se joindre au spectacle. Elana et Vape.

Vape. Ce devait être l'homme élancé avec les longs cheveux blancs. Du pouvoir semblait émaner du regard de l'homme alors qu'il scrutait la pièce avec une expression sereine. Il dit quelque chose à Elana avant de jeter un coup d'œil à Exos et de lui faire un signe de tête.

Un accord sembla passer entre eux. Sans avoir prononcé un seul mot. J'ouvris la bouche, prête à demander à Vox s'il savait ce qu'il se passait, quand un craquement sinistre retentit dans l'air.

Des grêlons de la taille de balles de golf tombèrent du plafond et s'écrasèrent tout autour de moi. Je criai, tombant à genoux, et me couvris la tête juste au moment où un pic de glace mortel fendait l'air en direction de la tête d'Exos.

— Non ! m'écriai-je en faisant un pas dans sa direction.

Mais un rideau de flammes s'éleva brusquement dans les airs, faisant fondre l'arme avant qu'elle n'atteigne sa cible et laissant derrière elle un faë royal furieux. Il se mit à envoyer des vagues de pouvoir à travers toute la pièce, démontrant sa puissance et son autorité comme jamais je ne l'avais vu faire.

La puissance du feu combinée à celle l'esprit. Le Prince proclamant son droit au trône.

Tout le monde se figea.

Puis plusieurs faë tombèrent à genoux au milieu des chuchotements, son prénom devenant un chant porté par le vent.

CLAIRE

Je regardai Exos, bouche bée, les bras ballants, ne sachant pas comment réagir.

— Qui ose s'en prendre à moi ? demanda-t-il en balayant la salle de ses yeux bleus. Moi, le dernier de la lignée des Faë de l'Esprit. Un royal.

Plusieurs personnes tournèrent leur tête vers moi, ce qui eut pour effet de le faire rire dédaigneusement.

— Vous doutez de ma capacité à discerner le pouvoir de ma propre compagne ? Vous me croyez incapable de sentir une quelconque malveillance de la part de la future princesse du Royaume des Esprits ?

Il fit claquer sa langue en signe de mépris.

— Une telle insulte mérite punition. Peut-être devrais-je vous rappeler ce qu'un Faë de l'Esprit est réellement capable de faire.

Des murmures et des frissons d'effroi parcoururent la foule.

— C'était elle ! cria quelqu'un.

— Qui ça ? demanda Exos.

Un petit faë avec des cheveux noirs bouclés se leva lentement et pointa du doigt Sickle.

— J'ai senti son énergie de l'Eau sur moi juste avant qu'elle n'enveloppe la Halfeline.

— Il a raison, ajouta Vox qui se tenait toujours debout à mes côtés. Je l'ai sentie aussi.

— Moi aussi.

La voix aiguë qui venait de renchérir provenait cette fois du premier faë à qui j'avais lancé la balle au début du match.

Sickle était à genoux, figée, son visage exprimant le choc.

—Je… je…

—J'ai moi aussi reconnu la signature, dit l'homme aux cheveux blancs depuis le seuil de la porte, sa voix portant par-dessus la foule. L'énergie a déferlé dans la salle. Et comme tu as placé ton bracelet de Champion Sans Pouvoirs sur ta compagne, Titus, ça ne venait certainement pas de Claire.

Des cris de surprise s'élevèrent quand Vox souleva mon bras et remonta ma manche pour révéler le bracelet. Je restai figée à côté de lui, le souffle court.

C'est Sickle qui a fait ça ?

Bizarrement, ça me semblait beaucoup trop facile.

— Ce n'était pas moi, dit Sickle en secouant la tête dans tous les sens. Je ne ferais jamais… Enfin… Je ne suis pas… Ce n'est pas…

— Et le vortex alors ? demanda Aerie, son corps filiforme tout tremblant à côté de son amie. Et l'incendie ? Ce n'était pas Sickle.

— Et pourtant, ils nous visaient nous, Exos et moi, intervint Titus. Bizarre, non ? Quand on sait qu'on est les deux seuls faë à aider Claire, pourquoi voudrait-elle nous faire du mal ?

— Parce qu'elle est folle, grommela Ignis de l'autre côté de la pièce.

— Non, je suspecte autre chose.

Elana, habillée d'une tenue d'un blanc immaculé, s'avança, les mains jointes devant elle. L'énergie semblait onduler autour d'elle, l'air se déplaçant à chacun de ses pas et l'herbe reprenant vie sous ses pieds.

Plusieurs personnes dans la pièce s'écartèrent pour la laisser passer, leur respect pour l'aînée palpable. Tous gardaient leurs têtes baissées pour Elana et Exos, et même Titus et Vox semblaient s'incliner devant eux. Je me demandai si moi-même je n'étais pas censée m'agenouiller ou m'incliner au lieu de rester là, bouche bée.

Mais je ne pouvais pas m'en empêcher.

Je ne pouvais pas détourner mon regard.

J'avais besoin de voir ce qui allait se passer, d'entendre ce qu'elle avait à dire. Cette femme, la Chancelière de l'Académie, tenait mon avenir entre ses mains. Exos n'avait pas eu besoin de me le dire ; je *le savais*. Et maintenant, elle semblait réfléchir à ses options, considérant la situation régnante et sondant de son esprit les coupables dans la pièce.

Je le sentis glisser tout à coup sur moi, une noirceur qui surprit mes sens, fugace et disparue en un clin d'œil. Mais qui laissa comme une trace d'encre dans son sillage, brouillant mes liens avec mes éléments.

Mauvais.

Intrusif.

Repoussant.

Exos vint se placer à côté d'elle, les mains dans le dos et

se tenant bien droit dans une posture résolument royale. Titus occupait toujours son poste de l'autre côté de la pièce, immobile et le regard baissé.

Mais l'homme aux cheveux blancs s'avança d'un pas décidé, dévisageant de son regard étrangement clair tous ceux qu'il croisait.

— Levez-vous, ordonna Elana.

Son ordre résonna dans toute la pièce, mais seules trois faë obéirent.

Ignis.

Aerie.

Sickle.

— Chancelière El…

Elana fit taire Ignis d'un geste de la main.

— Tu ne parleras seulement quand je t'y autoriserai.

Elle se mit à tourner autour du trio, l'atmosphère se déplaçant avec elle alors qu'une nuée de lutines apparaissait sur son épaule.

— Mmmh, oui, faites, leur dit-elle.

Les lutines s'envolèrent d'un coup et se mirent à danser autour des trois filles pour qui le temps semblait s'être arrêté. Elles restaient immobiles, les yeux fixes. Je regardai la scène, inquiète et confuse, alors que toutes les autres personnes dans la pièce semblaient garder la tête baissée, incapables de regarder.

Qu'est-ce qui se passe ? me demandai-je.

Elle fouille leurs souvenirs, murmura Titus, ce qui me fit tourner brusquement la tête vers lui.

Quoi ?! Elle peut faire ça ?

En tant que Faë de l'Esprit, tu possèdes la même capacité.

Je le fixai, bouche bée. Il était toujours prosterné et je ne pouvais pas voir ses yeux. J'avais appris hier soir que notre lien nouvellement établi nous permettait de communiquer par télépathie, mais je n'avais pas réalisé que ces échanges pouvaient être aussi clairs.

Est-ce que je suis censée m'incliner ? demandai-je en m'essuyant les mains sur ma jupe.

Si tu étais censée le faire, tu serais déjà en train de le faire. Elle contrôle tout le monde ici, à part Exos et toi.

Pourquoi ? insistai-je. Et comment pouvait-il savoir qu'elle ne me contrôlait pas ? J'avais senti son énergie glisser sur moi, et rien qu'en y pensant, je frissonnai d'effroi. Je ne voulais *plus jamais* ressentir ça.

Parce qu'elle le peut et qu'elle est furieuse, me répondit Titus. *Mais surtout parce que c'est un moyen de prouver la puissance de son pouvoir.*

Oh. Donc tu es en train de me dire qu'elle est capable de fouiller dans les souvenirs de tout le monde ? Pourquoi elle ne l'a pas fait plus tôt ? Elle ou Exos d'ailleurs ? Ça nous aurait épargné pas mal d'ennuis, et à moi beaucoup de peine.

Qui dit qu'ils ne l'ont pas fait ? répliqua-t-il. *Mais d'après ce que j'ai compris, ça demande beaucoup d'énergie. Et pour infiltrer l'esprit de quelqu'un, il faut qu'il se passe quelque chose qui justifie cette intrusion. Comme être témoin de l'utilisation inappropriée des éléments par un faë.*

D'où le piège d'aujourd'hui, réalisai-je.

Exactement.

— Intéressant, dit Elana alors que ses lutines commençaient à déverser leurs secrets. Vraiment très intéressant.

Elle tapa dans ses mains et les petites créatures disparurent.

— Il semblerait que Claire ne soit responsable d'aucun de ces incidents, et qu'il s'agissait plutôt de vous trois qui essayiez de saboter notre nouvelle étudiante par jalousie mesquine.

— Ce n'est pas…

— Silence !

Malgré le fait que le mot avait été prononcé doucement, il résonnait d'une puissance si intense que même moi je me demandais s'il ne valait pas mieux que je me taise à jamais. Je vis Ignis frissonner, ses cheveux couleur de feu retombant en cascade sur ses épaules alors qu'elle s'inclinait encore davantage.

— Quel était votre but à toutes les trois ? Ah, oui. Que la Halfeline soit bannie d'ici et exilée au Royaume de l'Esprit. Eh bien, je dirais que c'est un châtiment approprié pour avoir sciemment tenté de détruire la réputation d'une élève innocente. Qu'est-ce que tu en penses, Exos ?

— Peut-être un séjour temporaire, oui, suggéra-t-il d'un ton neutre. Ce ne sont que des étudiantes, après tout. Et le Royaume de l'Esprit n'est pas tendre envers les étrangers.

— Temporairement, dit-elle d'un air pensif en tapotant sa lèvre. Vape ?

Le faë aux cheveux blancs eut un faible haussement d'épaules.

— Vu qu'il s'agit là d'une atteinte portée à l'encontre du faë royal et de sa promise, je me rangerai à sa décision.

— Et toi, Mortus ? Je te sens rôder dans le couloir. Qu'en penses-tu ? l'interpella-t-elle.

Mon cœur fit un bond dans ma poitrine quand le grand faë aux traits durs et familiers entra dans la pièce, les mains repliées derrière le dos dans une posture me rappelant celle d'Exos.

— Est-ce que mon opinion a une quelconque importance ? demanda-t-il d'un ton ne laissant paraître aucune émotion.

— Puisque je te la demande, oui, lui répondit-elle en le fixant des yeux. Ignis est une de tes étudiantes après tout.

Il regarda en direction de la rousse agenouillée.

— Une parmi tant d'autres.

— Alors tu devrais te sentir concerné par son sort.

— Comme je l'ai dit, elle est une parmi d'autres.

Il regarda Ignis comme si c'était un moustique gênant.

— Eh bien, je suppose qu'une peine temporaire conviendrait, oui. Mais je tiens néanmoins à vous rappeler que je vous avais prévenus que quelque chose comme ça arriverait. La Halfeline n'est pas tellement populaire parmi les faë, et si elle doit survivre dans ce monde, elle ferait mieux de s'habituer aux attaques et aux menaces.

Mon sang se glaça en entendant ses paroles insensibles. Même Vox tressaillit à côté de moi. Mais Exos se contenta de glousser.

— Je souhaite bonne chance à quiconque tentera de s'en prendre à ma promise. Non seulement ils auront à faire à moi, mais aussi à Titus. En fait...

Il s'interrompit un instant pour s'adresser à toute l'assemblée.

— Que ceci vous serve d'avertissement à tous. En plus de servir leur peine temporaire dans le Royaume de l'Esprit, je demande également à ce qu'elles soient dépouillées de leurs éléments durant leur séjour. Elles nous ont prouvé qu'elles n'étaient pas capables d'en faire bon usage, et ça me semble donc être une mesure appropriée. N'es-tu pas d'accord, Elana ?

Les filles se mirent à pleurer, en silence, sous les regards des aînés. Je me demandai en quoi cela consisterait. Un bracelet comme celui que je portais ? Ou quelque chose de plus drastique ?

— Oui, effectivement, cela me semble être à la hauteur du crime, approuva-t-elle avec une note d'admiration dans la voix. À toi l'honneur ?

— Avec plaisir.

Il s'avança, les mains toujours dans son dos, mais son regard baissé sur les trois filles agenouillées.

— Comme je l'ai dit, considérez qu'il s'agit là d'un avertissement. Je ne serai pas aussi indulgent la prochaine fois.

Des tourbillons d'énergie accompagnèrent ses mots et vinrent s'enrouler autour des trois femmes telles des lianes magiques. Elles poussèrent des cris silencieux et des larmes se mirent à couler le long de leurs joues tandis qu'Exos tissait son pouvoir à travers elles, en elles et tout autour d'elles.

Non, mais, tu vois ça ? demandai-je à Titus avant de me souvenir qu'il ne pouvait pas lever les yeux.

Non, mais je le sens.

Qu'est-ce qu'il fait ?

Il scelle leurs éléments, me murmura-t-il. *En gros, il les rend humaines.*

Je grimaçai. *Les faë peuvent faire ça ?*

Les Faë de l'Esprit, oui.

Ce qui voulait dire que je pouvais le faire aussi. Ôter la volonté d'une personne. La contrôler. Et dans un sens, c'était logique. L'esprit représentait la vie et la mort, et apparemment, cela incluait même l'essence des faë.

Quand il eut fini, les filles s'effondrèrent. Leurs visages baignés de larmes me troublèrent légèrement. Non pas qu'elles n'aient pas mérité leur sort. Après tout, elles avaient presque réussi à me condamner à une existence solitaire. Et elles avaient essayé de blesser Exos et Titus.

Oui, elles méritaient largement leur sort.

— Mmmh, je pense qu'il est temps que justice soit rendue, murmura Elana en rappelant ses lutines. Amenez-les au manoir. Je les escorterai personnellement au Royaume de l'Esprit plus tard.

D'un claquement de doigts, la nuée de lutines s'empara des trois filles. Elles les traînèrent pratiquement par les cheveux et les vêtements à travers la pièce. Ignis les suppliait du regard et lorsque mes yeux croisèrent les siens, j'y vis quelque chose que je ne parvins pas bien à déchiffrer.

De la panique de s'être fait attraper ?

De la frustration ?

Un soupçon de vengeance ?

Mais cela s'était passé trop vite pour que je puisse avoir le temps de comprendre ce que cela signifiait. Très vite, les filles furent traînées avec force hors du gymnase.

Elana soupira de façon dramatique.

— Bien, maintenant que nous avons réglé ça, je crois que des excuses sont de rigueur. Claire a été accusée à tort et devrait au contraire être félicitée pour les efforts qu'elle a fournis pour *arrêter* ces dangereux éléments. Je viens d'assister à chaque événement avec mon esprit, à travers les yeux des coupables, et je dois dire que je suis impressionnée par ton contrôle.

Elle me sourit.

— Tu as fait de très grands progrès en très peu de temps. Je pense que de belles choses t'attendent, ma chère.

Elle pencha la tête sur le côté un instant avant de se tourner vers Exos.

— J'ai une idée.

— Oui ? s'enquit-il, son visage empreint d'une sincère admiration.

Le faë aimait manifestement beaucoup la Chancelière. Ce qui ne m'étonnait pas. D'après le peu que j'avais vu d'elle, elle avait mérité son statut de vénérable faë.

— Que dirais-tu si j'apportais mon aide dans son apprentissage ? Étant donné votre récent lien à tous les

357

deux et son affinité avec les cinq éléments, elle a le potentiel pour aider, si ce n'est *diriger*, nos initiatives de paix élémentaire. Qu'en penses-tu ?

Des cris de surprise s'élevèrent de la foule. Même Vox eut un sursaut d'étonnement.

Mais j'étais trop occupée à essayer de comprendre ce qu'elle entendait par *initiatives de paix* pour saisir l'intégralité de sa déclaration.

— Je pense que c'est à Claire de décider, répondit Exos. Mais je reconnais que ce serait une excellente, et très généreuse, proposition.

— Ça pourrait également aider à nous rattraper après ses débuts difficiles, ajouta-t-elle pensivement avant de me sourire à nouveau. Je te contacterai la semaine prochaine pour t'informer des conditions qui vont de pair avec le fait de m'avoir comme tutrice, et tu pourras décider par toi-même si tu es intéressée ou non. C'est d'accord ?

Je déglutis.

— Euh, merci. Oui, ça m'intéressait.

Je crois… ? Ce n'était pas du tout comme ça que je m'attendais à ce que la journée se déroule. Mais je ne pouvais pas me plaindre de la tournure des événements. Surtout que d'après les bruits étonnés et admiratifs qui me parvenaient, il semblait qu'elle venait de m'offrir un statut spécial. J'aurais juste aimé comprendre de quoi il s'agissait.

— Parfait.

Elana frappa une nouvelle fois dans ses mains, suscitant plusieurs soupirs de soulagement dans la salle.

— Eh bien, ce fut charmant de vous voir, mes chers enfants. J'espère que nous avons tous appris de grandes choses aujourd'hui. Si vous souhaitez me rencontrer pour discuter des événements qui viennent de se dérouler, vous savez où me trouver.

Elle s'en alla avec un élan renouvelé de vitalité, faisant

jaillir des feux sauvages sur son passage. Une nuée de lutines l'entourait, formant autour d'elle comme une garde rapprochée.

Vape sourit et la suivit, mais pas avant d'avoir fait un signe de tête à Exos.

Et Mortus se contenta de disparaître à nouveau dans la pénombre, sa présence telle une ombre inquiétante dans un recoin de la pièce alors que tout le monde semblait revenir à la vie.

Je croisai son regard sombre et sentis un frisson de malveillance remonter le long de mon corps quand soudain, je me retrouvai enveloppée dans les bras de Titus.

— Tu as réussi, me murmura-t-il, ses lèvres tout contre mon oreille.

— Je n'ai rien fait du tout.

— Tu es restée calme, ma belle. Tu ne les as pas laissées te provoquer. Et tu gères au faëball !

Il prit mon visage entre ses mains et m'embrassa délicatement.

— Pourquoi tu ne m'avais jamais dit que tu savais jouer ?

— Tu veux parler de baseball ? lui demandai-je. Les humains y jouent aussi. Dès l'école primaire, je crois.

Il ouvrit grand les yeux.

— Vraiment ?

— Mais oui, je te l'ai dit, interjeta River en nous rejoignant. Une dizaine de fois même.

— Vraiment ? répéta-t-il d'un air dubitatif. Quand ça ?

— Une des nombreuses fois où tu ignorais visiblement mes commentaires sur le royaume des humains, grommela River.

— Ouais, c'est bien possible.

Titus passa son bras sur mes épaules pour m'attirer à lui.

— Dans tous les cas, Claire est naturellement douée.

Je levai les yeux au ciel.

— Ce n'est pas un jeu compliqué.

— Elle est vraiment douée, approuva quelqu'un dans mon dos.

— Ouais, c'est vrai, renchérit encore une autre personne.

Je fronçai les sourcils en réponse à leurs commentaires.

— Je ne les connais même pas.

— Ah, mais eux, ils te connaissent, me répondit Titus en déposant un baiser ma tempe. Je pense même que ta réputation est sur le point de changer.

Exos se joignit à nous, son regard brillant de fierté.

— Mortus vient de nous donner la permission de retourner au Quartier du Feu, si vous le voulez.

— Vraiment ?

Je regardai autour de moi pour essayer de repérer son énergie menaçante, mais il avait disparu.

— Oui, me confirma Exos. Mais je lui ai dit qu'on s'amusait beaucoup trop dans le Quartier de l'Esprit pour déménager.

Il m'interrogea du regard.

— À moins que tu ne sois pas de cet avis ?

J'y réfléchis un bref instant avant de sourire.

— Je pense que le Quartier de l'Esprit aurait bien besoin d'un peu de vie.

Il sourit.

— C'est exactement ce que je pense.

Il s'avança pour m'embrasser sur la bouche alors que le bras de Titus était toujours bien ancré sur mes épaules.

Mes deux faë.

Je me sentais bien ici.

Et je me sentais encore mieux avec la présence de Vox à côté de moi. Je ne savais pas ce que cela signifiait, mais je m'en occuperais plus tard. Pour l'instant, j'étais juste contente que mon nom ait été blanchi. Le chemin était encore long avant que je ne puisse maîtriser mes éléments convenablement, mais au moins je pouvais le faire sans m'inquiéter de blesser les autres.

Comme Elana l'avait dit, j'avais même aidé.

Non, j'avais fait même plus que ça. J'avais fait disparaître la mauvaise énergie avec mes propres dons.

— J'aimerais en savoir plus sur ce stage avec elle, chuchotai-je à Exos. Qu'est-ce que ça signifie ?

— Ça veut dire qu'Elana veut te donner des cours particuliers. Comme elle l'a fait avec ta mère.

Il coinça une mèche de mes cheveux derrière mon oreille et appuya son front contre le mien.

— Ce serait bien pour toi d'avoir un deuxième instructeur pour l'Esprit, et elle est extrêmement puissante. Elle pourrait aussi t'en dire plus sur Ophelia.

Mon cœur se serra dans ma poitrine.

— Parce qu'elle était la mentore de ma mère.

La gravité de ce constat me bouleversa et me fit douter de la marche à suivre.

Une partie de moi ne voulait rien savoir au sujet de ma mère, surtout après tout ce que j'avais déjà appris. Mais une autre partie désirait plus d'informations sur ce qui s'était passé, sur la femme qu'elle était avant que sa relation avec Mortus ne dégénère, et sur ce que nous avions en commun et que je devais éviter.

— Oui.

Exos passa sa main derrière ma nuque pour incliner ma tête et m'embrasser.

— Prends le temps d'y réfléchir, princesse. Tu n'as pas besoin de prendre ta décision maintenant.

— D'accord, murmurai-je.

Même si au fond de moi, je savais que j'avais déjà pris

ma décision. *Oui.* Parce que je devais découvrir quel genre de personne elle avait été pour éviter de devenir comme elle.

Je refusais de faire du mal à Titus comme elle l'avait fait. Ou à Exos.

— Mmm, on en parlera davantage ce soir, murmura-t-il. Je dois aller appeler mon frère pour l'informer de la situation, mais je serai vite de retour.

— Tu promets ? lui demandai-je en levant les yeux vers lui. J'espérais que tu pourrais me donner des leçons de combat cet après-midi.

— Des leçons de combat, hein ? répéta-t-il en se tournant vers Titus. On dirait qu'elle veut passer au niveau supérieur.

Titus ricana.

— Elle veut juste jouer avec l'esprit parce que je lui ai donné trop de feu la nuit dernière.

Je levai les yeux au ciel.

— S'il vous plaît, ne commencez pas.

— Ça ressemble à un défi, Faë du Feu, lui répondit Exos en m'ignorant. Voyons à quel point mon esprit l'épuisera ce soir.

— Pfff… Sérieusement…

— Très bien, le royal, sourit Titus. Ça peut être notre nouveau jeu. Celui qui épuisera Claire le plus.

Mes joues étaient à présent écarlates.

— Les gars…

— On dirait qu'on a trouvé une bonne façon de nous occuper pour le reste de la semaine, continua Exos avec un sourire plein de vice. Tu es prêt à nous rejoindre, Vox ?

Oh, bon sang…

Le Faë de l'Air se contenta de secouer la tête.

— Je ne suis là que pour l'entraîner.

— L'entraîner, répéta Titus. Mais bien sûr.

— C'est vrai.

— C'est ça. Donc Exos est juste là pour donner des ordres. Moi pour mettre le feu à Claire. Et toi pour jouer au prof. Ça me va, dit Titus en haussant les épaules.

— Tu es impossible, maugréai-je en me sortant de dessous son bras. Et si tu continues comme ça, je dormirai toute seule.

— Comme tu veux, ma belle, dit-il en m'attrapant la taille pour me ramener à lui. Mais tu ne pourras pas t'empêcher de rêver de nous et je peux t'assurer que la réalité serait bien meilleure.

Réalité, pensai-je en riant doucement. Quel mot étrange ! Parce que ma réalité n'avait rien à voir avec mes rêves, ni même mes fantasmes.

Non, c'était bien mieux que ça.

Même avec leurs taquineries, le fait d'être partagée et ma confusion presque constante, je n'aurais échangé mon existence actuelle pour rien au monde.

Je ne pus discerner si Exos avait entendu mes pensées ou s'il les avait lues sur mon visage, mais il me fit un clin d'œil entendu.

— À plus tard, princesse.

Alors qu'il s'éloignait, je repensais à ses paroles. *Appeler mon frère…*

Avec quoi ? me demandai-je. Je n'avais pas vu de téléphones dans le monde des Faë. Il devait sûrement se servir d'un arbre ou d'un oiseau.

— Tu es prête à rentrer à la maison, ma belle ? me demanda Titus en me serrant un peu plus fort contre lui.

À la maison. Je souris.

— Oui.

J'aimais ce que cela signifiait.

— Avec toi, ajoutai-je.

Et Exos.

Mon nouveau monde était rempli de rituels étranges, de liens et de compagnons, d'éléments, et surtout, d'amour.

Une fille pourrait bien s'habituer à cette vie-là.

Une fille comme moi.

ÉPILOGUE

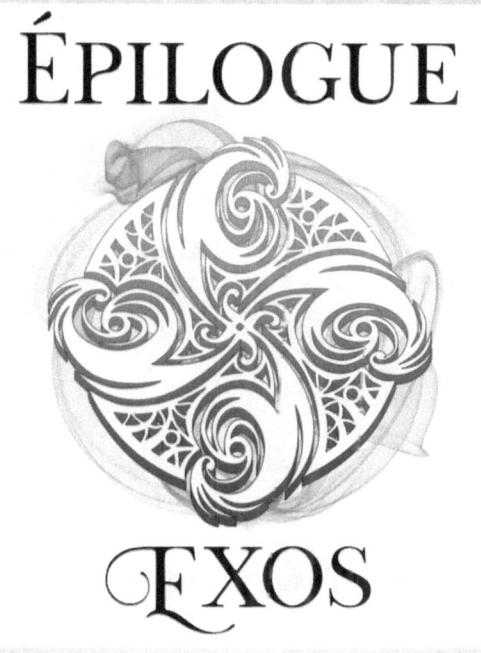

EXOS

Je ne voulais pas quitter Claire, mais je devais parler à mon frère. Quelque chose clochait dans la manière dont les choses s'étaient déroulées. Cela avait été trop facile. Trop évident. Et les signatures d'énergie m'avaient semblé altérées, anormales.

À grandes enjambées, je traversai le campus en direction de la tour de communication la plus proche. Les faë ne se servaient pas de la même technologie que les humains. Nous utilisions quelque chose de plus simple : nos esprits. Mais pour cela, il fallait que les bonnes conditions soient réunies, d'où la tour.

Je montai les marches deux par deux, l'air se purifiant à chaque pas. Il y avait tant d'énergie sur le campus, amplifiée par le mélange des éléments. C'était dans des moments comme celui-ci que la simplicité du Royaume de l'Esprit me manquait.

Cette pensée mit à nouveau mon instinct en branle.

Ces filles méritaient-elles leurs sorts ?

Oui, j'avais fait d'elles un exemple pour que tout le monde sache quel sort les attendait s'ils décidaient de s'en prendre à ma compagne. Mais mon esprit avait senti quelque chose d'infâme en elles quand je tissais mon énergie à travers leurs peaux, une présence qui n'avait rien à faire là.

Qui me rappelait quelqu'un.

Mais qui ?

Je regardai autour de moi et je sentis mes poils se hérisser.

Une essence venait de se joindre à la mienne. Subtile. Sombre. Mais encore une fois, familière.

Pourtant, il n'y avait personne dans les escaliers. D'où pouvait-elle donc venir ?

Je tournoyai sur moi-même.

Rien.

Qu'est-ce que c'est que ça ? Je continuai à grimper, contactant déjà Cyrus avec mon esprit. Il ne me répondrait pas tout de suite, il lui faudrait du temps pour trouver un endroit adéquat, mais la subtile vibration de son esprit me dit qu'il avait reçu mon message.

Je scrutai les alentours une fois de plus en attendant.

L'énergie tenace et lugubre semblait s'épaissir autour de moi. Est-ce que tout ça n'était que dans ma tête ? Une réaction à la suite de l'incident ? Avais-je banni ces filles à tort ?

Non, elles étaient des personnes horribles. Je le savais, je l'avais senti dans leurs auras quand j'avais désintégré leurs liens avec les éléments, l'une des pires punitions du monde des Faë.

Ce devait être ça. Je me sentais mal d'avoir fait du mal à quelqu'un d'autre, même si ces femmes le méritaient. Le Royaume de l'Esprit ne sera pas clément avec elles, mais c'était une punition largement justifiée.

Exos ? murmura Cyrus dans mes pensées. *Tout va bien ?*

Je n'en suis pas sûr, lui répondis-je en toute honnêteté. *On a trouvé qui s'en prenait à Claire, mais j'ai le sentiment bizarre qu'on a accusé les mauvaises faë.*

Comment ça ?

Je lui parlai de ce qui s'était passé et de la manière dont Elana avait utilisé sa magie pour découvrir la vérité, forme de magie de l'Esprit d'ailleurs très contraignante et épuisante, ainsi que du sentiment de fausseté que j'avais eu.

Quelque chose ne va pas, Cyrus.

Tu as besoin de moi ?

Je pense…

Je laissai ma phrase en suspens quand je sentis l'essence obscure s'épaissir autour de moi. Pourtant, il n'y avait personne. Le ciel était toujours dégagé. Mais je *sentais* la présence menaçante comme une cicatrice dans mon dos.

Je ne suis pas seul.

Quelqu'un nous écoute ?

Non.

Les murs de mon esprit étaient impossibles à franchir.

Mais ici avec…

Un soudain flash apparut dans mon champ de vision et je trébuchai en arrière. Violent. Fort. Rapide.

Le coupable se déplaçait trop vite, de façon trop imprévisible. Mon énergie était épuisée après le gymnase et ne s'était pas suffisamment régénérée pour que je puisse me défendre. J'érigeai un mur, mais il le traversa, me prenant par surprise. Puis il me frappa à la tête si fort que ma vision se troubla et un océan de points noirs se mit à danser devant mes yeux. Un deuxième coup me força à m'agenouiller. Et un troisième me projeta au sol, face contre terre.

Exos ! s'écria quelqu'un. Cyrus peut-être. Mais ça ressemblait étrangement à ma Claire…

Ce fut alors seulement à ce moment-là que je réalisai *qui* m'avait rejoint ici tandis que la silhouette enfumée prenait une forme corporelle.

Mais c'était trop tard.

Je n'eus que le temps de murmurer faiblement le nom de l'assaillant dans mon esprit quand tout devint noir autour de moi.

Cours, ma Claire…

Cours.

À suivre…

La Reine des Éléments : Livre Deux

Quelqu'un veut ma peau.

Et pire encore, mon lien avec l'Esprit est en train de dépérir. Pourquoi ? Parce qu'Exos a été capturé par un nouvel ennemi. Je dois à présent compter sur mes autres éléments pour retrouver mon lien manquant avant qu'il ne soit trop tard.

Oh, et j'ai aussi besoin d'un garde du corps pour me protéger le temps que j'apprenne à me défendre. Donc au programme : contrôler mes éléments, retrouver mon Esprit disparu et identifier le méchant de l'histoire.

Un jeu d'enfant quoi.

Sauf que Titus en a marre de suivre les ordres des autres.
Vox veut juste qu'on soit amis.
Sol fait chier tout le monde.
Et Cyrus ? Eh bien, il est une force de la nature et on voit
bien qui commande.

Je ferais mieux de résoudre ce puzzle avant que mon cœur
ne décide pour moi. Parce que ces faë sont tous
méchamment séduisants et sournoisement charmants,
chacun à leur façon.

Mais comment puis-je me sentir complète sans mon
Esprit ?

La chasse est ouverte, et quiconque essaiera de s'en
prendre à moi ou à ce qui m'appartient en paiera le prix.

Remarque : il s'agit d'une romance paranormale harem
inversé medium-burn et du livre deux de la trilogie Reine
des Éléments.

À PROPOS DE J.R. THORN

J.R. Thorn est l'auteure de livres de romance paranormale harem inversé.

www.AuthorJRThorn.com

Accro à l'Académie ? Découvrez la série de harem inversé de J.R. Thorn, Fortune Académie, disponible sur Amazon.com !

LIVRES DE L'AUTEURE J.R. THORN

La Reine des Éléments

Livre Un

Livre Deux

Livre Trois

LEXI C. FOSS

L'auteure à succès d'*USA Today* Lexi C. Foss est une écrivaine perdue dans le monde de l'informatique. Elle vit à North Carolina, avec son mari et leurs enfants à fourrure. Quand elle n'écrit pas, elle est occupée à cocher des cases sur sa liste de voyages à faire. On peut retrouver beaucoup des endroits qu'elle a visités dans ses écrits, notamment le monde mythique d'Hydria, inspiré d'Hydra, dans les îles grecques. Elle est excentrique, boit beaucoup trop de café et adore nager. Tchao !

https://www.lexicfoss.com/Français

Pour être au courant des dernières nouvelles et connaître les dates de publication, abonnez-vous à ma newsletter:
https://www.lexicfoss.com/la-newsletter-de-lexi

LIVRES DE L'AUTEURE LEXI C. FOSS

La Reine des Éléments

Livre Un

Livre Deux

Livre Trois

La Reine des Faë de Minuit

Livre Un

Livre Deux

Livre Trois

Livre Quatre

Les Loups du X-Clan

La Promise de l'Alpha

La Compagne de l'Alpha

Le Trône de l'Alpha

La Revanche de l'Alpha

Les Loups du V-Clan

Le Secteur Sanglant

Alliance de Sang

L'Esclave du Vampire

Le Vampire Royal

La Triade de l'Alpha

Le Vampire Rebelle